1

Ein Roman von Axel Fischer

Alle Rechte vorbehalten

Die Geschichte sowie alle Personen sind frei erfunden.
Jede Ähnlichkeit mit lebenden Personen ist rein zufällig.

Copyright © Axel Fischer 2016
Covergestaltung: Heike Fischer
Textbearbeitung: Heike Fischer
E-Mail: manax22@web.de

Herstellung und Verlag:
BoD - Books on Demand, Norderstedt
ISBN: 978-3-8423-5767-9

Bereits erschienen von Axel Fischer

Ein Neuanfang nach Maß
BoD - Books on Demand GmbH, Norderstedt
ISBN: 978-3-8391-4167-0

Der Schneekrieg
BoD - Books on Demand GmbH, Norderstedt
ISBN: 978-3-8482-2370-1

Späte Rache
BoD - Books on Demand GmbH, Norderstedt
ISBN: 978-3-7386-0720-8

Ihre letzte Chance
BoD - Books on Demand GmbH, Norderstedt
ISBN: 978-3-7322-8256-2

Bleib bei mir
BoD - Books on Demand GmbH, Norderstedt
ISBN: 978-3-7347-3045-0

Augen ohne Gesicht
BoD - Books on Demand GmbH, Norderstedt
ISBN: 978-3-7386-1670-5

Autor im Glück

Kapitel 1

Eigentlich war es ja ein Morgen wie jeder andere auch, jedoch saß ich heute im Vorzimmer meines Verlegers und wartete darauf von ihm empfangen zu werden. Magda Zehnpfennig, die gute Seele des Verlagshauses, deren Name noch aus einer Zeit stammte, als die gute alte DM-Mark in Deutschland als Zahlungsmittel fungierte, lächelte mich verheißungsvoll an. Ich hatte sie vor Jahren, als ich mich diesem Verlag verschrieb und von ihm versklavt wurde, stets Tenpenny, in Anlehnung an ihre berühmte Kollegin aus den 007-Romanen genannt, die das Vorzimmer von M hütete. Magda war mindestens genauso mit Haut und Haaren in mich verliebt wie sich ihr großes Romanpendant für den Agenten James Bond verzehrte. Einmal hatte ich sogar versucht, meine Mütze beim Betreten ihres Büros auf den Huthaken des Kleiderständers zu werfen, was jedoch kläglich misslang und sogar dazu führte, dass dieser polternd umfiel. Magda war beinahe ohnmächtig geworden vor lachen. Ihr Chef hingegen, der kurz darauf die Türe zu seinem Büro öffnete und nur unter Aufbringung all seiner sportlichen Fähigkeiten einen Sturz zu verhindern wusste, konnte sich der schon beinahe albernen Betrachtungsweise, nämlich dem simplen Umkippen des verdammten Kleiderständers von Magda Zehnpfennig, in keiner Weise anschließen. Ich blieb, ein gewisses Maß an Neutralität wahrend, wenn mir dies auch ungeheuer schwer fiel, still sitzen.

„Wie ist Breunig heute drauf, Tenpenny?" „Als ich ihm eben seinen Kaffee servierte, hinterließ er einen eher fröhlich zuvorkommenden Eindruck." „Soll heißen, du hältst ihn heute für besonders umgänglich?" „Also auf jeden Fall umgänglicher als sonst." „Na, dann warte ich es einfach mal ab." Ich war für zehn Uhr zur Audienz beim großen Verlagsboss bestellt und es war ja erst acht Minuten nach zehn. Das akademische Viertel musste ich ihm schon zugestehen und leider auch den Rest der Zeit auf eine volle Stunde angerechnet, weil Breunig meine Bücher verlegte, und wenn er dies einmal nicht mehr machen wollte, dies mein Ruin bedeuten konnte. Ach, übrigens ich hatte doch tatsächlich vergessen, mich ihnen vorzustellen: Markus Blum ist mein Name und ich schreibe gute Bücher, Krimis und Liebesromane, auch wenn mein Verleger dies nicht immer genauso sieht wie ich, ganz zu schweigen von meiner Lektorin. Und doch sind wir ein gutes Team - mein Verleger, meine Lektorin und ich. Schließlich hatten wir bereits gemeinsam neun Romane über den Star-Verlag herausgebracht und die Zahl meiner Leserinnen und sogar mancher Leser steigt kontinuierlich an. Und jetzt und heute sollte mein zehntes Werk, ein typischer Frauenroman, die schwarze Farbe der Druckmaschinen erblicken. Vivat, lieber Roman! Doch vor dem Triumph stand noch die Abschlussbesprechung bei Breunig auf der Tagesordnung. Wenn er das endgültige

Manuskript jetzt abnickte, hatte ich es mal wieder geschafft, genauso wie schon neun mal vorher, und doch war es immer ein Nerven aufreibendes Procedere, bis der große Boss endlich grünes Licht gab und vor allem mir einen ordentlichen Scheck. Denn nicht nur Henriette Eisermann, meine Vermieterin, im Übrigen eine äußerst liebenswerte alte Dame, bestand mit Recht auf den Erhalt des vereinbarten Mietzins. Auch noch einige andere laufende Kosten galt es zu decken. Na ja, und dann war da noch Engelchen, mein besonderes Sorgenkind. Doch über Engelchen sprechen wir später. Mein Verleger lässt nun bitten.

„Hallo, Herr Breunig", begrüße ich den Herrn der Buchdruckerkunst in meiner mir eigenen liebenswerten Art, die ein wenig an Überschwang grenzte. „Na, Mark, geht es Ihnen gut?" „Danke der Nachfrage, ich kann bisher nicht klagen." „Das ist gut, mein Junge. Halte dich bei guter Gesundheit, denn unsere Leser wollen deine Bücher lesen. Nach den letzten Verlautbarungen hat der Buchhandel bereits dreißigtausend Vorbestellungen für deinen neuen Roman „Die Spielgefährtin" getätigt. Tendenz steigend. Ich denke mal, wenn wir die Printmedien und das Internet als Werbeträger noch dazu aktivieren, dürften wir die Bestellmenge in Kürze sogar verdoppeln. Sind das gute Nachrichten, Markus? Hatte ich mal wieder den richtigen Riecher nicht wahr?" Weil ich den sonnigen Bücherhimmel nicht mit Gewitterwolken überziehen wollte, stimmte ich der neuerlichen

Betrachtungsweise sowie dem Sinneswandel meines Verlegers unkommentiert zu, obwohl er noch vor wenigen Tagen, als ich ihm mein Manuskript bis Kapitel 24 vorlegte, völlig anderer Meinung war und er die Verlegung des Buches schon canceln wollte. „Machen Sie weiter so, Mark. Wann bekomme ich das nächste Skriptum von Ihnen?" „Ich arbeite bereits daran, doch wann ich Ihnen dazu etwas vorlegen kann, weiß ich noch nicht. Ich bleibe aber wie gewohnt am Ball." „Na, wunderbar, Mark. Ach, bevor ich es vergesse: Hier ist Ihr Scheck." Ohne gleich auf den ausgedruckten Betrag zu schielen, nahm ich das ersehnte Zahlungsdokument entgegen und steckte es in meine Hemdtasche. „Bevor Sie das Haus verlassen, Mark, unterzeichnen Sie bitte den von mir bereits vorgefertigten Verlegungsvertrag bei Frau Zehnpfennig. Ja, dann schreiben Sie mal schön weiter, Markus, und sorgen Sie für große Literatur." „Das werde ich tun, Herr Breunig." Ich vermied jedoch zu bemerken, dass ich mich gerade auch an einem Kinderbuch versuchte und dass dafür ebenfalls ein Teil meiner Arbeitszeit drauf gehen würde. Ich verabschiedete mich anständig und verließ den Olymp meines Verlegers.

„Na, hab ich dir zuviel versprochen? Breunig war doch heute richtig gut drauf." „Stimmt, Tenpenny, ich glaube die neuesten Umsatzzahlen flimmerten über seinen Monitor was zur Folge hatte, dass seine Laune eine regelrechte Euphorie erfuhr. Er sagte, ich solle bei dir noch den Knebelvertrag unterschreiben. Hast du ihn da?" „Aber sicher doch, mein großer Schreiberling. Schau her: Breunig hat dir sogar die Marge angehoben und deine Vorauszahlung ist auch nicht übel. Könntest mich eigentlich zu einem Galadiner einladen." „In der Dönerbude meines Vertrauens gibt es keine besonderen Galadiners. Ich speise dort immer vorzüglich." „Warum führst du mich eigentlich nicht einmal richtig aus? Und jetzt komm mir bloß nicht mit deiner Frittenbude", erwiderte Magda Zehnpfennig grinsend. „Eine Frau an deiner Seite würde dir ohnehin gut zu Gesicht stehen und auch dein Image stärken. Ich würde ja zu gern wissen, mit welchem Mädel du deine Kohle verprasst, Mark. Oder bist du am Ende doch schwul?" „Tja, Tenpenny, dazu verrate ich natürlich nichts. Der Gentleman genießt und schweigt." „Ach, du willst mich ja sowieso nicht. Hier setz deinen Namen unter den Vertrag und dann ab mit dir. Und vergiss nicht, was unser Chef stets seinen Autoren mit auf den Heimweg gibt: Schreiben Sie schön weiter. Ist zu unser aller Vorteil." „Danke für den Hinweis, Tenpenny. Ich werde ihn ganz bestimmt berücksichtigen." Irgendwie fehlte mir jetzt der nötigen Humorschub, mich mit Magda Zehnpfennig ausgiebig zu unterhalten. Es würde ohnehin nur darauf hinaus laufen, dass sie mir schon wieder eines ihrer eher zweideutigen Angebote unterbreitete, sie am kommenden Abend ins Bett zu begleiten. „Schönen Tag, Tenpenny, und pass gut auf unseren Chef auf", rief ich ihr noch grinsend entgegen, während ich ihr Büro verließ.

Kapitel 2

Ich kann mich überhaupt nicht daran erinnern, jemals einen Scheck über fünftausend Euro in Händen gehalten zu haben, und damit ich mich erst gar nicht an diesen Zustand zu gewöhnen begann, beschloss ich, den begehrten Wertausdruck meiner Bank zum Einzug einzureichen. Blieb nur zu hoffen, dass mir Engelchen keinen Strich durch meine Rechnung machen würde. Da Aufzug fahren nicht unbedingt zu meinen bevorzugten Lieblingstätigkeiten gehörte, verschaffte ich mir Zugang zum Treppenhaus und hüpfte beinahe fröhlich die Stufen von der zweiten Etage hinunter ins Erdgeschoss. Nur ein paar Schritte trennten mich jetzt noch von Engelchen, dessen hellblau glänzender Lack mir wie gewöhnlich im grellen Sonnenlicht entgegen glänzte. Tatatataaaaa, darf ich vorstellen: das ist Engelchen mein uralter Mercedes 220 Diesel. Engelchen ist etwa dreißig Jahre alt, hat gute zweihundertdreißigtausend Kilometer unfallfrei hinter sich gebracht und ich nenne es so, weil das Heck der viertürigen Limousine an beiden Seiten in zwei Flügeln endet. Den Lack habe ich in tagelanger Kleinarbeit komplett selbst aufgearbeitet. Einen Satz Original-Stahlräder mit Weißwandreifen sowie den dazugehörigen, verchromten Mercedes Felgenkappen erstand ich zu einem einigermaßen erschwinglichen Preis bei eBay. Auch die Lederpolsterung, der Dachhimmel und selbst das alte Radio befinden sich im Originalzustand. Alles könnte so schön sein, wenn nicht das Herzstück von

Engelchen, sein Motor, mehr und mehr einem Infarkt entgegen steuern würde. Es ist stets ein erhebendes Gefühl, diesem Relikt einer doch gemächlicheren, vergangenen Zeit bis an das verchromte Türschloss heranzutreten, den Schlüssel in den Zylinder zu schieben und dem mechanischen Klicken zu lauschen, dass die Verriegelung freigibt und damit einen Zugang in die automobile Vergangenheit gewährt. Ich schob den Schlüssel ins Zündschloss, drehte ihn zwei Klicks weiter und erfreute mich am Aufleuchten mehrer Signallämpchen. Jetzt noch ein kurzer Blick auf das kleine verchromte Gitterfeld. Der Glühfaden signalisierte, dass es an der Zeit sei, jetzt den Motor anzulassen. Ich drehte den Schlüssel noch einen Klick weiter und Engelchen begann zu röcheln. Jetzt hieß es, ein kurzes Stoßgebet an den Gott der Dieselmotoren zu senden und zu hoffen, dass mein Flehen erhört wurde. Mein Bitten wurde erhört. Engelchen sprang, vielleicht etwas unwillig, aber dann doch brav an. Die kleine Russfahne am Heck, die ich im Rückspiegel erkennen musste, zeigte mir unmissverständlich, dass ich schnellstens bei Nina vorbei fahren sollte, um Engelchens Herz operieren zu lassen.

Erfreulicherweise fand ich gleich vor meiner Sparkassenfiliale einen adäquaten Parkplatz für Engelchen, in den ich flott hinein glitt. Als mich meine Sachbearbeiterin schon von weitem erkannte, erhob sie sich gleich hinter ihrem Schreibtisch und schwebte elfengleich auf ihren dunkelblauen Pumps auf mich zu. Ich fragte mich, und das nicht zum ersten Mal, ob das auf den Kunden heranschweben auf so hohen Schuhen wohl zum Ausbildungsprogramm einer weiblichen Bankkauffrau gehörte oder ob die Mädels dies einfach so als Begabung in ihren Genen trugen. Regina Klein stand auf ihrem Namensschild geschrieben, das sie links oberhalb ihrer Brust trug, was mir signalisierte, dass sie ihren Familienstand immer noch nicht verändert hatte, denn Klein hieß sie bereits vor drei Monaten. Regina Klein war mir schon das letzte Mal sehr sympathisch gewesen und dieser Zustand hatte sich bis heute konserviert. Optisch gefiel sie mir ebenfalls. Ich mag kleine, zierliche Frauen und all diese Attribute erfüllte Regina Klein zu einhundert Prozent. Obwohl ich mich nicht so richtig mit Konfektionsgrößen auskenne, dürfte die ihre so bei sechsunddreißig anzusiedeln sein. Dass ihr Namensschild sicherlich wohlig auf ihrer linken Brust schlummerte, verdankte sie einer üppigen, wenn auch nicht übermäßigen Oberweite, die ebenfalls meinem Geschmack entsprach. Regina Klein schmunzelte, als sie bemerkte, dass ich sie genau fixierte. „Hallo, Herr Blum, was kann ich denn für Sie tun?", sprach sie mich gleich mit Namen an, was mich schon etwas verwunderte, da ich weder ein Sollkonto im Hause führte noch irgendwelche Millionenbeträge angelegt hatte. Allerdings der lustige Reim, der sich aus ihrer Frage ergab, ließ mich lachen. „Hallo, Frau Klein. An Ihnen ist ja eine Lyrikerin verloren gegangen", grüßte ich sie zurück. Erst jetzt bemerkte sie, warum ich lachte und sie für eine Poetin hielt. „Also von diesen ungeahnten Fähigkeiten in mir war mir bis heute tatsächlich noch nichts bekannt", entgegnete sie grinsend, in einer Art der Formulierung, die in der Tat einer Poetin nicht würdig war. „Ich möchte diesen Scheck auf mein Konto einzahlen." „Das kriegen wir locker hin. Arbeiten Sie wieder an einem neuen Buch?" „Ach, wissen Sie, Frau Klein, ein Autor arbeitet eigentlich immer an irgendetwas. Ich denke darüber nach, mal etwas anderes zu machen und ein Kinderbuch zu schreiben, und dafür überarbeite ich gerade einige meiner Kurzgeschichten, die ich zu einem Buch zusammenfügen möchte. Mein neuer Roman mit dem Titel „Die Spielgefährtin" kommt in den nächsten Tagen auf den Markt." „Das hört sich gut an. Ich habe alle Ihre Bücher gelesen. Ihr Schreibstil gefällt mir und Ihre Storys sowieso."

Verdammt, war es jetzt nicht an der Zeit Frau Klein zu einem Kaffee einzuladen oder sogar zu einem Abendessen? Ihr musste ich ja nicht unbedingt auf die Nase binden, dass ich meistens beim Türkenimbiss einkehrte, wenn ich mal keine Lust zum Kochen hatte. Mal so ein schönes, mehrgängiges Diner, vielleicht sogar bei Kerzenschein, nur sie und ich, dass hätte doch bestimmt etwas und wenn Tenpenny auch sonst viel Unsinniges erzählte, hatte sie in einem Punkt ganz sicher recht: Eine Frau an meiner Seite würde mir ganz bestimmt gut tun. „Dann werde ich mal bei meinem Internetbuchhändler nachschauen, wann Ihr Buch verfügbar ist und es bestellen. Ich freue mich schon drauf. Schönen Tag wünsche ich Ihnen noch." Schon hatte sich Regina Klein auf dem Absatz herumgedreht und sich dem nächsten Kunden hinter mir zugewandt, der bereits ihrer Aufmerksamkeit entgegen zu gieren schien. Tja, Herr Blum, wieder eine Chance vertan ein Rendezvous zu organisieren. Wahrscheinlich war das einzige Mädel, das mich wirklich liebte Engelchen. Beglückt über den neuen Kontostand sowie gefrustet, weil ich mir mal wieder eine Gelegenheit entgehen ließ, mich mit einem hübschen Mädchen zum Essen zu verabreden, verließ ich die Sparkassenfiliale.

Kapitel 3

Wieder stotterte und hustete Engelchen ein wenig beim Anlassen des Motors und eine kleine, blaue Rauchfahne verließ den Auspuff. Genauso ungern wie ich einen Arzttermin wahrnahm, wenn ich die Praxisanschrift ansteuerte, fuhr ich nun mit einem unguten Gefühl im Bauch zu Ninas Motordoktor, der Werkstatt meines Vertrauens. Nina betrieb die einzige kleine Autowerkstatt in der ganzen Region, die sich liebevoll um alte Autos und Oldtimer kümmerte und das noch zu moderaten Konditionen. In Ninas Werkstatt arbeiteten nur Frauen und dies erkannte der potentielle, aufmerksame Kunde bereits an der Einfahrt. Überall auf dem Hof standen Blumenkübel zur Dekoration und ein freundliches, aufgeräumtes Ambiente empfing den Kunden. Als Nina uns auf das Hofgelände rollen sah, unterbrach sie gleich ihre Vorführung, an einem alten Alfa Gulliettamodell einen Auspuff-

endtopf zu montieren. Die beiden jungen Mädchen, die bei Nina eine Ausbildung zur Mecha-
tronikerin absolvierten, schauten ebenfalls gleich
zu mir herüber. „Engelchen, was machst du denn
für Sachen? Spuckst und schnaufst wie eine alte
Oma, dabei bist du doch so ein schönes Mädchen.
Hallo, Markus, ich glaube diesmal ist es mit ein
bisschen flicken nicht mehr getan." „Hallo, Nina,
das glaube ich leider auch. Sie bläst nach dem
Starten schon seit einigen Tagen eine kleine,
blaue Fahne aus dem Auspuff hinaus." „Also,
wenn du sie weiter fahren möchtest, ist eine
Generalüberholung des Motors fällig, Markus. Öl-
und Wasserpumpe müssen neu, das hatte ich dir
schon beim letzten Check gesagt und wie ich
vermute kommen wir nicht drum herum, auch die
Einspritzdüsen auszuwechseln." „Und was wird
das alles kosten?" „Das kann ich dir leider so über
den Daumen gar nicht sagen, Markus. Da gehen
eine Menge Stunden bei drauf, wenn ich den
Motor komplett zerlegen muss, und was die Teile
kosten und wie schnell ich die hierher bekomme,
kann ich dir auch noch nicht sagen. Die Bremsen
und das Getriebe nebst Kupplung haben wir ja
glücklicherweise schon überholt." „Aber ich möchte
mich in keinem Fall von Engelchen trennen. Also
beiße ich in den sauren Apfel und lasse dich
wirken." „Das ist eine gute Entscheidung, obwohl
ich dir Engelchen jederzeit und auch in diesem
Zustand zu einem guten Preis abkaufen würde."
„Das würde ich wohl niemals übers Herz bringen,
mein Auto so mir nichts dir nichts zu verkaufen.
Und wenn ich dir einen Heiratsantrag mache?"

15

„Markus! Dies wäre ganz sicher bereits dein fünfter, aber ich bleibe hart. Ich bin mit Clara zusammen und werde sie irgendwann einmal ehelichen. Wir laden dich aber ganz bestimmt zur Hochzeit ein." Die beiden Auszubildenden, die sich zwischenzeitlich ebenfalls um mich, Engelchen und Nina versammelt hatten, mussten lachen. „Hier, meine beiden Monteuraspirantinnen im zweiten Lehrjahr sind nicht nur sehr pfiffig, was das Schrauben an alten Autos angeht, sondern auch in heiratsfähigem Alter und obendrein noch heterosexuell. Wie wär´s, meine Damen. Gefällt euch Markus etwa nicht? Engelchen ist als Mitgift einzuplanen." Jetzt wurde ich schon ein wenig verlegen. Beide Mädels waren wirklich recht hübsch anzusehen, spielten jedoch altersmäßig in einer völlig anderen Liga. Nina war vor zwei Jahren über das Jugendamt an die beiden herangekommen und bot ihnen die Chance, ein normales Leben zu beginnen. Sara und Claudia stammten aus zwei völlig zerrütteten Familien. Beide waren drogenabhängig und versorgten sich eine ganze Zeit lang mit Geldmitteln auf dem Kinderstrich. Kurz bevor die beiden heute achtzehn- und neunzehnjährigen Mädchen endgültig im Drogensumpf verreckten, bot Nina ihnen, gesteuert übers Jugendamt, ihre Hilfe in Form eines Ausbildungsplatzes an. Es brauchte schon eine ganze Menge Zeit, bis die beiden Mädels in einen normalen Lebensablauf zurückfanden. Nina war anfangs mehrfach drauf und dran gewesen, einfach alles hinzuwerfen und die beiden zurück ins Heim zu schicken. Doch nach einigen Monaten besserte sich ihr Verhältnis und schon bald wurden Sara und Claudia zu guten Azubis, die anständig die Berufsschule besuchten und mit ganzem Herzen ihrer Ausbildung folgten. Sara, die jüngere von beiden, schien nicht einmal abgeneigt zu sein, mein an Nina gerichtetes Angebot meine Frau zu werden anzunehmen, doch wäre der Altersunterschied von zwanzig Jahren ganz sicher doch etwas zu groß gewesen.

„Lass mir Engelchen einfach mal hier, Markus. Wir bauen den Motor aus und zerlegen ihn, um uns ein Bild über den Zustand der Maschine machen zu können. Dann rufe ich dich an und wir beratschlagen, was wir austauschen müssen. Brauchst du einen Ersatzwagen?" „Nein danke, ich brauche kein Ersatzauto, aber du hast Recht, so machen wir es." Schweren Herzens verließ ich winkend Ninas Werkstatt und drehte mich am Tor noch einmal zu Engelchen um, dass sich ab sofort auf eine liebevolle Behandlung ihres Herzens freuen durfte.

Von Ninas Werkstatt bis nach Hause benötigte ich zu Fuß gerade mal zwanzig Minuten. Die Bewegung hatte mir gut getan und irgendwie waren mir sogar ein paar lustige Gedanken zu meinem Kinderbuchprojekt in den Sinn gekommen. Als ich die Türe zum Vorgarten öffnete, sah ich meine Vermieterin, wie sie das Garagentor öffnete und den Rasenmäher herauszog. „Hallo, Markus. Gut das du gerade kommst. Der Rasen bedarf wieder einer Rasur. Würdest du mir das abnehmen?" „Hallo, Frau Eisermann, aber ja doch. Ich zieh mir nur eben etwas anderes an." „Danke, bist ein guter Junge." Henriette Eisermanns Ehe war kinderlos geblieben und als vor etwa fünf Jahren ihr geliebter Mann verstarb, gab es für sie nur eine Alternative, ihr Häuschen nicht verkaufen zu müssen: Sie musste sich nach einem Untermieter umschauen und dies möglichst nach einem, der ihr ein wenig bei den Arbeiten rund ums Haus zur Hand ging. Es ging ihr dabei keineswegs nur ums Geld. Mit ihrer Rente als pensionierte Deutschlehrerin einer Realschule und dem Beamtenruhegeld ihres verstorbenen Mannes konnte sie finanziell sorglos ihren Ruhestand genießen. Wirkliche Sorgen bereitete ihr mein unbeweibter Familienstand. Seit Gründung unserer Wohngemeinschaft und dem behutsamen Abchecken, dass ich mich nicht dem gleichen Geschlecht zugeneigt fühlte, ließ sie keine Gelegenheit mehr aus, mich in irgendein Form an die Frau zu bringen. Das sie dabei unkonventionellste Wege beschritt, durfte ich noch vor gar nicht langer Zeit am eigenen Leibe erfahren, als ich eine ganze Zeit lang jeden Morgen ein aus Pappe ausgeschnittenes Herzchen in meiner Tageszeitung vorfand, dass mir offensichtlich unsere unbepartnerte Austrägerin zusätzlich zur Morgenlektüre des Stadtanzeigers präsentierte in der Hoffnung, so vielleicht mein Herz für sich zu gewinnen. Weil ich aber partnerschaftliche Entscheidungen gern selbst und alleine traf, erwiderte ich ihr Buhlen um meine Person nicht weiter, was irgendwann zu einem abrupten Ausbleiben der morgendlichen

Pappherzen führte, jedoch glücklicherweise nicht zum Abebben der Zeitungszustellung.

Kapitel 4

Nur mit kurzer Sportshorts, T-Shirt und Turnschuhen bekleidet meldete ich mich bei Frau Eisermann zum Gartendienst. Weil ich als ordentlicher Mensch bekannt war, musste ich das Stromkabel des noch recht neuen Rasenmähers nur von der Rolle abwickeln und in die Steckdose stecken. Schon konnte ich mit dem Feinschnitt des Rasens beginnen. Zwanzig mal würde ich nun hin und zurück laufen müssen, bis unsere Wiese einem Golfplatz zwar nicht in der Größe jedoch in der Höhe und Schönheit des Rasens Konkurrenz machen konnte. Ich reinigte noch den Mäher, wickelte das Kabel wieder sorgsam auf die Trommel auf und leerte den Fangkorb aus. Als alle Utensilien wieder ordentlich im Gartenhäuschen verstaut waren, nahm ich einen köstlichen Duft wahr, den Frau Eisermann gezielt durch das Küchenfenster zu mir herüberwehen ließ. Da mein Magen einen eher aufgeräumten Eindruck hinterließ und durch ein dezentes Knurren kundtat, dass es an der Zeit war, ein mittägliches Bedürfnis zu stillen, nahm ich die von meiner Vermieterin ausgesprochene Einladung zum Apfelpfannekuchenessen mit Freude an. Um bei Frau Eisermann nicht als unverschämt zu gelten, winkte ich wie gewöhnlich ab, als sie mir ein weiteres Exemplar ihrer frisch gebackenen Obstköstlichkeit servieren wollte, ließ mich aber gleich überreden, um nicht

unhöflich zu sein, auch noch den zweiten Pfann-
kuchen mit Wonne zu verdrücken. Da zumeist
etwas Teig in der Rührschüssel übrig blieb und
auch die ein oder andere Apfelspalte nicht ver-
kommen sollte, zauberte Frau Eisenmann noch
einen kleinen Apfelkuchen aus den Resten, den
ich natürlich nur unter Protest und weil man ja
Lebensmittel nicht so einfach wegwerfen durfte,
als Absacker verputzte. Beim folgenden Tässchen
Kaffee erzählte ich ihr dann noch, dass Engelchen
sich in der Werkstatt befand und dort wohl sein
Herz repariert werden musste. Frau Eisermann
zeigte für meine Sorge, Engelchen betreffend, viel
Verständnis, weil wir doch jede Woche damit
gemeinsam unseren Einkauf vom Großmarkt nach
Hause transportierten. Die folgende Schweige-
minute bestärkte unsere Sorge um Engelchen
noch um ein Vielfaches.

„Willst du nicht mal Urlaub machen, Markus? Alle
Menschen brauchen einmal Urlaub", warf Frau
Eisermann als Frage in den Raum, während sie
die zweite Tasse Kaffee einschenkte. Ehrlich
gesagt hatte ich über dieses Thema dieses Jahr
noch überhaupt nicht nachgedacht. Nun führte ich
ja auch ein völlig anderes Berufsleben als die
meisten Menschen. Ich konnte mir meine Arbeits-
zeiten und auch den Ort meines Schaffens dank
moderner Notebook-Technik selbst aussuchen und
war in der Gestaltung meiner Arbeit völlig frei. Es
galt halt nur, die mir vorgegebenen Termine
einzuhalten, und darauf achtete ich sehr präzise,
gerade was meine Kolumnen für zwei Zeitungen

betraf und natürlich die Abgabetermine von Manuskripten an den Verlag. Da ich bei schönem Wetter im Garten von Frau Eisenmann in einer extra dafür eingerichteten Ecke ungestört schreiben durfte und mir sonst mein kleines, gemütliches Bürozimmer in meiner Wohnung mit Blick in den Garten zum Arbeiten zur Verfügung stand, stellte sich mir die Frage nach Urlaub nicht wirklich. „Warum eigentlich nicht", entgegnete ich. „Ich habe darüber noch gar nicht nachgedacht." „Flieg doch einfach mal ans Meer, irgendwohin in den Süden, wo die Luft nach Fisch und Salzwasser duftet." Eine Luftveränderung würde mir ganz sicher gut tun. Und Fisch wie auch Meeresfrüchte aß ich für mein Leben gern. Außerdem stimulierte ein solcher Trip ganz bestimmt meine Kreativität. „Geh doch mal zu Elisabeth Kaldenbach ins Reisebüro. Sie ist ebenfalls Single und hält für dich sicher eine passende Reise bereit." Nun wusste ich natürlich gleich, woher der Wind wehte. Henriette Eisermann war also nicht nur um meine Urlaubserholung besorgt, sondern startete sogleich einen weiteren Versuch mich zu verkuppeln. So konnte ich sozusagen zwei Fliegen mit einer Klappe schlagen, sicher nicht dumm gedacht. Was würde ich nur ohne meine Vermieterin machen? Nur wer war Frau Kaldenbach? Ich versprach Frau Eisermann, mich urlaubstechnisch an Frau Kaldenbach zu wenden und ließ mir die Anschrift des Reisebüros geben.

Nach diesem leckeren Mittagsmahl spülten wir gemeinsam ab und unterhielten uns dabei noch ein wenig über alle möglichen politischen Themen. Weil Henriette Eisermann gern und ausgiebig Zeitung las und ebenfalls keine Nachrichtensendung im Vorabendprogramm ausließ, geriet sogar die gemeinsame Hausarbeit zu einem Highlight. Den frühen Nachmittag verbrachte ich dann wieder in meiner Schreiberecke im Garten vor dem Display meines Notebooks und schrieb völlig spontan eine lustige Kindertiergeschichte, die ich später überarbeiten und in das Portfolio meines Kinderbuches aufnehmen wollte. Als es allmählich kühler wurde, beschloss ich für heute mein Schaffen einzustellen und noch ein wenig im Internet nach schönen Urlaubszielen zu suchen. Doch schien dies keine gute Idee zu sein, denn egal ob ich nun Italien, Spanien oder Südfrankreich auswählte: Überall strahlten mir nur die Sonne und lachende Gesichter auf dem Bildschirm entgegen. Ich würde wohl in den sauren Apfel beißen und mich tatsächlich der professionellen Hilfe von Frau Kaldenbach bedienen müssen. Obwohl es in meiner Heimatstadt eine ganze Menge Reisebüros und damit auch Frau Kaldenbachs gab, wollte ich doch lieber der Empfehlung meiner Vermieterin folgen. Ich kramte den Zettel mit der Anschrift der Agentur hervor und klebte ihn an den Bildschirm. Meine Erfahrungen hatten mich gelehrt, dass es häufig von Vorteil war, Ratschläge von Freunden und Bekannten anzunehmen. Um Henriette Eisermann keine Schande zu bereiten, wechselte ich mein T-Shirt gegen ein sauberes Hemd und schlüpfte in meine hellblaue Jeans. Meine Vermieterin hatte mir die Anschrift des Reisebüros nochmals an das schwarze Brett im Treppenhaus geheftet, das wir gemeinsam betrieben und gleich neben der Haustüre angebracht hatten, damit keinesfalls der Informationsfluss im Hause abriss, falls man sich nicht jeden Tag begegnete. Ich verließ das Haus und fand den Parkplatz von Engelchen vor der Garage verwaist vor. Ja klar, Engelchen stand doch bei Nina in der Reparaturhalle und erwartete seine Herzoperation. Dies hatte nun zur Folge, dass wenn ich mein Vorhaben noch umsetzen wollte, ich entweder drei Stationen mit der Straßenbahn fahren musste oder mir einen ausgiebigen Spaziergang von etwa einer guten halben Stunde gönnte. Ich beschloss zu laufen.

Elisabeth Kaldenbach saß etwas rechts vom Eingang des großen Reisebüros an einem eigenen Schreibtisch und tippte eifrig irgendwelche Dinge in ihre Tastatur ein. Dass es sich um die Tochter der Schulfreundin meiner Vermieterin handelte, erkannte ich am Namensschild, das vor ihr auf dem Tisch noch einen Platz zwischen allen möglichen Reiseunterlagen und Prospekten gefunden hatte. Als sie mich erblickte, schien sie mich sofort erkannt zu haben. „Markus Blum, habe ich Recht?" „Genau der bin ich. Hallo, Frau Kaldenbach." „Elisabeth, sag doch einfach Elisabeth." „Ja, warum eigentlich nicht", entfuhr es mir und doch fühlte ich mich ein wenig überrumpelt, obwohl es mir sonst überhaupt keine Probleme bereitete, mich gleich mit fremden Menschen zu duzen. Aber in diesem Fall wurde ich den Verdacht einfach nicht los, dass es sich bei der ganzen Aktion um eine abgekartete Sache handelte. Aber eines fiel mir sofort auf: Elisabeth Kaldenbach war wirklich eine sehr nette junge Frau, die mich mit einem herzlichen Strahlen empfing. „Setz dich doch", lud sie mich ein. Sofort kam ich ihrer Aufforderung nach. „Auch für den Fall, dass das jetzt sicher ziemlich platt klingt: Ich habe alle deine Bücher gelesen und freue mich riesig, dich sogar einmal persönlich kennen zu lernen. Wann wird dein nächstes Buch erscheinen? Die Buschtrommeln verkündeten bereits, dass dies schon sehr bald der Fall sein wird. Ist es so?" „Das freut mich, dass dir meine Bücher gefallen. Du hast recht, es kann sich nur noch um wenige Tage handeln, bis mein Sklaventreiber das Buch auf den Markt wirft." Elisabeth lachte herzlich über den von mir für meinen Verleger verwendeten Terminus. „Ist es wirklich so schwierig in deinem Gewerbe Fuß zu fassen?" „Noch viel schwieriger als du dir denken kannst. Erst findest du überhaupt niemanden, der dein Buch verlegen möchte, und wenn du es dann tatsächlich endlich geschafft hast, einen ehrlichen Verleger zu finden, lässt er dich nicht mehr aus seinen Fängen. Und im Nu bist du sein Leibeigener." „Das hört sich ja furchtbar an." „Also ganz so schlimm ist es nun auch wieder nicht. Am schwierigsten ist es erstmal, überhaupt einen Verleger zu finden. Alles andere regelt sich dann fast wie von selber." Dass sich Elisabeth so für meinen Beruf interessierte gefiel mir. Sollte ich sie einfach mal so ganz unverbindlich zum Essen einladen? Eventuell nur mal so, damit ich nicht ganz aus der Übung gerate, wenn es ums plaudern oder flirten geht. Der Gedanke, irgendwann als Einzelgänger oder gar schwer Vermittelbarer in Sachen Liebe zu gelten, beschlich mich urplötzlich. Regelrecht Panik stieg in mir auf. „Markus? Bist du etwa gerade in eine deiner literarischen Welten abgetaucht?" Oh verdammt, nein, wie peinlich. Sie hatte bemerkt, dass ich mit meinen Gedanken abgeschweift bin. „Nein, keine Sorge, ich bin ganz bei der Sache. Ich musste nur gerade daran denken, wie es mir ergangen war bis ich endlich Breunig, meinen Verleger überzeugen konnte, dass meine Manuskripte nur nach seinem Verlag schrien, um von ihm verlegt zu werden und das ich ihm ein Vermögen erschreiben würde. Wir könnten ja mal zusammen essen gehen, natürlich nur wenn du magst." Jetzt war es heraus. Ich hatte allen Mut zusammen genommen und gewagt sie zu fragen. Mal gespannt, was sie wohl antwortete. „Ja, gern. Morgen ist Freitag. Ich arbeite bis halb sieben. Dann brauche ich noch ein Stündchen, um mich für dich richtig aufzubrezeln. Sagen wir um acht?" „Ja, das trifft sich prima. Ich wollte morgen noch ein wenig schreiben und dann bleiben mir ganz sicher auch ein paar Stündchen Zeit, um mich ebenfalls für dich aufzubrezeln." Elisabeth musste heftig über meinen eher blöden Witz lachen. Aber wie mir schien war das Eis zwischen uns gebrochen. Jetzt klopfte ich mir erstmal bildlich ordentlich auf die Schulter, wie locker ich doch ein Rendezvous vereinbaren konnte. Doch da fiel mir siedend heiß ein, dass sich Engelchen doch in der Werkstatt befand und somit als Transportmittel nicht zur Verfügung stand. „Ich kann dich nur leider

25

nicht abholen, Elisabeth, weil mein Auto in der Werkstatt ist." „Das ist kein Problem. Ich hole dich zu Hause ab. Ich weiß ja, wo du wohnst." Was für ein merkwürdiges Treffen stand mir da bevor. Nicht einmal die gemeinhin gängigen Konventionen konnte ich bedienen. Oder wurde ich gar ein Opfer der Emanzipation? Nun reg dich einfach mal wieder ab, Markus. Du hast halt morgen kein Auto zur Verfügung und wirst deshalb von Elisabeth abgeholt. Alles kein Beinbruch. „Super, ich erwarte dich dann so gegen acht." Leider hatte ich bei all der vorherrschenden Euphorie peinlicherweise vergessen, warum ich eigentlich den Arbeitsplatz von Elisabeth Kaldenbach aufgesucht hatte und erhob mich bereits von meinem Sitzplatz. „Wolltest du nicht eigentlich verreisen?" „Ja, natürlich. Deshalb bin ich doch hierher gekommen. Irgendwie sind wir ganz vom Thema abgekommen." Rasch setzte ich mich wieder hin. Ich hoffte nur, dass ich jetzt keinen total roten Kopf bekommen hatte und wenn ja, Elisabeth keine unangebrachte Bemerkung dazu machte. Doch entweder behielt mein Kopf seine natürliche Farbe oder sie ging taktvoll darüber hinweg, vielleicht hatte sie eine Veränderung meines Teints ja auch nicht bemerkt. „Wohin möchtest du denn fliegen?" Irgendwie fehlte mir gerade der sittliche Ernst über eine Urlaubsreise nachzudenken. Doch wie würde das jetzt aussehen, wenn ich mich einfach verabschieden würde und das Reisebüro verließe. „Na, irgendwohin, wo die Sonne scheint, das Essen genießbar ist und das Meer noch schön warm vor sich hin plätschert." „Da gibt es noch eine Menge

26

Möglichkeiten. Spanien zum Beispiel oder die Türkei. Hast du dir denn noch keine Gedanken zur passenden Destination gemacht?" „Nicht so wirklich. In Spanien habe ich mir schon so einige Ecken angesehen. Ich war auf Ibiza, Formentera und Mallorca wie auch auf Gran Canaria. Türkei ist nicht so mein Ding." „Und wie ist es mit Italien?" „Ach, ich weiß nicht. Obwohl es da auch eine Menge tolle Gegenden gibt, die mich interessieren würden." „Warst du denn schon mal in Portugal?" „Portugal? Nein, da war ich noch nicht. Du?" „Ehrlich gesagt nein, aber ich wollte dort einmal hinfliegen. Gerade an der Algarve gibt es wunderschöne, romantische Strände mit gewaltigen Felsen, die im Meer stehen. Hier, schau mal: Der Falesiastrand ist besonders schön. Auch die Ecke um Alvor. Da kannst du stundenlang am Strand spazieren gehen und überall ragen gewaltige Felsen aus dem Meer. Muss wirklich sehr schön dort sein. Weißt du was? Ich stelle dir für morgen Abend ein paar Ziele zusammen und bringe dir die passenden Prospekte dazu mit." „Das ist eine tolle Idee. Ja, dann sage ich erstmal danke für deine Mühe und freue mich auf morgen Abend. Wo wollen wir denn Essen gehen?" „Lass dich einfach überraschen. Ich kümmere mich um alles." „Gut, dann bis morgen Abend um acht." „Genau, bis morgen um acht. Ich freue mich schon sehr." Am Funkeln ihrer hübschen, dunklen Augen konnte ich ablesen, dass dies keine Floskel war. Meinen Urlaub betreffend erhob ich mich eher unverrichteter Dinge aus dem kleinen Stuhl des Reisebüros. Jedoch die Vorfreude auf einen schönen

Freitagabend wirkte wie elektrisierend. Als sie mir zum Abschied die Hand reichte und mich ihr natürliches Lächeln richtig in ihren Bann zog, spürte ich förmlich wie es in mir zu kribbeln begann.

Kapitel 5

Es folgte, wie nicht anders zu erwarten, eine eher unruhige Nacht. Das Gefühl, nicht alles selbst unter Kontrolle zu haben, was unser erstes Treffen betraf, machte mich schon etwas nervös. Obwohl, was hatte ich schon zu verlieren? Mit Messer und Gabel zu essen hatte mich meine Kinderstube gelehrt. Ebenfalls würde ich vermeiden, beim Essen zu schmatzen sowie beim Trinken zu schlürfen, obwohl mir dies hin und wieder gerade bei sehr heißen Getränken passieren konnte. Elisabeth würde mir ganz sicher deshalb nicht den Kopf abreißen. Vielleicht sollte ich einfach die Einnahme von Heißgetränken am ersten Abend meiden.

Ich gönnte mir zum Start in den Tag ein leichtes, obstlastiges Frühstück und setzte mich nach dem Duschen gleich euphorisch vor meine Tatstatur. Doch der Gedankenfluss, der sich sonst so locker in Bruchteilen von Sekunden in elektrische Energie umsetzte, der dann meine Finger beflügelte, schöne und freche Texte in die Tastatur zu hacken, wollte irgendwie nicht so recht in Wallung kommen. Wenigstens bekam ich noch das Gerüst zu meiner Kolumne für die größte Tageszeitung Kölns zusammen. Doch so sehr ich auch darüber nachdachte, ob es nun Sinn machte, wieder Verkehrspolizisten, wie in der Historie bereits geschehen, auf allen Kreuzungen unserer Großstädte zu positionieren, die auch mal per Hand den Verkehrsfluss regeln konnten, eine wirklich humorvolle Geschichte zeigte sich nicht auf meinem Bildschirm. Immer wieder verwarf ich meinen Text und löschte ihn weg. „Warum hast du dir nur so ein blödes Thema ausgesucht?", sinnierte ich leise vor mich hin. Dann hatte ich plötzlich eine ganz andere, sehr gute Idee. „Genau, das ist es! Mein Thema wird lauten: Welche Vorzüge bietet uns Männern eigentlich die Emanzipation?", sprach ich laut das aus, was mir gerade durch den Kopf schoss. Als hätte ich mein Hirn unter Starkstrom gesetzt, sprudelten nun meine Gedanken nur so aus mir heraus. Am frühen Nachmittag stand meine Geschichte schwarz auf weiß auf dem Bildschirm zu lesen und ich musste stellenweise sogar selbst mehrfach über den humorvollen Inhalt lachen. Jetzt noch schnell alles auf verschiedenen Medien abspeichern und fertig war mein Tagwerk. Morgen würde ich den Text noch einmal ansehen und gegebenenfalls überarbeiten, sodass ich ihn Montag der Redaktion zum Abdruck in einer der nächsten Ausgaben zumailen konnte.

Jetzt konnte sicher ein wenig Bewegung nicht schaden. Ich beschloss zu Nina zu joggen, um mich nach dem Befinden von Engelchen zu erkundigen. Dank recht flottem Vortrieb schaffte ich die Strecke sogar in nur fünfzehn Minuten. Als ich Ninas Werkstatt betrat, herrschte hier bereits Wochenendvorbereitung. Alles Werkzeug hing sauber angeordnet in den dafür vorgesehenen Halterungen an den Wänden. Die beiden Azubis verließen gerade frisch geduscht den Umkleideraum und winkten ihrer Chefin noch zum Abschied zu. Gespenstische Ruhe herrschte nun in der Halle vor, in der sonst so geschäftig gearbeitet wurde. „Hallo, Markus. Hat dich eher Sehnsucht nach mir oder nach Engelchen hierher getrieben?" „Hi, Nina, in erster Linie bist es doch du, der meine große Liebe gilt." „Ach, ist das schön, wie poetisch du dein Verlangen nach mir ausdrückst. Doch selbst deinem vehementesten Flehen nach meiner Liebe kann ich nicht nachkommen, da mein Herz nur Clara gehört." „Doch wenn Clara irgendwann deiner Liebe überdrüssig ist, lass es mich umgehend wissen, damit ich mich dir zu Füssen werfen kann, um deiner zu freien." Nina und ich lachten laut los ob unserer lyrischen Liebesbekundungen. „Ach, Markus, du bist ein unverbesserlicher Träumer. Ich steh doch nun mal nur auf Mädels." „Ja, das weiß ich doch. Das tu ich ja auch. Deshalb passen wir sicher sehr gut zusammen." Nina schlug mir mit der Faust kräftig gegen meinen linken Oberarm. „Du bist ein verrückter Kerl. Such dir endlich mal ein liebes Mädel, dass zu dir passt." „Das habe ich doch schon, aber sie verschmäht meine Liebe." „Jetzt aber genug geblödelt, mein Lieber, es wird ernst. Wir haben schon mal Engelchens Herz ausgebaut und den Zylinderkopf abgenommen. Also wenn ich ehrlich bin, Markus, und dafür kennst du mich lange genug, müssen wir Engelchens Herz komplett neu aufbauen. Kolben, Kolbenringe, Ventile und eine neue Nockenwelle müssen her. Öl- und Wasserpumpe sind ebenfalls hin. Der Kopf muss neu eingeschliffen werden und wir benötigen einen Satz Einspritzdüsen." „Ach du lieber Himmel, mein armes Engelchen!" „Engelchen wird die Operation locker überstehen. Ich denke da eher an das Befinden deines Bankkontos." „Wird es wirklich so schlimm?" „Schlimmer, Markus. Selbst wenn ich die Teile ohne Aufschlag an dich weiter berechne und den größten Teil der Stunden von meinen Azubi-Mädels durchziehen lasse, muss ich dir etwa dreitausend Euro plus Steuer berechnen. Wir können aber die Motorinstandsetzung nicht in Teilabschnitten durchziehen, denn wir können den Motor ja nicht jede Woche wieder neu aufmachen und dann wieder etwas anderes tauschen." „Das sehe ich ein, aber ohne Engelchen bin ich aufgeschmissen." Der fragende Blick von Nina schmerzte schon heftig, doch auf sie war immer Verlass und sie würde mich ganz sicher nicht übern Tisch ziehen. „OK, Nina, ich zahle jetzt schon mal eintausendfünfhundert Euro an, damit du die Teile besorgen kannst. Wenn Engelchen dann wieder richtig läuft zahle ich den Rest." Nina trat jetzt ganz nah an mich heran und streichelte über meine rechte Wange. „Ich hätte dir lieber etwas Schöneres zu Engelchens Motor gesagt, aber der Motor ist einfach hin, und wenn du nichts dran machst, macht der irgendwann ganz die Grätsche und du bleibst liegen. Dann wird ein neuer Motor fällig und der ist noch teurer." „Na gut, wenn du es sagst. Wann wird mein altes Mädchen wieder laufen?" „Ich denke, nächsten Freitag kannst du Engelchen wieder abholen und sie wird losrennen wie in alten Zeiten." „Dann wünsche ich dir ein schönes Wochenende, Nina." „Dir auch, Markus. Tschööö."

Ein wenig bedrückt ob der schweren Reparatur und der gewaltigen Kosten, die mir Engelchen da wieder eingebrockt hat, machte ich mich auf die Sohlen meiner Turnschuhe. Wieder benötigte ich lediglich fünfzehn Minuten für die Strecke bis nach Hause. Ziemlich verschwitzt warf ich meine Klamotten in die Waschmaschine zu den übrigen Dreißiggradartikeln und startete den Waschgang. Ähnliches Wohlgefühl wollte ich auch meinem verschwitzten Körper zukommen lassen und verschwand in der Duschkabine. Nach den aufregendsten Essenzen des Morgenlandes duftend entstieg ich meiner Wellnessoase und wickelte mich in ein Badetuch. Rasiert hatte ich mich bereits ordentlich am Morgen, sodass hier kein Nachbesserungsbedarf bestand. Als ich mich dann endlich noch für mein weißes Leinenhemd und meine hellblaue Lieblingsjeans entscheiden konnte, stand das Outfit für den Abend. Statt Turnschuhen wählte ich die dunkelbraunen Wildlederslipper, denen ich noch einen Schuhputz spendierte. Behutsam wickelte ich mich jetzt aus dem Badetuch, das ich mir um den Bauch gewunden hatte und verschwand wieder im Bad. Hier versorgte ich mich mit Deo, ein wenig Gesichtscreme und natürlich jeder Menge Eau de Toilette. Die Haare ließ ich vom Wind trocknen, während ich nervös wie ein Schuljunge, der die Note seiner

Lateinarbeit erwartete, durch meine Wohnung rannte. Fertig. Jetzt noch schnell die Wäsche aus der Maschine nehmen und aufhängen. Verdammt, es war ja erst halb acht. Wie sollte ich jetzt meine Nerven beruhigen, bis Elisabeth mich endlich abholte? Ich tat einen Blick in mein E-Mail-Postfach und beantwortete einige Fananfragen. Ohne zu bemerken, wie schnell so eine halbe Stunde dann doch dahin rennen konnte, wenn man sich zu beschäftigen wußte, vernahm ich das Klingeln an meiner Türe. Ich betätigte den Türöffner und ließ gleichzeitig meinen Rechner herunterfahren.

Kapitel 6

Das Klappern von Sandaletten auf den Travertinstufen des Treppenhauses verriet mir, dass Elisabeth sich tatsächlich richtig in Schale geworfen hatte. Und wirklich: Als sie bei mir im Türrahmen auftauchte, war ich schon sehr überrascht. Ihr Gesicht hatte sie dezent geschminkt und ihre lockigen Haarspitzen hüpften immer wieder auf ihren Schultern auf und ab, während sie ihren Kopf bewegte. Das cremefarbene Minikleid, das weder ordinär zu kurz geschnitten war noch all zuviel von ihren hübschen Beinen verbarg, formte ihre natürliche Figur und der eher brave Ausschnitt gewährte dem Betrachter einen verhaltenen, erotischen Einblick. „Mann, du siehst toll aus", rutschte es mir völlig unbedacht heraus, was Elisabeth allerdings gleich mit einem erfreuten Schmunzeln quittierte. „Das Kompliment kann ich

33

ohne weiteres zurückgeben. Du hast dich auch richtig herausgeputzt", gab Elisabeth zur Antwort. Scheinbar hatte ich auch ganz ihren Geschmack getroffen. „Möchtest du etwas trinken oder wollen wir gleich los?" „Ich habe einen Bärenhunger. Lass uns gleich losdüsen."

Auch wenn ihr Golf jeglichen Komfort eines modernen Autos in dieser Klasse bot, fehlten mir ein wenig die Quietschgeräusche so mancher Gummidichtung und Feder von Engelchen, wenn es sich mal wieder über den schlechten Zustand einiger Ausfallstraßen beschwerte. Dafür waren die CD-Anlage und die Lautsprecher erste Sahne und ließen keine Wünsche beim Hörgenuss offen. Unsere Musikgeschmäcker lagen auch nicht sehr weit auseinander, sodass wir bei manchem Song laut mitsangen. Elisabeth machte einen sehr natürlichen Eindruck, und sie lachte gern. Diese Eigenschaften machten Hoffnung auf einen lustigen Abend. Gute zwanzig Minuten später ließ Elisabeth ihren Golf auf einem Parkplatz am Stadtrand ausrollen, der zu einem gemütlichen Restaurant mit angeschlossenem Biergarten gehörte. Wir warteten noch ab, bis Mick Jagger das letzte Mal „Everybody seen my baby" gesungen hatten und entstiegen laut lachend dem Volkswagen. Es war jedoch keineswegs der Song, der unsere Lachmuskeln strapazierte, sondern die Erkenntnis wie weit wir beiden Stimmakrobaten doch mit unserer Intonierung vom Original entfernt lagen. Elisabeth hakte sich gleich bei mir unter, damit sie den Weg vom Auto bis zum Restaurant unfallfrei auf ihren Sandaletten überstand. Es wurde ein unheimlich lustiger Abend. Wir verspeisten ordentliche Wiener Schnitzel mit Pommes Frites und Salat und tranken jede Menge Mineralwasser dazu. Elisabeth war sehr vielseitig interessiert und verstand sich auch darauf gut zuhören zu können. So gedieh unsere Konversation stetig und förderte jede Menge neuer Themen zu Tage. „Wollen wir noch woanders etwas trinken gehen?", fragte mich Elisabeth eher etwas zögerlich und scheinbar in Sorge, ich könnte vielleicht schon nach Hause wollen. „Ja, warum nicht, wenn du weißt, wohin wir gehen können und wo vor allem gute Musik gespielt wird." Elisabeth wusste genau, wohin sie mich entführen musste und was meinen Geschmack traf. Die Musikkneipe glänzte nicht nur mit einer urigen Einrichtung, sondern auch mit einer tollen Musikauswahl. Wir stiegen gleich von Wasser auf Kölsch um, nachdem wir beschlossen hatten, den Wagen stehen zu lassen. Noch vor Mitternacht fand ich mich sogar auf der kleinen Tanzfläche wieder und rockte mit Elisabeth wild ab, wie ich es einst in alten Studienzeiten das letzte Mal gemacht hatte. So tanzten wir die eben mit den Schnitzeln aufgenommenen Kalorien ganz schnell wieder ab. Irgendwann legten wir dann doch mal eine Pause ein und zogen uns an unseren Stehtisch zurück. Gegen halb eins machte ein kleiner Zeitungsausträger, der die schnellste Zeitung vom Rhein verdealte, in der Kneipe seine Runde. Was ich nicht wusste war die Tatsache, dass mein Verleger an diesem Wochenende mein Buch in allen Zeitungen mit Bild von mir und dem

Deckelcover bewarb, was dazu führte, dass mich einige Mädels erkannten und gleich mit der Zeitung unter dem Arm auf mich losstürzten und um ein Autogramm baten. Und weil die Fans wie auch der Autor schon ein paar Bierchen intus hatten, musste ich so einige spezielle Autogrammwünsche sogar auf der nackten Haut erfüllen. Elisabeth hatte sich ganz nah an mich herangekuschelt und damit für alle weiblichen Fans das Terrain abgesteckt. Dann gab auch noch der Kneipenwirt über Mikrofon bekannt, welch prominenter Gast sich in seinem Hause aufhielt. Dadurch wurde mir der Ansturm dann doch etwas zu groß. Als der Wirt bemerkte, was er mit seinem Hinweis angerichtet hatte und dafür als Entschuldigung die ganze Rechnung des Abends übernehmen wollte, hatte ich bereits bezahlt. Wir tranken noch zwei Bierchen aufs Haus und machten uns dann ganz schnell aus dem Staub.

Weil um diese Uhrzeit keine öffentlichen Verkehrsmittel mehr fuhren und ebenso weit und breit kein Taxi zu finden war, beschlossen wir zu laufen. Der Zeitbedarf bis wir Elisabeths Wohnung erreichten, betrug nur etwa dreißig Minuten. Ihr hatte der Abend richtig gut gefallen. Immer noch erfüllt vom wilden und bunten Treiben in der Kneipe erläuterte sie mir den ganzen Weg lang ihre Eindrücke. „Kommst du noch auf einen Kaffee mit hoch?" Ich hatte diese Frage bereits erwartet und mir schon seit einiger Zeit darüber Gedanken gemacht, soweit mir dies nach zehn Bierchen noch möglich war, was ich antworten wollte. Obwohl Elisabeth mein anfängliches Zögern bemerkte, schob sie mich gleich ohne meine Antwort abzuwarten in den Hauseingang hinein und öffnete die Haustüre. Ich war quasi überredet. Den Aufgang in die erste Etage bewältigten wir gemessen am Alkoholspiegel recht flott, ein eindeutiges Zeichen dafür, dass sich unser beider Libido langsam aber stetig steigerte. Noch während ich die Wohnungstüre verschloss, legte mir Elisabeth ihre Arme um den Hals und schmiegte sich fest an mich. Sanft spürte ich ihre Lippen, die sich auf meinen Mund legten und ihre Zunge, die fordernd Einlass in meinen Mund begehrte. Der innige Kuss im Verbund mit dem konsumierten Alkohol schien Elisabeth völlig hemmungslos zu machen. Immer heftiger spielte ihre Zunge mit der meinen. Wollüstig drückte sie mich fest gegen das Türblatt. Ich gewann plötzlich den Eindruck als hätte Elisabeth ihre Hände überall. Wenig später fanden wir uns in ihrem Bett wieder. Die Berührung ihres griffigen Körpers, ihrer kräftigen Brüste sowie ihrer weichen Haut versetzten auch mich in paarungswillige Stimmung, was auch Elisabeth nicht entgangen war, während sie mir förmlich meine Kleider vom Leib riss. Zu guter Letzt verpassten wir mit vereinten Kräften dem besonderen Objekt der Begierde ein Gummitütchen. Noch während ich mich aufmachte, mich zwischen ihre Schenkel zu drängen, saß sie bereits auf mir und ritt auf mir als würde sie einen Mustang zureiten. Elisabeth griff nach meinen Händen und legte sich diese auf ihre Brüste. Ich begann sie zu massieren und schon bald tat Elisabeth laut kund, dass sie ihren Höhepunkt

37

erreicht hatte. Ich folgte ihr kurz darauf. So mutierte unsere Liebesnacht für uns wie auch für ihre Nachbarn zu einem unvergesslichen Erlebnis.

Kapitel 7

Irgendwann am Vormittag blinzelte die Sonne durch einen Gardinenschlitz mir genau ins Gesicht. Ich drehte meinen Kopf zur Seite. Elisabeth schlief noch. Langsam erhob ich mich, um auf der Toilette dem restlichen Kölsch einen Ablauf zu ermöglichen. Da der Kopf ein wenig schmerzte, ging ich gleich zurück ins Bett. „Musst du etwa los?", vernahm ich Elisabeths Stimme, die gefiltert durch ihr Kissen eher verzerrt klang. „Nein, ich musste nur mal." „Darüber denke ich auch schon eine ganze Zeit nach, aber ich bin einfach zu faul zum Aufstehen. Kannst du das Klo nicht hierher holen?" „Ja klar. Mach ich doch. Einen Moment." Irgendwie schien ich mit meiner Aussage Elisabeth verwirrt zu haben. Wie von der Tarantel gestochen verließ sie ihr Schlafgemach und stürmte ins Bad. Sie schien wirklich der irrigen Annahme verfallen, ich könnte das Klo demontieren und ihr ans Bett schleppen. „Du bist vielleicht ein verrückter Kerl", stand sie lachend vor mir in der Küche, als ich mich gerade mit dem Putzeimer in Händen auf dem Weg ins Schlafzimmer befand. Völlig nackt stand sie vor mir. Ihr Anblick wirkte erregend. Sie merkte sofort, dass ich ihren Körper mit den Augen fixierte. Sie nahm mir den Eimer ab und mich dafür in ihre Arme. Ihre Küsse und ihre anschmiegsamen Bewegungen sorgten wieder für Belebung in meinen Lenden. „Komm ins Bett, ich hab noch ein Päckchen Gummis. Die hauen wir noch auf den Kopf." Ich hatte zwar nie zuvor eine ähnlich aufmunternde Animation zum Geschlechtsverkehr erhalten, doch wie heißt es so schön: Es gibt anscheinend nichts, was es nicht gibt. Sie nahm mich auch nicht an die Hand, wie es wahrscheinlich jede andere Frau getan hätte, um mich in ihr Bett zu führen. Sie fasste um ihren Wunsch nach Verführung besonderen Nachdruck zu verleihen genau dort hin, wo die Wurzel der Glückseligkeit beheimatet war und zog mich ganz vorsichtig daran zurück in ihr Bett. Es folgte für uns beide ein wunderschönes und für die Nachbarn ein geräuschvolles Erwachen.

Erschöpft schliefen wir beide wohlig befriedigt wieder ein. Ich erwachte zuerst, duschte und holte frische Brötchen. Als ich Elisabeths Refugium betrat, rauschte Wasser in der Dusche. Ich setzte Kaffee auf und suchte mich durch diverse Küchenschränke durch, bis ich bezüglich Tassen, Tellern, Besteck und allem, was sonst ein anständiges Frühstück ausmachte, fündig wurde. Selbst ein paar Gänseblümchen, die ich auf einer Wiese eine Straße weiter im Vorgarten fand, hatte ich zur Dekoration in einem kleinen Schnapsgläschen auf den Tisch gestellt. Elisabeth stand gerührt vor dem Tisch, als sie meine tiefgreifenden Bemühungen begutachtete, uns einen angenehmen, kulinarischen Start in den Rest des Tages zu bereiten. „Du hast mir ja sogar Blümchen mitgebracht. Du bist richtig süß." Diese Äußerung von ihr kam aus tiefstem Herzen, denn ich sah, dass sich Tränchen der Rührung in ihren Augen bildeten. Sie ging in die Knie und nahm mich in ihre Arme. „Ich habe noch keine Sekunde unseres Treffens bereut. Und du?" „Nun ja", antwortete ich. „Ich wurde von dir ins Blaue chauffiert, habe auf deine Kosten sehr lecker gegessen, wir haben gute Gespräche geführt, du hast mich in der Kneipe abgefüllt und den weiblichen Fanansturm ertragen, dann jedoch musste ich in tiefer Nacht zu Fuß nach Hause laufen, dir als Liebessklave willig zur Verfügung stehen, für dich loslaufen und Brötchen zum Frühstück besorgen und wo bleibt mein Morgenkuss?" „Du bist schon ganz schön frech", äußerte sie grinsend. „Aber unheimlich lieb bist du obendrein." Daraufhin küsste sie mich ausdauernd bis die Gefahr bestand, dass unser Kaffee kalt wurde.

Zwei Becher Kaffee, zwei Brötchen mit Marmelade und zeitlich etwa eine Stunde später betätigte ich mich als Jongleur und trocknete das von Elisabeth sorgsam gespülte Geschirr, die Gläser und das Besteck ab. „Gehen wir gleich mein Auto holen?" „Eine gute Idee. Ein Spaziergang wird dir gut tun, damit du nicht einrostest. Ab einem gewissen Alter sollte man täglich dreißig Minuten laufen. Das ist gut für die Knochen und beugt gleichzeitig Cellulitis vor." Das mich jetzt einige Boxhiebe treffen würden, hatte ich kalkuliert, doch dass sie auch den Spülschwamm nach mir warf, brachte mich schon ein wenig aus meinem Konzept. „Dir jogge ich noch etwas vor mein Lieber. Ich habe selbst mit sechsunddreißig noch Luft genug dir auf einem

Bein davon zu hüpfen, und Orangenhaut wirst du auch nicht bei mir finden." Es folgte noch ein weiterer Trommelwirbel mit ihren Fäusten auf meinem Rücken, bis sie mich liebevoll in ihre Arme schloss. „Hör mal zu, du Bücherwurm. Ich glaub, ich hab mich in dich verliebt." „Ja, das ist jetzt aber ein Ding. Was machst du nur für Sachen, Lizzi?" Sie ließ einen Schrei los. „Nenn mich bloß nicht mehr Lizzi. Den Spitznamen habe ich schon zu Schulzeiten wie die Pest gehasst." „Ok, Li...." „Lass es sein, mein Buchstabensammler." Am Funkeln ihrer Augen konnte ich gut erkennen, dass der Kosename Lizzi nun überhaupt nicht ihr Ding war. Grinsend hielt ich meinen Mund. Ich ließ ihre Aussage bezüglich ihres veränderten Gemütszustandes mir gegenüber jedoch bewusst unkommentiert.

Der Sparziergang Richtung Elisabeths Auto sorgte für freien Durchzug durch unsere noch ein wenig vom Alkohol vernebelten Köpfe nach der durchzechten Nacht. Doch bereits nach etwa fünfzehn Minuten Wanderschaft bekam ich Lust auf einen Cappuccino und als dann auch noch ein nettes, kleines Eiskaffee am Wegesrand auftauchte, schlug ich eine Rast vor und lud Elisabeth zu einem feinen italienischen Milchkäffchen ein. Eigentlich hatte ich mit Protest gerechnet, doch sie nahm die Einladung dankend an und pflanzte sich auf einen der Stühle neben mir. Der kleine Kellner, der seine Herkunft vom südlichen Stiefel Europas nicht verleugnen konnte, nahm freundlich unsere Bestellung entgegen und verschwand im Innen-

41

raum. „Sag mal?" Ich ahnte Fürchterliches, denn wenn eine Frau einen Satz mit dieser Fragestellung beginnt, folgt meistens etwas völlig Unerwartetes wie zum Beispiel: Wann gehen wir denn noch mal zusammen einkaufen? Wobei sich diese Frage in unserem Fall wohl nicht stellte, denn wir kannten uns ja erst drei Tage. Oder: Ich möchte gern die Wohnung renovieren und eine neue Küche bestellen. Was denkst du? Auch in diesem Fall kam mir zu Gute, dass wir uns erst ganz kurz kannten. Aber, wie ich schon erwähnte, stand der Ausspruch einer denkwürdigen Frage noch aus und sie traf mich mit voller Breitseite. „Sind wir jetzt eigentlich zusammen oder muss ich unser Treffen von gestern und die wunderbare Nacht mit dir als One-Night-Stand abhaken?"

Jetzt spontan das Falsche zu sagen, könnte fatale Folgen nach sich ziehen. Wenn ich ehrlich zu mir war, hatte ich bisher noch überhaupt nicht darüber nachgedacht, ob aus uns ein Paar werden könnte. Elisabeth bemerkte natürlich sofort mein Zögern. „Habe ich gerade mal wieder die falsche Frage gestellt?" Aber ich wäre kein guter Buchautor, wenn mir jetzt nicht irgendetwas Passendes, Liebevolles dazu einfiel. „Hast du jetzt um meine Hand angehalten?" fragte ich sie frech grinsend. „Du bist so doof, Markus. Ich meinte das jetzt wirklich ernst." Davon war ich im tiefsten Innern auch schon ausgegangen. „Gib uns doch einfach etwas Zeit, damit wir uns erstmal besser kennenlernen. Ich fand den Abend und die Nacht mit dir auch sehr schön. Wir sollten uns wirklich eine

Chance geben und so viel als möglich gemeinsam unternehmen und wer weiß schon, was noch wird." Stolz über meine sorgsam ausgewählten Worte legte ich mich ein wenig in meinem Stuhl zurück. „Das hast du jetzt wirklich schön gesagt. Ich möchte gern mit dir zusammen bleiben." „Aber du kennst mich doch überhaupt noch nicht richtig. Ich oohnarche häufig, wenn ich auf dem Rücken schlafe." „Macht mir nichts. Das tue ich auch." „Ich bin nicht besonders ordentlich und lasse häufig Sachen rum liegen." „Die räume ich für dich weg." „Und meine weiblichen Fans schicken mir dauernd Mails mit Nacktfotos und wünschen sich eine Liebesnacht mit mir." „Sind doch nur Fotos. Solange du ihre Wünsche nicht erfüllst, ist mir das gleichgültig." Wir spielten dieses Spielchen noch eine ganze Weile weiter, bis Elisabeth ganz nah zu mir rüberrückte und mich in ihre Arme nahm. „Ich habe mich in dich verliebt, Markus, und du wirst es nicht schaffen mich davon abzubringen." „Das möchte ich doch auch gar nicht. Wir müssen uns nur mehr Zeit lassen zum Kennenlernen." Ich gab ihr einen sanften Kuss, um ihr kundzutun, dass es mir auch ernst gemeint war. Elisabeth strahlte, dass ich ihr so spontan einen Kuss gegeben hatte. „Komm, lass uns los mein Auto holen." Ich zahlte und stand auf. Irgendetwas hatte sie noch vor, dass sie so rasch zum Aufbruch drängte. Gespannt erwartete ich ihren Vorschlag für den Abend.

Kapitel 8

Der blaue Golf hatte sich erwartungsgemäß keinen Zentimeter alleine von seinem Parkplatz fortbewegt und wartete darauf, abgeholt zu werden. Wir waren die ganze restliche Strecke schweigend Hand in Hand nebeneinander hergelaufen, so als wenn jeder für sich über die gemeinsame Zukunft nachdenken wollte. Elisabeth öffnete die Türen per Funkfernsteuerung und schwang sich hinter ihr Lenkrad. „Wollen wir heute Abend zusammen zu Katie auf ihre Geburtstagsfete gehen? Sie ist meine beste Freundin." „Das können wir gern machen. Ich möchte nur vorher mal nach Hause und meine Klamotten wechseln. Schließlich trage ich die schon seit gestern Abend." „Dann fahren wir jetzt zu dir. Einverstanden?" Elisabeth freute sich richtig, dass ich sie begleiten wollte. „Hast du schon ein Geburtstagsgeschenk für sie?" „Sie hat sich Geld gewünscht, weil sie sich ein neues Fahrrad kaufen möchte." „Dann stifte ich noch ein paar Blümchen. Was denkst du?" „Das ist eine gute Idee. Wo willst du die Blumen kaufen?" „Bei mir um die Ecke ist ein hübsches, kleines Blumengeschäft. Da suchen wir etwas Passendes aus." Elisabeth fuhr sehr sicher, wenn auch ziemlich zügig. Eine solch sportliche Fahrdynamik war Engelchen natürlich völlig unbekannt. Engelchen liebte das gemächliche Dahingleiten und Mitschwimmen im Straßenverkehr. Auf der Autobahn konnte es dann aber auch mal richtig entfesselt loslegen und beinahe hundertvierzig Stundenkilometer schnell rennen, was aber den Verbrauch enorm in die Höhe trieb.

Ich gewährte Elisabeth die Gunst, ihr Auto auf Engelchens Parkplatz abzustellen. Wir stiegen beide aus dem Wagen und schlenderten dem Hauseingang entgegen. Doch hatte ich da im Augenwinkel nicht ein Wackeln der Wohnzimmergardine meiner Vermieterin entdeckt? Es war nur ein Hauch, aber nicht so als wenn das Fenster gekippt offen stand und ein Windzug den Stoff in Bewegung gesetzt hätte. War da nicht sogar die Hand von Henriette Eisermann sichtbar geworden, wie sie hastig ihrer Eignerin einen neugierigen Blick ermöglichte, indem sie einen Sehschlitz im Stoff mit der Goldkante formte? Ein Grinsen wanderte über mein Gesicht, das auch Elisabeth nicht verborgen blieb. „Was hast du?" „Ich habe gerade gesehen, dass Frau Eisenmann uns flüchtig beobachtet hat. Sicher fordert sie morgen von mir einen zusätzlichen Obolus, dass sie uns beide verkuppelt hat." Nun lachte auch Elisabeth. „Das wäre schon möglich. Sie sind bei ihren Aktionen nicht ungeschickt, die Seniorinnen." Wenigstens empfing uns Frau Eisermann nicht noch gebührend im Treppenhaus, während wir die Treppe in den ersten Stock hoch liefen.

Um meiner Vermieterin nicht auch noch die Freude zu gönnen, uns bei der Ausübung der körperlichen Liebe belauschen zu dürfen beschlossen wir, auch die nächste Nacht bei Elisabeth zu verbringen. Ich packte rasch ein paar Sachen in meine Reisetasche, während sich Elisabeth sehr interessiert in meine Kurzgeschichten einlas, die ich in einem Ringordner in der Hoffnung aufbewahrte, sie irgendwann in einem kleinen Büchlein veröffentlichen zu können. „Deine Kindergeschichten sind aber süß, vor allem die mit den kleinen Freunden." „Das freut mich, dass sie dir gefallen. Ich suche noch jemanden, der gut zeichnen kann und mir die Geschichten ein wenig illustriert." Elisabeth hatte bereits an meinem Schreibtisch Platz genommen. Ich verzog mich in meine Küche und bügelte rasch meine dunkelblaue Jeans, die ich frisch gewaschen dem Bügelkorb entnahm, um sie am Abend anziehen zu können. Es folgte noch der Gang ins Bad, um mir mein Rasierzeug sowie ein anders als Elisabeths nach Rosen duftendes Duschgel zu holen. „Fertig", tat ich kund, dass ich zum Aufbruch bereit war. Als ich jedoch kurz einen Blick auf ihre Skizzen warf, die sie in den höchstens fünfzehn Minuten meiner Bügel- und Packaktion angefertigt hatte, traf mich regelrecht der Schlag. Genauso wie Elisabeth auf einem einfachen DIN A4 Blatt eher schemenhaft zwei meiner kleiner Kinderbuchhelden skizzierte, stellte ich mir den kleinen Bär Hori sowie auch den kleinen Löwen Mecki vor. „Das ist ja phantastisch." Mehr brachte ich einfach nicht mehr heraus. Als ich mich wieder einigermaßen gefangen hatte, setzte ich wieder an. „Wollen wir gemeinsam ein Kinderbuch daraus machen?" „Ich würde alles mit dir zusammen machen, Markus, wenn ich nur in deiner Nähe sein kann." Ihren Nachsatz überging ich so, als wenn ich ihn nicht gehört hätte und zog mir einen zweiten Stuhl an meinen Schreibtisch heran. Und dann begann Elisabeth zu zeichnen und das in einer Weise, das ich glaubte, sie hätte Hori, Paula, Mecki und Grisu selbst erfunden. „Grisu ist der kleine Drache, nicht wahr?" „Ja, genau." Ich erklärte ihr noch, wie ich mir meine Helden so vorstellte und dass zum Beispiel das kleine Bärenmädchen Paula eine blaue Latzhose und ein rotes Halstuch trug und Grisu, mein kleiner Drache, mit einem orangefarbenen Panzer mit Zacken auf dem Rücken und an den Seiten ausgestattet war. Elisabeth verstand es hervorragend, sofort meine Vorstellungen grafisch umzusetzen. „Was brauchst du an Equipment, um deine Zeichnungen auf den PC zu laden?" „Wir benötigen einen hochauflösenden Scanner und ein gutes Bildbearbeitungsprogramm." „Beides ist in mittlerer Qualität vorhanden." „Dann lass uns morgen mit den Arbeiten zu unserem gemeinsamen Kinderbuch beginnen." „Ja, das machen wir." Da die Zeit ein wenig drängte, weil das Blumengeschäft für uns ganz sicher keine Nachtschicht einlegen wollte, packten wir zusammen und verließen bewusst schleichend meine Wohnung.

Und in der Tat war Sandra schon damit beschäftigt, ihre Auslagen auf dem Bürgersteig abzubauen, um Feierabend zu machen. Als Sandra mich kommen sah, stellte sie gleich lachend ihre Arbeiten ein. „Na, großer Schreiberling, möchtest du mir mit einem ordentlichen Umsatz das Wochenende versüßen?" „Hi, Sandra, so was in der Art. Das ist Elisabeth. Wir sind auf einer

47

Geburtstagsparty eingeladen und suchen ein ausgefallenes Blumengebinde, das nicht allzu teuer sein soll." „Also nix mit Superumsatz zum Wochenende?" „Leider nicht." „Und was schenkt ihr dem Geburtstagskind?" „Hallo, Sandra. Das Geburtstagskind wird 35 Jahre alt und hat sich Geld für ein neues Fahrrad gewünscht." „Alles klar. Dann mach ich euch etwas fertig. Was darf es denn kosten?" „So um die fünfzehn Euro", legte ich den finanziellen Spielraum fest. Wie nicht anders von mir erwartet, enttäuschte uns Sandra nicht. Sie füllte eine kleine Schale mit Blumenerde und legte einen Moosteppich darüber. Aus kleinen weißen Blüten fertigte sie einen Mittelstreifen, wie man ihn auf der Straße sehen konnte und aus Blumendraht modellierte sie ein Fahrrad. Es dauerte keine fünfzehn Minuten und Sandra drücke mir eine mit hübschen bunten Blumen gestylte Schale in die Hand, auf deren Mitte ein Fahrrad auf grüner Straße prangte. Elisabeth war begeistert. „Das hast du einfach super gemacht." Sandra freute sich, dass uns ihre kleine Schale so gut gefiel. Sie kassierte und wünschte uns noch einen schönen Abend. „Dir auch noch ein schönes Restwochenende und grüß mir Frank." Sandra umarmte mich noch zum Abschied und küsste mich auf beide Wangen. „Tschööö, ihr beiden", rief sie uns noch zu, während wir ihr Geschäft verließen.

Kapitel 9

Katie stellte nach meiner fachmännischen Begutachtung einen wahren Männertraum dar. Ihrer Figur war leicht anzusehen, dass sie viel Sport trieb und dass der Erwerb eines neuen Fahrrades ganz sicher zur Beibehaltung ihrer Körpermaße nicht falsch angelegt war. Strahlend blaue Augen aus einem makellosen Gesicht mit schönen weißen Zähnen lachten mich an, als Elisabeth mich ihr vorstellte. Ihre langen, blonden Haare hatte sie, wie es einst Rapunzel laut dem Märchen auch getan hatte, zu einem kräftigen Zopf geflochten. Obwohl sie mich gar nicht kannte, nahm sie mich gleich in ihre Arme und drückte mich fest an ihre ordentlichen Brüste. Der Duft eines herben, ganz sicher nicht unangenehmen Parfums stieg mir in die Nase. „Bist du nicht der Schriftsteller, den alle Frauen lieben?", fragte mich Katie grinsend. „Ob mich nun alle Frauen lieben, kann ich nicht sagen. Aber in einem gebe ich dir recht: Das Gros meiner Leserschaft ist weiblich." „Aber bekommen tut ihn keine andere mehr. Markus gehört nämlich nur noch mir", rief Elisabeth laut lachend herüber, während sie einige andere Gäste begrüßte. Doch ich konnte mich des Eindruckes nicht erwehren, dass sie mich und Katie beim Akt der Begrüßung genau beobachtet hatte. „Ich nehme ihn dir nicht weg, Süße", erwiderte Katie. Ob dies jedoch für alle anderen weiblichen Gäste galt, dafür würde ich meine Hand nicht ins Feuer legen. Ob klein und brünett oder eher walkürenhaft groß und rothaarig, die Anzahl an weiblichen Wesen überwog um ein Vielfaches auf der Fete, und alle versuchten mit mir ins Gespräch zu kommen, ob am Buffet oder neben dem Fässchen. Gegen halb zwei wurde ich dann endlich erlöst, wobei erlöst vielleicht doch der falsche Ausdruck war, wenn ich bedenke, dass mir verstohlen zwei Visitenkarten von zwei hübschen Ladies zugesteckt wurden und die Plauderei mit Katie auch nicht unangenehm war. Sie jedoch blieb hartnäckig und fiel ihrer Freundin nicht in den Rücken. Nun kam es mir eigentlich immer so vor, dass wenn ich in festen Händen war, mir die Zuneigung anderer weiblicher Wesen gehäufter entgegen gebracht wurde, als wenn ich während meiner Singlephasen alleine durchs Leben ging. Ob das wohl etwas mit dem Jagdtrieb der Menschen zu tun hat, der tief im Innern in jedem steckt? Und es soll mir niemand erzählen, dass der Jagdtrieb eine rein männliche Eigenschaft darstellt.

Elisabeth hatte dem leckeren, toskanischen Rotwein reichlich zugesprochen. Jedenfalls wies ihr Gang ordentlich Schlagseite auf und auch ihrer Zunge war anzumerken, dass dieser das Aussprechen verständlicher Sätze erhebliche Schwierigkeiten bereitete. Nach einer ellenlangen Verabschiedungsorgie mit einer Vielzahl an Küssen, die ein Waschen für die Nacht überflüssig machte, verließen wir Katies Wohnung. An ein Fahren mit Elisabeths Golf war ebenfalls nicht mehr zu denken und ob wir in dieser ruhigen Wohngegend ein Taxi finden würden, das bereit war uns nach Hause zu chauffieren, schien mir fast ausgeschlossen. Da ich mich den ganzen Abend ausschließlich mit Mineralwasser betrunken hatte, dessen Namen eine Stadt in der Eifel trug, versuchte ich nun unsere Situation zu analysieren, während Elisabeth von einem Bein auf das andere hüpfte, weil der konsumierte Rotwein wohl auf Ablauf bestand. Während ich noch darüber nachdachte, dass der Fußweg nach Hause etwa eine gute Stunde betragen würde, verschwand Elisabeth klammheimlich im Dickicht der nahe liegenden Parkanlage. Es brauchte eine ganze Weile, bis sie mit verklärtem Blick auf mich zuwankte, um mir um den Hals zu fallen. „Das war vielleicht nötig", hauchte sie mir ins Ohr. Um einer etwaigen Anzeige wegen Wildpinkelns zu entgehen, hakte ich Elisabeth bei mir unter und schwor sie ganz vorsichtig auf Gleichschritt ein. Anfängliche Schwierigkeiten bei der Schrittaufnahme überwanden wir schnell, und schon bald liefen wir in gehobener Geschwindigkeit der Behausung meiner neugewonnenen Freundin entgegen. Wir erklommen auch noch ganz leise die Stufen des Treppenhauses, bis ich endlich Elisabeths Wohnungstüre aufschließen durfte. Weil auch Mineralwasser alle flüssigkeitsführenden Organe erheblich beansprucht, verschwand ich zuerst auf der Toilette. Als ich jedoch erleichtert das Wohnzimmer betrat, lag Elisabeth tief schlafend und schnarchend auf ihrer Couch. Es erschien mir aussichts- und sinnlos, sie bis zum Morgengrauen noch einmal aufzuwecken. So schlüpfte ich in meinen Pyjama und tauchte ab in Abrahams Schoß.

Der folgende Sonntagmorgen, der jedoch für uns oder besser für mich erst mittags begann, schrie förmlich nach einem Becher guten, heißen Kaffees. Wann sich Elisabeth wieder unter die Lebenden begeben konnte, war noch nicht absehbar. Bis auf ein wenig Schlafmangel konnte ich nicht behaupten mich schlecht zu fühlen. Elisabeths Kopf hingegen schien von einer Herde Kater befallen zu sein, obwohl diese possierlichen Tiere eher ein Zusammenleben in der Gruppe verabscheuten, so in etwa wie der Teufel das Weihwasser. Ich fischte ein Aspirin aus dem Seitenfach meiner Reisetasche und bröselte die Brausetablette in ein Glas Wasser, das ich Elisabeth sofort kredenzte. In guter Hoffnung, dass diese ihren Körper wohl auf die konventionelle Art verlassen würde, verschwand sie noch einmal in ihrem Bett. Draußen lachte die Sonne aus einem wolkenlosen Himmel, was mich sogleich veranlasste, in die Natur aufzubrechen. Eigentlich wollte ich Elisabeth kurz sagen, was ich vorhatte, doch schien sie gerade nicht auf Sendung zu sein und aufwecken wollte ich sie auch nicht. Richtig tief und fest schlief sie in ihrem Bett. Ich schrieb ihr einen Zettel und schlich mich leise aus der Wohnung.

Auf der Straße empfing mich ein sonniger, sonntäglicher Nachmittag. Die Temperatur lag so um die vierundzwanzig Grad. Um Elisabeth nicht in

Angst und Schrecken ob meines heimlichen Verschwindens zu versetzen, ließ ich ihr meine Reisetasche da. Gemächlichen Schrittes schlenderte ich der Straßenbahnstation entgegen. Bereits nach zehn Minuten Wartezeit traf eine Bahn ein, die mich ganz in die Nähe meiner Wohnung brachte. Ich öffnete das Gartentörchen, das mich wie gewohnt mit einem kurzen Quietschton begrüßte und legte noch die letzten Meter zum Hauseingang zurück. Wieder konnte ich im Augenwinkel erkennen, dass ich nicht unbeobachtet blieb. Doch ich ließ mir nichts anmerken. Ich betrat meine Wohnung, die einer Lüftung bedurfte und öffnete zwei Fenster. Der Duft des herben Parfums von Elisabeth lag noch in der Luft. Ich griff mir meinen Laptop, eine Flasche Mineralwasser und zwei USB-Sticks und wanderte die Treppe herunter, um in den Garten zu gelangen. Henriette Eisermann saß schmunzelnd in ihrem Gartenstuhl, die Beine hochgelegt und ließ es sich bei Kaffee und Kuchen gut gehen. Natürlich hatte sie mich gleich entdeckt. „Hallo, Markus. Wieder im Lande?" Ein eindeutiger Hinweis darauf, dass sie längst wusste, dass sich ihr Mieter für zwei Nächte in anderer Mädels Betten herumgetrieben hatte. Ich tat so, als wäre es das Normalste der Welt, dass ich nun mit Elisabeth zusammen war und antwortete freundlich, um ihr gleich allen Wind aus den Segeln zu nehmen: „Ja, da bin ich wieder. Elisabeth war noch zu müde, um schon aufzustehen nach der anstrengenden Fete gestern Abend." Um sie nicht zu kompromittieren, vermied ich natürlich auf ihren desolaten, alkoholbedingten

Zustand hinzuweisen. „Magst du ein Stück Apfelkuchen?" Die geballte Versuchung traf mich bis ins Mark. Sich ihrer Position genau bewusst, winkte sie mit einem Kuchenteller, auf dem majestätisch ein Stück Apfelkuchen ruhte, dessen ordentliches, schneeweißes Sahnehäubchen förmlich selbst auf die Distanz hin einladend nach frisch aus der Schote gedrückter Vanille duftete. Mein guter Vorsatz, heute noch etwas zu schreiben, war plötzlich verflogen. Wie eine Motte in der Nacht angezogen vom Licht einer starken Straßenlaterne, marschierte ich beinahe schlafwandlerisch der Terrasse meiner Vermieterin entgegen, die mir bereits einen Platz an ihrem Tisch freimachte. „Setz dich, Markus und iss etwas Kuchen." Sogleich nahm ich Platz und den mir hingehaltenen Teller in meine Hände. Sanft glitt die Kuchengabel durch die frisch gebackene Frucht und durch den Teig. Der Kuchen war ein Gedicht, obschon ich für Lyrik eigentlich überhaupt nichts übrig habe.

Kapitel 10

Geschickt taktierend ließ mich Henriette Eisermann erstmal in Ruhe meinen Kuchen genießen. Um mich besonders gesprächig zu stimmen, legte sie mir gleich noch einmal nach und krönte die selbst hergestellte Backware wieder mit einem ordentlichen Sahnehäubchen. Natürlich ließ sie es auch nicht an einem Becher Kaffee fehlen. Dann jedoch überwog ihre Neugier und sie begann geschickt das Gespräch in die gewünschte Richtung zu lenken. „Hast du dir bei Elisabeth ein schönes Urlaubsziel ausgesucht?" „Nicht so richtig. Ich bin noch in der Findungsphase. Jetzt zum Ende der Saison gibt es zwar schon sehr günstige Angebote, nur wohin ich wirklich möchte, kann ich bei der Vielzahl an attraktiven Reisezielen noch nicht sagen. Elisabeth wird mir sicher etwas Passendes heraussuchen." „Das glaub ich auch. Sie ist eine sehr fleißige Frau und versteht obendrein ihr Handwerk. Sie ist darüber hinaus eine sehr gute Hausfrau." Henriette beschrieb mir noch weitere Vorzüge der Tochter ihrer besten Freundin. Ich hätte ihre Aufzählungen noch um einige weitere aufstocken können, doch das Thema Sex war natürlich tabu. Henriettes Spannung stieg ins Unermessliche. Wie gern hätte sie jetzt einige Informationen von mir zu unserem Verhältnis erhalten, doch ich hielt mich bedeckt. Eigentlich wusste ich ja selbst noch nicht einmal richtig, wie unsere Beziehung nun weiter ging. Als wir plötzlich beide gleichzeitig unsere Köpfe hoben und sich unsere Blicke trafen, stellte sie endlich die über uns schwebende Gretchenfrage: „Seid ihr beiden jetzt zusammen?" Henriette Eisermann musste selbst ein wenig über ihre eigene Neugier schmunzeln. „Wir stecken doch noch in den Anfängen. Die Zukunft wird es an den Tag bringen." Obwohl ich doch Bücher und Geschichten zu allen Lebenslagen schrieb, fiel mir gerade nichts Besseres ein als diese beiden eher abgedroschenen Floskeln. Aber sie verfehlten keineswegs ihre Wirkung. Henriette Eisermann gab sich vorerst mit meinen Erklärungen zufrieden. Ich bemerkte dies sofort, da sie das Thema wechselte. Natürlich hatte sie auch durch die Tagespresse von der Neuerscheinung meines Romans erfahren und sofort musste ich ihr zusichern, ihr ein mit einer Widmung versehenes Exemplar zu schenken, was ich ohnehin jedes Mal tat, wenn mein Verlag ein neues Buch auf den Markt brachte.

Wir verfielen in eine kurzweilige Plauderei und bemerkten überhaupt nicht, wie schnell die Zeit verging. Die Sonne war bereits klammheimlich um den Hausgiebel gewandert, was zur Folge hatte, dass es uns allmählich fröstelte. Wir beschlossen unsere Kaffeetafel aufzuheben. Anständig wie ich nun mal erzogen war, half ich meiner Vermieterin noch beim Hereintragen des Geschirrs und aller weiteren Utensilien. Sogar für den Abwasch stellte ich mich zur Verfügung, doch Henriette Eisermann wollte gleich die Nachrichten im Öffentlich Rechtlichen Fernsehen anschauen und somit entfiel das Geschirrplantschen. Ich griff mir meinen Laptop und verzog mich daraufhin, nicht unerfreut über den Ausfall der Spülorgie, nach oben in meine Wohnung. Wirklichen Hunger verspürte ich keinen, wenn auch ein wenig der Drang nach etwas Herzhaftem vorhanden war. So eine Tiefkühlpizza mit Thunfisch würde meinen Ansprüchen jetzt genügen. Erfreulicherweise bot mein Froster ein solches Teil zum Aufbacken feil. Ofen auf hundertachtzig Grad einstellen und leicht vorwärmen, PVC-Hülle von der Pizza und in knapp zwanzig Minuten konnte ich speisen wie beim Italiener, also fast so wie beim Italiener. Noch während ich die italienische Backspezialität beim Bräunen beobachtete, meldete sich mein Festnetztelefon. Ich nahm das Gespräch entgegen. „Hallo, Markus", klang es fröhlich, jedoch noch nicht ganz so fit. „Hallo, Elisabeth. Na, bist du dem Delirium noch mal entkommen?" „Bohh, das war schon heftig gestern Nacht. Aber schön war es trotzdem und ich bin dir sehr dankbar, dass du mich wohlbehalten in mein Bett gebracht hast." „Ist Service des Hauses. Ich freue mich aber, dass es dir besser geht. Wie fühlst du dich?" „Ach, es geht schon wieder. Ich mache mir gleich eine Pizza. Dann spielt mein Magen sicher wieder mit." „Also, ich hab ja nix getrunken, aber eine Pizza brutzelt auch in meinem Ofen." „Oh wie schade. Die hätten wir auch gemeinsam knabbern können. Hast du gleich noch Lust vorbei zu kommen, um mit mir mein Auto bei Katie abzuholen?" Ein Blick auf meine Uhr informierte mich, dass es schon kurz nach zwanzig Uhr war. Weil ich aber lange aufbleiben darf antwortete ich: „Können wir machen, aber vor neun kann ich nicht bei dir sein." „Macht nix. Ich freue mich schon dich wieder zu sehen. Dann guten Appetit und bis später." „Dir auch."

Ein Viertelstündchen später als angekündigt klingelte ich bei Elisabeth. Sie duftete wie ein frisch gewässertes Blumenbeet im Frühling, ein Zeichen dafür, dass es ihr besser ging. Sie begrüßte mich gleich mit einem innigen Kuss. „Ich freu mich so, dass du da bist." „Ich freu mich auch dich zu sehen." „Wollen wir gleich los?" „Ja, dann haben wir es hinter uns." Weil der Fußweg zu Katies Wohnung auch in nüchternem Zustand ganz sicher eine knappe Stunde in Anspruch nehmen würde, wählten wir die Straßenbahn. Wir fanden ihren Golf unversehrt in der Parklücke wieder, in die Elisabeth ihn hineinmanövriert hatte. „Kannst du fahren? Ich weiß nicht ob nicht noch Restalkohol in meinen Adern fließt." Ich nahm den Schlüssel entgegen und öffnete ihr wie ein Kavalier alter Schule den rechten Türschlag. Schon nach wenigen Metern Fahrstrecke merkte ich, welche Unterschiede doch zwischen diesem Hightech-mobil und meinem Engelchen bestanden. Alle Hebel und die Lenkung ließen sich ohne besonderen Kraftaufwand bedienen und die leicht gängige Kupplung sorgte für gehobenen Fahr-spaß. Zwanzig Minuten später suchten wir eine ganze Zeit lang nach einem Parkplatz vor Elisabeths Haustüre, bis wir endlich fündig wurden. Mit Leichtigkeit platzierte ich das Wolfsburger Premiumprodukt in der Parklücke. Erst jetzt fiel mir auf, was Elisabeth im Schilde führte von wegen Restalkohol und nicht selber fahren wollen. Sie hatte mich in die Falle gelockt wie die Spinne eine Fliege in ihr Netz. Nun bemerkte auch sie, dass mir ihre Heimtücke aufgefallen war. „Bleibst du etwa über Nacht?", säuselte sie mir grinsend ins Ohr. „Nein, leider nicht. Mutti holt mich gleich hier ab. Ich darf nämlich nur bis 23:00 Uhr draußen bleiben." „Du bist ja so doof, Markus", schimpfte sie ob meiner verbalen Schlagfertigkeit und ver-passte mir einen Boxhieb gegen meinen Oberarm. Um zu vermeiden, dass ich ihr doch noch entkommen könnte, fasste sie mich bei der Hand und zog mich in den Hauseingang und die Treppe hoch in ihre Wohnung. „Bitte, bitte bleib diese Nacht bei mir. Stell dir nur vor, ich verfalle wegen des Alkohols von gestern diese Nacht ins Koma und niemand schaut nach mir." „Was für eine furchtbare Vorstellung. Ich würde ja meines Lebens nicht mehr froh. Vielleicht sollte ich dich gleich ins Krankenhaus bringen und dir den Magen aus pumpen lassen?" „Du bist ein absolutes Scheusal. Ich liebe dich, Markus, und möchte, dass du bei mir schläfst. Ist es das, was du jetzt hören wolltest?" „Ja, warum sagst du das denn nicht gleich und machst solche Klimmzüge?" Es wurde nun Zeit, mich aus ihren Fängen zu lösen, denn es war nicht abzusehen, dass sie mir diese Albernheit so einfach verzieh. Und wie nicht anders erwartet, flogen mir ein paar Kissen in den Nacken. Wir tollten noch ein wenig durch ihre Wohnung, bis wir irgendwann eng umschlungen in ihrem Bett landeten.

Meinen nächsten Rüffel fing ich mir am folgenden Montagmorgen ein, als ich Elisabeth, nachdem der Wecker bereits seine Aufgabe erfüllt hatte, uns mit einem Summton aus unseren Träumen zu reißen, ihr die Bettdecke wegzog und sie sanft aus den Federn schubste. Nach ein paar kurzen Guten Morgen Küssen standen wir auf. Elisabeth ging zuerst ins Bad, während ich Frühstück machte. „Zusammen frühstücken macht doch viel mehr Spaß als alleine hinter seinem Brot zu sitzen und die weiße Wand anzustarren. Ich bin einfach nur glücklich, dass du da bist", überschüttete mich Elisabeth förmlich mit Komplimenten und in der Tat hatte sie irgendwie recht. Obwohl man ja eigentlich nicht mit vollem Mund sprechen durfte, unterhielten wir uns schon früh am Morgen sehr angeregt ohne das Kauen der Brote zu vernachlässigen. Als sie später ins Reisebüro fuhr, nahm sie mich mit und setzte mich ganz in der Nähe meiner Behausung ab. Irgendwie sprühte ich heute vor Tatendrang. Ob dies wohl daran lag, dass ich jetzt mit Elisabeth zusammen war? Ich setzte mich gleich vor meinen Laptop und begann zu schreiben. Bis zum Mittag schaffte ich fünf ganze DIN A4 Seiten, eine beachtliche Menge, wenn ich bedenke, dass ich sonst häufig hängen blieb und vielleicht eineinhalb Seiten im gleichen Zeitraum auf die Festplatte hackte. Doch, es ging mir wirklich gut, und wie ich fand beflügelte dieser Zustand auch meinen Schreibstil und meinen Ideenreichtum. Gegen eins summte mein Handy. Mit der grünen Taste nahm ich das Gespräch entgegen. „Hi, Markus. Geht's dir gut ohne dass ich in deiner Nähe bin?" „Hallo, Elisabeth. Und ob es mir gut geht." Ich vernahm ein leichtes Schnauben am Telefon, das ich natürlich provoziert hatte. Indem ich jedoch: „Schade, dass du nicht bei mir bist" folgen ließ, nahm ich ihr jeden Wind aus den Segeln, sich über meinen Spruch beschweren zu können. Natürlich blieb ihr mein Hänseln nicht verborgen. „Warte nur ab. Es sind nur noch sechs Stunden bis zum Feierabend. Ich weiß ja, wo ich dich finde, mein süßes Ungeheuer. Ich habe übrigens eine Überraschung für dich.

Also sei brav, sonst behalte ich sie für mich." Eigentlich hasste ich Überraschungen, doch ich ließ mir nichts an merken. „Da bin ich aber mal gespannt. Gib mir einen kleinen Tipp." „Das hättest du wohl gern. Nix da, wer so frech ist, der muss leiden. Was machst du gerade?" „Na was wohl? Ich arbeite und schreibe an meinem nächsten Roman." „Und, komme ich darin vor?" „Ja, aber klar doch. Ich prüfe gerade, wann ich die böse Hexe in Erscheinung treten lasse." Ich musste sofort loslachen. „Du bist ja so was von böse zu mir. Ich werde mir jetzt einen halben Tag Urlaub nehmen, nach Hause fahren und meine alte Reitgerte holen. Damit werde ich dir den Hintern versohlen. So." „Nicht uninteressant. Vielleicht sogar mal eine ganz neue erotische Erfahrung." Jetzt musste auch Elisabeth lachen, die sich gar nicht bewusst war, was sie da ursprünglich angedroht hatte. „Ich freue mich schon, dich nachher zu sehen. Soll ich nach Geschäftsschluss gleich bei dir vorbei kommen?" „Ich freue mich auch. Ja, komm gleich vorbei. Dann stelle ich dich gleich mal meiner Vermieterin vor. Die brennt doch schon darauf, meine neue Flamme kennen zu lernen." „Tante Henriette? Aber die kennt mich doch schon seit meiner Kindheit." „Das schon, aber nicht als meine Freundin, die sich bei jedem Orgasmus laut schreiend und stöhnend ihrer Lust hingibt." Elisabeth verstummte mit einmal. Weil der Zustand eine Weile anhielt fragte ich nach. „Elisabeth?" „Ja, du hast Recht. Ich werde bei dir in der Wohnung nicht mit dir schlafen. Nicht das Tante Henriette nachher meiner Mutter erzählt, was für einem ausschweifenden Sexualleben ihre Tochter nachgeht." „Na und. Lass sie doch alle reden." „Neee, das möchte ich nun doch nicht." „Dann bekommst du einen Knebel." „Auch eine interessante Art des erotischen Miteinanders." Da war sie endlich, die Retourkutsche. Elisabeth war schon ein helles Köpfchen und auch das war mit einer der Gründe, warum ich weit mehr für sie empfand als nur blanke Zuneigung. „Das wird auf jeden Fall eine heiße Nacht werden." „Mit einem bösen Erwachen, mein Lieber. Du kannst nicht mehr auf deinem Allerwertesten sitzen und ich bin blau angelaufen und dem Ersticken nah." Jetzt mussten wir beide herzlich lachen. „Bis später, Markus, da kommt Kundschaft. Ich freu mich." „Ja, bis heute Abend."

Kapitel 11

Nachdenklich wie auch zufrieden grinsend verschränkte ich meine Arme hinter meinem Kopf und legte mich in meinem Schreibtischsessel so weit zurück, bis die Mechanik gerade noch ein Umkippen verhindderte. Ich musste an Elisabeth denken. Sie ist schon ein tolles Mädel, ging mir durch den Kopf. Ich freue mich auch schon riesig darauf, mit ihr das Thema Kinderbuch mit Bebilderung anzugehen. Ein solches Kinderbuch würde sicher der Hit werden. Noch tief in Gedanken vernahm ich die Schelle an meiner Türe. Rückartig kam ich hoch und lief zu meiner Wohnungstüre. Henriette Eisermann stand im Eingang. „Hallo, Markus, ich fahre für eine Woche mit Helene Kaldenbach in den Schwarzwald nach Todtmoos. Hatte ich gestern ganz vergessen dir zu erzählen. Schaust du bitte nach meinen Blumen und nach dem Garten?" „Hallo, Henriette. Mach ich doch. Geht klar, Chefin", witzelte ich und freute mich über das Lächeln meiner Vermieterin, die ebenfalls stets für einen Scherz zu haben war. „Hast ja jetzt tatkräftige Hilfe." „So ist es. Wir werden den Laden schon schmeißen. Soll ich dich nächste Woche Montag vom Bahnhof abholen?" „Das wäre ja ganz toll. Unser Zug trifft am Montag um 13:15 Uhr am Hauptbahnhof ein." „Ich schreibe es mir auf. Wenn ich dann Engelchen wieder habe, komme ich euch abholen." Ich folgte meiner Vermietern noch ins Erdgeschoss und half ihr, ihren Koffer zum Taxi zu tragen, das gerade einge-troffen war. „Gute Reise und viel Spaß. Bestell bitte unbekannterweise schöne Grüße an meine Schwiegermutter i. L." „An wen?" „Na, an meine Schwiegermutter in Lauerstellung, Elisabeths Mutter." „Ihr Schreiberlinge seid schon verrückte Kerle und habt nur Unsinn im Kopf." „Wieso? Kennst du etwa noch mehr Buchautoren?" „Glücklicherweise nicht. Pass mir bloß anständig auf das Häuschen auf!" „Mach ich doch und noch mal schönen Urlaub." Ich winkte Henriette noch zu, während sie mit dem Taxi entschwand, den Höhen des Schwarzwaldes entgegen.

Doch jetzt war der Faden, weiter in Ruhe schreiben zu können, einfach gerissen. Wie ich mich auch mühte, es kam nichts Vernünftiges mehr dabei heraus und da half nur eines: Pause machen. Doch wenn auch gerade mein Ideenstrom fürs Schreiben versiegt war, mangelte es mir keinesfalls an nötiger Kreativität. Ich beschloss einkaufen zu gehen, weil ich heute Abend für Elisabeth und mich kochen wollte. Ich schickte Elisabeth eine Mail, dass wir für eine Woche sturmfreie Bude hatten und ich sie auch kulinarisch verwöhnen wollte. „Was gibt es denn?" „Wird nicht verraten. Magst du Lamm?" „Ja, sehr gern sogar." „Auch Fisch?" „Auch Fisch und Meeresfrüchte. Selbst Schnecken und Muscheln esse ich. Also red dich jetzt bloß nicht raus, du hättest nix gefunden, was mir schmecken könnte." Sie setzte noch einen Smiley hinter ihre Mailantwort und schon wusste ich Bescheid.

Das Wasser lief mir bereits im Mund zusammen, als ich nur darüber nachdachte, was ich heute Abend zu kochen gedachte. Ich schnappte mir meinen Jutebeutel sowie meine Geldbörse und machte mich zum Einkauf auf. Das Shoppen in kleinen Einzelhandelsgeschäften machte mir erheblich mehr Spaß als im Supermarkt. So erstand ich zuerst bei Metzger Müller zehn lecker anzusehende Lammkoteletts und hielt mit Frau Müller noch ein kleines Schwätzchen, die natürlich auch schon gelesen hatte, dass gerade mein neues Buch auf dem Markt gekommen war. Ich versprach, ihr ein Exemplar zu signieren. Lächelnd, und ich meine auch ein wenig sehnsüchtig, schauten sie und ihre Kollegin mir nach, als ich das Ladenlokal verließ. Mein nächster Weg führte mich zu Mechthild Hohn, der Herrin über Gemüse,

Obst, Butter, Eier und Käse. Mechthild trug ihr Herz am rechten Fleck. Sie sagte, was sie dachte und verkaufte nur frische Produkte, ähnlich wie man sie auch auf dem Markt erstehen konnte. Wir kannten uns schon sehr lange und sie freute sich immer mich zu sehen. Ich füllte bei ihr meine Bestände an frischen XL Eiern und Butter auf, erwarb Böhnchen zum Lamm und frische Heidelbeeren für das Dessert. Natürlich vergaß ich auch nicht noch Zwiebeln, Knoblauch und Auberginen einzukaufen. Mechthild hatte heute auch frisch geräucherten Lachs eines kleinen, schottischen Zuchtunternehmens im Programm, der mir für die Vorspeise gerade recht kam. Auch ihre Bioweinauswahl konnte sich sehen lassen und so kam es, wie es kommen musste: Ich hatte eine Menge Zeug nach Hause zu schleppen. Doch die eigentliche Arbeit, mein Menü herzurichten, lag noch vor mir, wobei mich Kochen noch nie gestresst hatte.

Gegen kurz vor acht läutete es Sturm an meiner Wohnungstüre. Nach der Intensität des Läutens zu urteilen, schien Elisabeth ordentlich Hunger zu haben. Ich öffnete und sofort fiel sie mir um den Hals. Nur der Schlag auf meinen rechten Fuß, auf den sie gerade ihre Reisetasche hatte fallen lassen, sorgte bei mir für leichtes Unbehagen. „Hallo, mein Schatz. Hier duftet es aber lecker." „Ja, stimmt. Wenn ich gewusst hätte, dass du hungrig bist, hätte ich für dich mitgekocht und nicht schon alleine gegessen." Als hätte sie der Schlag getroffen ließ sie von mir ab. „Du bist ein furchtbares Scheusal. Was habe ich mir da nur für

65

einen Typen angelacht?" Mit beiden Händen schubste sie mich in die Wohnung. „So, mein Lieber, und nun bekomme ich hier etwas Anständiges zu essen, sonst werde ich mir den Besen von Tante Henriette holen und dir den Hintern verhauen." „Wieso den Besen? Wolltest du damit fortfliegen?" Wir mussten beide lachen. „Ich war noch rasch zu Hause und habe mir etwas für morgen zum Anziehen und einen Schlafanzug geholt und natürlich eine Zahnbürste. Wer weiß schon, wie du sortiert bist. Du hast doch ein Bett, oder?" „Nun ja, also eigentlich schlafe ich als Dichter und Denker wie die meisten Philosophen in einem Fass. Und natürlich habe ich eine Gästezahnbürste für dich. Hängt links neben der Toilette in einem blauen Halter." „Wie lieb von dir, mein kleiner Diogenes. Willst sogar deine Klobürste mit mir teilen." Sie gab mir einen lieben Kuss und schaute mich fragend an, so wie ein Hund, der darauf wartete, dass ich das Stöckchen für ihn warf. „Kann ich noch eben duschen? Dazu bin ich zu Hause nicht mehr gekommen?" „Ob du dich dazu in der Lage fühlst, kann ich natürlich nicht beurteilen, aber ich sag in der Küche Bescheid. Handtücher habe ich für dich schon bereit gelegt, und das Bett habe ich sogar frisch bezogen." „Du bist ein echter Schatz."

Kapitel 12

Elisabeth staunte nicht schlecht, als ich meine wie ein Blumenbeet duftende Freundin auf den geräumigen Balkon führte, auf dem ich mehr als liebevoll mit weißer Tischdecke und Stoffservietten, glänzenden Gläsern und feinem Besteck eingedeckt hatte. „Also wenn ich ehrlich bin, hat sich noch niemals ein Mann so viel Mühe gegeben, für mich zu kochen." Elisabeth schien ein wenig gerührt zu sein. Sie hatte ihr Haar zu einem Zopf zusammengebunden und trug ein sehr kurzes Strandkleid. Auf Schuhe verzichtete sie gänzlich. „Setz dich. Wir starten sofort mit der Vorspeise." Der hausgebeizte, schottische Lachs mit dem Preiselbeersahnemeerrettich zerging auf der Zunge und schmeckte vorzüglich. Dazu verkosteten wir einen trockenen Riesling. Ich musste Elisabeth mit der Offenbarung ihrer Überraschung so lange vertrösten, bis die Lammkoteletts mit den Rosmarinkartoffeln und den Speckböhnchen auf dem Tisch standen, damit mir nichts trocken garte. Der Ahrburgunder schimmerte tiefrot in den bauchigen Rotweinkelchen, und als wir damit verliebt anstießen, erzeugten die Gläser einen tiefen Klang wie zwei Kirchenglocken. In Anbetracht der Tatsache, dass sich mein Balkontisch nicht gerade als Speisetafel hervortat, saßen wir sehr nah beieinander. Ich spürte wie Elisabeth sanft mir ihrem rechten nackten Fuß meinen linken Fuß streichelte und mich liebevoll ansah. „Das ist so schön hier und wie viel Mühe du dir für mich gemacht hast. Ich bin richtig gerührt und auch ein bisschen geil auf dich." „Wieso nur ein bisschen? Hat mein Menü etwa deine Libido betäubt?" „Wie kannst du nur so etwas von mir denken? Und was macht deine Libido?" Elisabeth ließ ihre rechte Hand unter den Tisch gleiten und setzte diese als

Libidoprüfer ein. Entsprechend war die Wirkung. „Willst du nicht auch mal fühlen?" Sanft griff sie nach meiner rechten Hand und führte diese zwischen ihre Schenkel. Als sie spürte, dass meine Hand ihrer Führung nicht weiter bedurfte und ich sie selbstständig weiter unter ihren kurzen Rock bewegte, legte sie sich leicht zurück und schloss ihre Augen. Schon bald erreichte meine Hand das obere Ende zwischen ihren Schenkeln. Eine feuchte Wärme empfing sie dort. Sofort bemerkte ich, dass Elisabeth ganz auf ein sicher jetzt störendes Höschen verzichtet hatte. Lächelnd öffnete sie ihre Augen. Sie blickte mich an und öffnete ihre Schenkel noch ein wenig mehr, was meine Hand ihr sichtlich honorierte. Wieder schloss sie ihre Augen. Ihr Atem ging immer schneller. Dann wurde mir klar, dass meine sanfte Massage hier gleich akustisch einen Supergau auslösen würde. Hansmanns nebenan waren noch in Urlaub. Riemanns gegenüber saßen jetzt vor dem Fernseher und würden von unserem fröhlichen Treiben ganz sicher nichts mitbekommen, aber Schmitzens liebten es genauso wie ich, den langsam einsetzenden Abend im Freien zu genießen. Egal, da mussten sie jetzt durch. Wenigstens einzusehen war mein Balkon nicht und wer konnte nachher schon sagen, woher die Lustgeräusche wohl kamen.

Dann ging alles verdammt schnell. Elisabeth sprang auf und zog sich ihr Kleid über den Kopf. Ihren Brüsten konnte man die Freude über die gewonnene Freiheit sofort ansehen. Mit ihrem Po schob sie den Tisch ein Stück zurück und verschaffte sich damit genug Raum, mir meine kurze Hose nebst der Unterwäsche zu entreißen. Noch während ich mir mein T-Shirt über den Kopf streifte, griff Elisabeth zu und verschaffte mir mit einem kräftigen Ruck einen Einstieg in ihre feuchte Scham. Den Schrei, den sie dabei tat, konnte man irgendwie noch einem Greifvogelpärchen zuordnen, das aus großer Höhe der Erde entgegen stürzte. Die folgenden Lustschreie jedoch waren im Tierreich gänzlich unbekannt und würden wohl von jedem Nachbarn eindeutig als menschlichen Ursprungs eingeordnet werden. Je heftiger sich Elisabeth bewegte und ihre Brüste vor meinen Augen tanzten, desto weniger interessierte mich, was die Nachbarn zu denken glaubten. Mit meinen Händen umfasste ich fest Elisabeths Pobäckchen, was ihr kurzfristig eine andere Tonlage entlockte und erklomm beinahe gleichzeitig mit ihr die höchsten Stufen der Lust.

Eine ganze Zeit lang blieben wir noch so in dieser Stellung sitzen, bis ich aus ihr heraus und sie von mir herunter glitt. Während Elisabeth die Toilette aufsuchte, servierte ich nach kurzer Erholungsphase unsere karibischen Eisbecher. Wir stellten die beiden Stühle nebeneinander und genossen die schöne Aussicht von meinem Balkon in die freie Natur ohne unsere Körper auch nur mit einer einzigen Stofffaser zu belasten. Genüsslich schleckten wir unsere Eisbecher auf und stellten die leeren Behältnisse beiseite. Elisabeth legte ihren Kopf gegen meine Schulter. „Und jetzt, nachdem du mich in jeder Hinsicht so verwöhnt hast, folgt meine Überraschung. Meine Chefin schickt mich, oder besser uns beide, für zehn Tage an die Algarve. Wir brauchen lediglich unsere Verpflegung zu bezahlen. Samstag in zwei Wochen können wir starten. Was hältst du davon?" „Das ist ja großartig. Ich freue mich schon sehr auf unsere gemeinsame Reise." Wir blieben noch eine ganze Weile gemütlich nebeneinander auf dem Balkon sitzen und schmiedeten Pläne für unseren ersten, gemeinsamen Urlaub bis uns, begünstigt wegen der Textilfreiheit, allmählich kühl wurde.

Beim Blick in meine Küche verließ mich jeder Tatendrang. Zwar hatte ich bereits während des Kochvorganges schon einige Teile weggespült, doch das Gros an Geschirr und Kochutensilien bat um Reinigung. Ich verstaute alles so weit als möglich in der Spülmaschine und nahm mir vor, ihr morgen die verantwortungsvolle Aufgabe zu übertragen, meinem Geschirr und den Gläsern wieder den alten Glanz zu verleihen. Müde und glücklich verkrochen wir uns in meinem frisch bezogenen Bett und schliefen gleich ein.

Am nächsten Morgen brachte ich nach einem guten Frühstück und ganz vielen Küssen zum Abschied meine Küche wieder auf Vordermann. Gerade als ich den letzten Topf im Schrank auf seinem Platz verstaut hatte, summte mein Festnetztelefon. „Magda Zehnpfennig hier, hallo, Markus. Hab ich dich jetzt aus tiefsten Träumen gerissen? Aus den Armen einer Frau ja ganz sicher nicht." „Morgen, Tenpenny, nein, weder aus den Träumen noch aus irgendwelchen Armen. Ich halte gerade Hausputz. Was gibt es denn so wichtiges, dass du mich aus meiner Lethargie reißt?" „Der Boss möchte mit dir über eine Promotion-Lesetour sprechen und die Termine festlegen. Dein Roman läuft gut an, und nun möchte unser Chef den Lesern dein Gesicht über Lesungen bekannter machen. Wann hast du Zeit vorbei zu kommen?" „Tja …" „Jetzt schieb das mal nicht allzu sehr auf die lange Bank. Du kennst Breunig ja. Nicht, dass er dir noch die Termine vorgibt", unterbrach Tenpenny mein Gedankenspiel. „Morgen ginge." „Dann sei bitte um zehn Uhr hier. Zwischen zehn und elf hat Breunig eine Stunde Zeit für dich." „OK, sagen wir zehn Uhr im Verlagsgebäude. Dann bis morgen." „Ja bis morgen, ich freue mich schon dich zu sehen, Markus." „Das ist ja wohl das Mindeste, was ich erwarten kann." Kichernd legte die Zehnpfennig auf. Eigentlich fehlte mir zurzeit die Lust auf PR Tour zu gehen. Das bedeutete immer, für eine gewisse Zeit aus dem Koffer zu leben. Jeden Tag ein anderes Hotel zum Schlafen anfahren und jeden Abend ein gutes Lesungsprogramm abliefern, ob man nun müde ist vom Rumreisen oder nicht. Nun ja, mal schauen, was mein lieber Verleger so mit mir vorhatte.

Kapitel 13

Für einen Moment setzte ich mich auf meinen Balkon. Ich starrte ziellos in den Himmel und beobachtete ein Bussardpärchen, das sich auch einer Art Liebesspiel hinzugeben schien. Plötzlich und ohne mein Zutun hatte ich Elisabeths Bild vor Augen, wie sie mich aus ihren warmen, dunklen Augen anlächelte. Eigentlich konnte ich das alles noch gar nicht richtig fassen, doch wie es schien hatte ich mich total in sie verliebt. Wie oft bin ich durch die verschiedensten Supermärkte der unterschiedlichsten Handelsketten gelaufen in der Hoffnung, eine nette Frau kennenzulernen und dann betrete ich so mir nichts dir nichts ein Reisebüro und treffe dort auf meine Traumfrau. Einfach der blanke Wahnsinn. Ich musste jetzt hier raus und laufen, irgendwie die ganze Welt umarmen und allen kundtun, wie gut es mir ging. Rasch schlüpfte ich in meine Joggingklamotten und verließ das Haus. Ich wählte die Strecke durch den Park und lief am Kanal entlang, passierte den großen Kinderspielplatz und bewegte mich dem Entenweiher entgegen. Obwohl die Luft zwischen den eng stehenden Bäumen der Allee, auf der ich gerade lang lief, nicht ganz so schwül schien wie auf der Straße, lief mir der Schweiß in Strömen. Immer wieder winkte ich den Kindern am Wegesrand zu, die neben ihren Müttern gemächlich auf kleinen Fahrrädchen dahin rollten. Ich beschloss, eine Pause einzulegen und diese mit einem Krankenbesuch zu verbinden. So verließ ich die Allee, bog zweimal rechts und einmal links ab und wenig später stand ich vor der Einfahrt zu Ninas Werkstatt. Mit dem Handtuch, das ich mir um den Hals gedreht hatte, legte ich mich ein wenig trocken, bevor ich die heiligen Hallen von Nina betrat.

Ehrfürchtig öffnete ich die ein wenig quietschende Türe zur Halle eins. Sofort drang das Zischen von entweichender Luft aus den arbeitenden Druckluftkompressoren in meine Ohren. In einer Ecke hingen zwei von Ninas Mädels im Motorraum eines alten Opel Diplomat und kämpften mit irgendeinem Teil, das sie offensichtlich nicht los geschraubt bekamen. „Hallo, Markus. Hast du Sehnsucht nach Engelchen?", begrüßte mich Nina, die rechts von mir aus einem alten BMW stieg. „Hi, Nina, ja so ist es. Wie geht es Engelchen?" „Ich warte noch auf diverse Ersatzteile, aber ich denke Freitag müsste Engelchen wieder fliegen können und das mit ganz neuem Schwung. Magst du ein T-Shirt von mir haben? Du bist ja völlig nass geschwitzt." Nina verschwand ohne meine Antwort abzuwarten in ihrem Büro und griff sich ein Shirt, verpackt in einer PVC-Hülle mit der Aufschrift Ninas Werkstatt. „Hier, das müsste passen. Die haben wir zum zehnjährigen Jubiläum anfertigen lassen. Setz ich dir natürlich mit auf die Rechnung", ließ sie noch grinsend folgen. Stolz zog ich mir mein nasses T-Shirt über den Kopf und trocknete mich etwas mit meinem Handtuch ab. „Wow, Trikottausch", schallte es aus dem Motorraum des alten Opel heraus, während die beiden Köpfe von Sara und Claudia zum Vorschein kamen. „Ausziehen, ausziehen", riefen die beiden Mädels herüber und lachten sich dabei schief. Ich drehte mich ein wenig posend hin und her und sorgte damit natürlich für ordentliche Lacher. „Versucht ihr beiden schön weiter den verrosteten Fächerkrümmer vom Zylinderblock des Diplomaten loszubekommen. Genug Fleischbeschauung für heute." „Ohhhhh", ließen die Mädels noch folgen und sogleich verschwanden ihre Köpfe wieder im gewaltigen Motorraum der antiquierten Limousine. „Danke für das Hemd. Das gefällt mir gut. Ich lasse es an." „Tu das und mach ordentlich Werbung für uns. Es ist in den Sommermonaten immer verdammt ruhig, auch wenn wir uns bis jetzt noch nicht beklagen können. Dann bis Freitag, Markus. Ich muss weitermachen." „Ja, danke und bis Freitag." Sehnsüchtig schaute ich noch mal zu Engelchen herüber und verließ die Werkstatt. Beschwingt trat ich den Rücklauf an.

Hinter Elisabeth schien ein langer, harter Arbeitstag zu liegen. Ihre Augen glänzten nicht so hell und strahlend wie ich sie kannte. Eher schlaff ließ sie sich zur Begrüßung in meine Arme sinken. „Hattest du einen harten Arbeitstag?" „Das kann man wohl sagen. Zur Zeit kommen viele Kunden und suchen noch nach Last Minute Schnäppchen. Da kommst du beinahe nicht mal mehr aufs Klo, wenn du Pipi musst." „Magst du einen Kaffee oder lieber etwas Kaltes trinken?" „Ein Wasser möchte ich haben." Während ich eine Flasche Wasser aus der Küche holte, zog Elisabeth einen DIN A4 Block aus ihrem Einkaufsbeutel und klappte das Deckblatt nach oben. Ich kuschelte mich zu ihr auf das Sofa. „Schau mal, was ich heute während der Mittagspause gemacht habe. Ich bin ins Cafe nebenan gegangen und hab mir einen Cappuccino bestellt und dann einfach losgezeichnet." Was ich da völlig unerwartet zu sehen bekam, warf mich beinahe von der Couch. Elisabeth hatte tolle Skizzen zu meinen Kinderbuchprotagonisten gezeichnet und zwar genauso, wie ich sie mir vorstellte. „Das ist ja genial. Genauso sollen die kleinen Helden in meinem Kinderbuch aussehen. Morgen früh habe ich einen Termin bei meinem großen Sklaventreiber im Verlag. Ich werde mir die Gelegenheit nicht entgehen lassen und ihn fragen, ob er an der Verlegung eines Kinderbuches unter unserem Namen interessiert ist." „Glaubst du wirklich, dass meine Zeichnungen so gut sind oder willst du mir einfach nur schmeicheln?" „Warum sollte ich das tun? Ich bin glücklich mit dir und möchte dich nicht mehr missen. Warum also sollte ich so etwas machen?" „Das heißt jetzt, dass wir also doch ein Paar geworden sind und zusammenbleiben?" Ich hätte erahnen müssen, dass nur eine Frau so geschickt sein kann, jedes Wort auf die Goldwaage zu legen. Doch in unserem Fall gab ich ihr gern Recht. „Ich sehe das jetzt so. Du etwa nicht?" Dass dieser kurze Satz eine so heftige Reaktion auslösen würde, hätte ich mir denken können, jedoch geglaubt hätte ich es nie. Elisabeth stürzte sich förmlich über mich und küsste mich. „Ich liebe dich, großer Buchautor", brachte sie so gerade noch über ihre Lippen. Dann jedoch nutzte sie diese nur noch für unzählige Küsse. Es war kaum zu glauben, wie schnell doch die Tagesmüdigkeit aus ihrem Körper und ihren Augen gewichen war. Jedenfalls hielt meine verbale Auffrischung, und das nur durch die Äußerung eines kurzen Satzes, genau so lange an, bis wir irgendwann müde in meinem Bett landeten und sanft entschlummerten.

Kapitel 14

Irgendwie wurde ich den Eindruck nicht los, dass sich Tenpenny, wissend, dass ich heute für ein Meeting ins Haus kam, entsprechend gewandet hatte. Dazu schien auch der offene dritte Knopf an ihrer Bluse zu gehören, der jedem Betrachter einen Einblick unter ihre Oberbekleidung erlaubte und damit gleichfalls auf einen knappen Spitzen BH und dessen üppigem Inhalt. „Hallo, großer Romanschreiber. Bist ja seit vorgestern im Haus in aller Munde." „Hallo, Tenpenny. Nettes Outfit und so informativ." Ohne groß zu fragen, schmiss ich mich in den Besuchersessel gleich gegenüber ihrem Schreibtisch „Gefällt es dir? Ich zeige dir gern auch noch der Rest." Sie beugte sich über ihren Schreibtisch direkt mir gegenüber und verschaffte damit ihrer Offenbarung noch etwas mehr Nachdruck. „Hier hast du meine Karte. Wenn du Lust hast, drück einfach den Klingelknopf an meiner Türe." Ihr laszives Grinsen sprach Bände, und dass sie mich nicht einfach dazu einladen wollte, ein Exemplar meines neuen Buches bei ihr zu Hause zu signieren, schien eindeutig. „Du siehst irgendwie verändert aus, so gelöst und entspannt. Du hast dir doch nicht ohne mein Wissen eine Tusse angelacht?" „Glaubst du wirklich, ich könnte einer anderen Frau meine Aufwartung machen, mit dem Bewußtsein, dass du schmachtend zu Hause sitzt und auf mich wartest, Tenpenny?" „Ja, das glaube ich und wie es aussieht, ist dies geschehen." Magda Zehnpfennig warf sich schmollend zurück in ihren Schreibtischstuhl, nahm den Hörer ihres Telefons ab und meldete mich beim großen Meister an. So ganz konnte ich an ihrer Mimik nicht ergründen, ob sie wirklich schmollte oder dies nur gespielt war. „Kannst reingehen. Breunig erwartet dich."

Der große Verlagsboss lächelte mich nicht minder verheißungsvoll als Tenpenny an, als er mich sah, jedoch sicherlich mit anderer Intention. „Hallo, Markus, schön, dass Sie es einrichten konnten so zeitnah meiner Einladung zu folgen." Hatte ich einen ähnlichen Spruch nicht in irgendeinem Mafiafilm gehört, weil der Pate einen Schuldner aufgefordert hatte, ihn umgehend aufzusuchen, um seine Schulden zu begleichen? Egal, Breunig zeigte sich sehr gut aufgelegt. Doch tat er dies eigentlich nur, wenn der Rubel rollte und alles nach seiner Fasson lief. „Setzen Sie sich. Kaffee, Wasser oder sonst etwas zu trinken? Eigentlich müsste ich Sekt auftischen bei den Zahlen und Informationen, die mir vorliegen. Es wurden seit vorgestern dreihunderttausend Exemplare von ihrem Buch verkauft. Sind das nicht tolle Neuigkeiten?" „Das ist phänomenal und ganz sicher eher champagnerwürdig. Ein profaner Sekt scheint mir in diesem Fall unangemessen." Breunig musste lachen ob meiner Formulierung, da er mich gut genug kannte und wusste, dass ich mir aus der

Nobelprickelbrause überhaupt nichts machte, dafür eher mal ein Glas Rotwein bevorzugte. „Das Buch ist einfach klasse und die Mädels und Jungs der PR-Abteilung leisten ganze Arbeit. Wie es aussieht, geht die Nachfrage nach Ihrem Buch weiter. Aber jetzt sind auch Sie gefordert. Ich habe eine PR-Tour ausarbeiten lassen mit zehn Events in unterschiedlichen Städten. Wir sollten Ende September starten. Magda hat bereits alle Unterlagen von mir erhalten. Es versteht sich von selbst, dass alle Kosten zu Lasten des Verlages gehen und eine entsprechende Lesungspauschale von uns gezahlt wird. Sag mal, Junge, freust du dich eigentlich nicht?" Jetzt wurde es gefährlich. Immer wenn Breunig ins Du verfiel, erwartete er uneingeschränktes Entgegenkommen des Autoren. „Hört sich stressig, aber vielversprechend an." „Na, das Leben ist immer anstrengend, wenn man viel Geld verdienen möchte. Aber unser Team wird Ihnen so viel wie möglich an Unannehmlichkeiten abnehmen, sodass Sie sogar an einem weiteren Projekt arbeiten können." Ich wusste, dass der alte Sklaventreiber noch etwas im Petto hatte und diese PR-Tour keinesfalls als Erholungsreise abhaken wollte. Ich sollte abends die Lesungen durchziehen und den Rest der Zeit zum Schreiben an einem neuen Buch nutzen. Ein wahrer Menschenfreund, mein Verleger. „Nun gut, Herr Breunig aber ich habe da noch so ein paar Bedingungen." „Und die wären?", antwortete der Buchbaron beinahe erschrocken in der Angst, dass ich mit neuen Forderungen sein Imperium in den Ruin treiben könnte. „Ich hätte gern für die

Wochenenden Freiflüge für meine Lebensgefährtin zu den jeweiligen Städten, in denen wir uns gerade aufhalten und natürlich Freikarten für die Lesungen. Dann sollten auch die Hotelübernachtungen mit drin sein." „Das ist alles überhaupt kein Problem. Sprechen Sie das mit Magda ab. Es ist bereits von mir abgesegnet. Jetzt zu den Konditionen für die PR-Tour. Wir zahlen pro Lesetermin zweitausendfünfhundert Euro und für jede Signierstunde bei Sponsoren noch mal fünfhundert extra. Alle Kosten für Flüge, Übernachtung und Verpflegung gehen zu Lasten des Verlages, auch die ihrer Freundin. Das versteht sich von selbst. Die erste Lesung findet am fünften September in Leipzig statt. Sie bereiten sich bitte so darauf vor, dass es für Ihre Leser ein unvergessener Abend wird. Irene wird alle Texte überarbeiten und entsprechend korrigieren. Ist das alles so in Ihrem Sinne, Markus?" „Nicht ganz, Herr Breunig. Ich denke, dass wir uns auf einen Lesungssatz von dreitausendfünfhundert Euro einigen können und bei den Autogrammstunden sollten zweitausend angesetzt werden. Die Sponsoren werden sich dem Verlag gegenüber bei meinem Bekanntheitsgrad doch sicher angemessen spendabel zeigen. Ansonsten gibt es nichts einzuwenden." „Also dreitausend Euro für zwei Stunden Lesung und Befragung halte ich für angemessen, Markus." „Ich wusste bisher noch gar nicht, dass Sie den Firmensitz des Verlages in den Orient in einen Basar verlegt haben, Herr Breunig. Also wenn der Buchabsatz so weiter verläuft wie bisher, sind wir doch in Kürze bereits bei fast der doppelten Verkaufsmenge angelangt. Das holen Sie doch locker alleine über den Papiereinkauf über einen reduzierten Papierpreis wieder rein." „Ist ok, Markus, ich ändere das hier gleich im PC ab. Magda macht die Verträge fertig. Ach, und schauen Sie bitte gleich noch bei Irene vorbei und stimmen Sie sie fröhlich. Sie kennen sie ja. Einen kleinen Anteil Ihres Erfolges müssen Sie ja auch ihr zuschreiben." „Ich gehe gleich mal bei ihr vorbei."

„Aber ich habe noch etwas, dass ich mit Ihnen besprechen möchte. Es geht um ein neues Buchprojekt. Ich arbeite zurzeit parallel an einem Kinderbuch mit verschiedenen Kurzgeschichten, das ich mit Zeichnungen aufwerten möchte. Die Protagonisten sollen stets die gleichen sein. Ich gestalte das Buch so, dass der Vorleser die Geschichten auch als Einschlafgeschichten beim Zubettgehen der Kinder lesen kann. Wäre das etwas für Ihren Verlag?" „Für uns direkt nicht, aber für unser Tochterunternehmen Jona-Kinderbuch-Verlag ganz sicher. Wenn Sie da schon mal etwas fertig haben, geben Sie es mir rein. Ich schaue mir das Manuskript an und reiche es der Verlagsleiterin weiter. Wer weiß, vielleicht schaffen Sie sich damit noch ein zweites Standbein." „OK, wenn ich die ersten Geschichten fertig geschrieben habe, reiche ich das Manuskript dazu rein. Tja, dann unterschreibe ich gleich bei Magda die Verträge und schaue noch bei Irene vorbei." „Tun Sie das, Markus. Viel Erfolg mit dem neuen Projekt, danke für Ihren Besuch und bis bald." Ich verabschiedete mich ebenfalls freundlich vom großen Meister und setzte mich wieder im Vorzimmer zu Tenpenny.

„Na, großer Buchstabenkünstler, bist du zufrieden mit dem Ergebnis der Unterredung beim Boss? Du kannst dich ganz sicher nicht beklagen. Breunig hat dir super Konditionen eingeräumt und die Einnahmen aus der PR-Tour gehören zum Besten, was der Boss so auspackt. Hier sind die Verträge. Ich habe schon alles vorbereitet." Ohne mich zu den Konditionen zu äußern, unterschrieb ich die Verträge, nachdem ich noch einmal kurz über die eingesetzten Eurobeträge geschaut hatte. Vertrauen war ja bekanntlich gut, jedoch Kontrolle immer besser. Doch Tenpenny hatte aufgepasst und alle Fakten korrekt in den vorgefertigten Vertrag eingesetzt. „Hier ist noch der Tourplan. Die Lesetour startet am Samstag, den 5.9. in der Universitätsbibliothek von Leipzig. In die Aula passen gut und gern tausend Leute. Laut Agentur ist bereits jetzt schon die Hälfte aller Karten verkauft und das knappe zwei Monate vor Veranstaltungsbeginn. Auch für die folgenden Events hat bereits der Kartenvorverkauf begonnen, mit ebenfalls großer Nachfrage. Ich könnte mich als deine persönliche Referentin vom Verlag akkreditieren lassen. Dann stände ich dir Tag und auch nachts zur Verfügung." Auf Magdas Gesichtszüge legte sich ein verschmitztes wie auch tiefgründiges Lächeln. „Also, deine Freude über meinen Vorschlag scheint ja grenzenlos, Markus." „Ach, Tenpenny, wir beide sind nicht für einander geschaffen. Es wird eine auf ewig unerfüllte Liebe

bleiben, wie die von den beiden Königskindern."
„Die kenne ich zwar nicht, aber Liebe brauche ich
dafür eigentlich nicht wirklich. Wir könnten doch
einfach nur zusammen ins Bett steigen und
hemmungslos vö…." „Tenpenny!", fiel ich ihr ins
Wort. „Ich bin in festen Händen." „Wie schade."
„Sind wir denn durch? Ich muss noch bei Irene
vorbei schauen. Außerdem wartet mein Projekt, an
dem ich weiter arbeiten möchte." „Woran arbeitest
du denn gerade?" „Ich schreibe an einem Krimi wie
auch an einem Kinderbuch." „Kinderbuch? Das
passt doch gar nicht zu uns. Dafür ist der Jona-
Kinderbuch-Verlag der richtige Ansprechpartner.
Wenn du soweit bist, sag mir Bescheid. Mit Karin
Baal kann ich es gut. Sie sitzt bei der Verlagsleiterin im Vorzimmer. Ich helfe dir weiter, wenn du
magst." „Das hört sich vielversprechend an, auch
wenn mir Breunig bereits seine Unterstützung
zugesichert hat. Der kleine Dienstweg geht sich
meistens leichter." „Adieu, mein holder Prinz. Ist
das schade, dass ich die Tour nicht mit dir erleben
kann." „Na, du wirst es überleben, Tenpenny."
„Halt, Markus, hier ist noch dein Scheck, den
Breunig in die Mappe gelegt hat." Ich tat so, als
hätte er dies mit mir besprochen und versuchte
mich ob der Höhe im Griff zu halten. Zehntausend
Euro standen in der Betragszeile zu lesen. Rasch
steckte ich ihn in meine Jackentasche und verließ
Tenpennys Office.

Kapitel 15

Mein Weg führte mich zum Treppenhaus. Sportlich überwand ich zweiunddreißig Stufen, um zwei Geschosse höher in die sechste Etage zu gelangen. Jetzt rechts halten und acht Türen weiter gehen. Ich besah mir das Türschild und fand das Büro, in dem Dr. Irene Staller ihren Job erledigte. Höflich klopfte ich sachte an der Türe und erwartete ihre Aufforderung zum Eintreten. Doch es blieb ruhig. Ich wiederholte den Klopfvorgang und endlich vernahm ich die herbe Stimme unserer Cheflektorin. „Kommen Sie herein", rief sie und wunderte sich anscheinend, dass ich nicht einfach so eingetreten war. „Hallo, Frau Dr. Staller. Schön, Sie mal wieder zu sehen. Geht es Ihnen gut?" „Aber sicher geht es mir gut. Ich grüße Sie, Herr Blum. Unsere Arbeit scheint sich ja richtig auszuzahlen, wenn man den Zahlen Glauben schenken darf, die im ganzen Haus hinter vorgehaltener Hand geflüstert werden." „Also laut Aussage unseres großen Meisters, den ich gerade konsultierte, ist dem tatsächlich so. Daran haben Sie in der Tat nicht unmerklich Ihren Anteil beigetragen. Von meiner Seite meinen allerherzlichsten Dank." „Lassen Sie mal gut sein, Herr Blum. Dafür werde ich hier im Haus gut bezahlt. Ein wenig Sorgen bereitet mir jedoch Ihr neues Manuskript. Teilweise ziemlich flach formulierte Sätze. Ich arbeite gerade daran, diese auszumerzen. Dafür ist aber die Story schön, ein richtiger Liebesroman. Man könnte glatt meinen, Sie sind ein totaler Romantiker, Herr Blum." „Alles Fiktion, Frau Dr. Staller. Obwohl so ein wenig Wahrheit steckt sicherlich auch in meinen Geschichten." Beinahe zwei Stunden blieb ich bei ihr im Büro sitzen und ackerte mich durch eine Menge rot unterstrichener Sätze. Und sie hatte recht: Die beiden Kapitel, die wir gemeinsam durcharbeiteten, wirkten irgendwie unkonzentriert geschrieben, sogar stellenweise irgendwie fahrig im Satzbau. Gemeinsam brachten wir den Stil wie auch so manche Formulierung auf Vordermann. „Sie hatten recht, Frau Dr. Staller. Diese beiden Kapitel bedurften dringend einer Überarbeitung." „Na, das haben wir ja jetzt im Griff. Die Kapitel vorher wie auch die beiden folgenden sind wieder typisch Blum. Die können wir bis auf minimale Änderungen lassen." „Ja, dann mache ich mich wieder auf. Ach, eines habe ich noch. Ich bereite in den nächsten Tagen die Texte für meine PR-Tour auf. Können wir die einmal gemeinsam durch-gehen?" „Eine sicherlich sinnvolle Maßnahme. Schicken Sie mir das Manuskript per Mail rüber. Ich schaue es mir an und wir vereinbaren einen Termin für eine gemeinsame Überarbeitung." „Ja, so machen wir es." Wir erhoben uns beide aus unseren Sesseln und reichten uns die rechte Hand zum Abschied. Das die Staller weiblichen Ge-schlechts war, konnte man auch nur erahnen, obwohl wir sie fast alle Irene nach ihrem Vornamen nannten, wenn wir im Hause von ihr oder über sie sprachen. Sie besaß die Figur einer Bohnenstange, einer verdammt langen Bohnen-stange von knapp ein Meter achtzig. Weibliche Attribute suchte man bei ihr vergebens und ihre Schuhgröße durfte so bei zweiundvierzig angesiedelt sein. Ihre extreme Kurzhaarfrisur vervollständigte noch den maskulinen Eindruck ihrer eher hageren Statur. Aber einen gewissen Charme verbreitete sie schon. Man musste halt nur lange danach suchen und nicht allzu viel erwarten.

Als Elisabeth gegen acht bei mir aufkreuzte, war ich glatt auf dem Sofa eingeschlafen. „Hallo, Markus. Hast du geschlafen? Du siehst müde aus." Mit einem Kuss versuchte sie mich aufzuwecken. „Es war auch ein ziemlich anstrengender Tag. Ich war im Verlag. Dort habe ich mit meinem großen Boss die Konditionen für meine PR-Tour besprochen und gleichzeitig dafür gesorgt, dass du mich an den Wochenenden besuchen kommen kannst, ohne das uns das etwas kostet." „Das ist ja toll. Läuft dein Buch so gut?" „Es läuft sogar noch besser und übertrifft alle Prognosen unserer Finanzexperten." „Das ist ja großartig. Wann startest du denn mit deiner Tour?" „Am 5.9. findet die erste Lesung in Leipzig in der Aula der Uni statt. Es werden tausend Gäste erwartet. Ich hoffe, du bist an dem Abend bei mir und schaffst es mich zu beruhigen." „Das kriege ich schon hin. Bleibt es denn bei unserem gemeinsamen Urlaub?" „Das hoffe ich doch. Ich fange morgen an, meinen Schrankkoffer zu packen." „Viele Sachen brauchen wir aber nicht." „Weißt du denn schon, in welches Hotel wir einquartiert werden?" „Ja, in Alvor im Dom Joao II direkt am Strand. Das Haus hat fünf Sterne und ist bekannt für seine gute Küche." „Das hört sich aber schon nach guter Garderobe an, die wir einpacken sollten." „Ja, stimmt. Also zwei alte

Jeans und ein paar Gammel T-Shirts ist nicht."
„Dann müssen wir noch shoppen gehen." „Du
möchtest shoppen? Ich denke Männer gehen nicht
gern einkaufen?" „Ich schon. Wann hast du denn
diese Woche einen freien Tag?" „Ich glaube, diese
Woche lasse ich ihn ausfallen. Dafür nehme ich
mir Montag frei." „Das passt ja prima. Dann
können wir gemeinsam deine Mutter und Henriette
vom Bahnhof abholen." „Ja, das hatte ich auch vor.
Woher wusstest du denn, dass die beiden in
Urlaub gefahren sind?" „Weil ich Henriette Eisermann ins Taxi zum Bahnhof gesetzt habe und ihr
versprach, sie Montag vom Bahnhof abzuholen.
Vielleicht können wir dann nachher noch ein wenig
shoppen." „Ja, so machen wir das."

Den folgenden Donnerstag verbrachte ich ab dem
frühen Morgen an der Tastatur meines Notebooks.
Ich arbeitete, was das Zeug hielt. Tatsächlich
schaffte ich zwei Kurzgeschichten für mein Kinderbuch. Für den Abend nahm ich mir vor, Elisabeth
zu bitten, ein paar Bilder nach meinen Vorstellungen zu zeichnen, die die beiden Geschichten entsprechend illustrierten. Als Elisabeth
klingelte, bemerkte ich erst, dass ich heute nicht
einmal geduscht hatte. „Hallo, mein großer Dichter.
Hast du etwa den Tag verschlafen?" „Hallo,
Elisabeth. Nein, ich hab mich gleich heute Morgen
vor die Tastatur gesetzt und losgeschrieben. Zwei
neue Geschichten habe ich fertig bekommen. Ich
möchte sie dir gleich mal vorlesen. Vielleicht fällt
dir spontan etwas ein, das du dazu zeichnen
könntest?" Still saß Elisabeth auf meinem Sofa

und lauschte meinen Worten. Ihre Hand wechselte regelmäßig von ihrem Zeichenstift zum Teller mit den Pizzastücken, von denen sie sich immer wieder mal eins in den Mund schob. Diese Phasen wechselten sich ab mit Zeicheneinheiten, deren Ergebnisse ich jedoch nicht einsehen konnte, während ich meine kleinen Protagonisten jede Menge Streiche anstellen ließ. Dafür warf mich das Ergebnis beinahe aus meinen Schlappen. „Das ist einfach genial, was du da gezeichnet hast. Das Kinderbuch wird ein Riesenerfolg. Glaub es mir. Meine Texte und deine Zeichnungen, die meine Worte begleiten, lassen die Geschichten erst so richtig lebendig werden. Ich nahm Elisabeth spontan in meine Arme und küsste sie. „Wollen wir zusammen duschen gehen?", flüsterte sie mir leise ins Ohr. Wobei ihre Frage zur Farce avancierte, da sie mir bereits mein T-Shirt über den Kopf zog und an meinen Brustwarzen zupfte. „Das ist eine entspannende Idee. Folgen Sie mir bitte in den Wellnessbereich." Ich stand auf und lief Richtung Badezimmer, wobei ich mich schon auf dem Weg sämtlicher Klamotten entledigte. Also mein Bad konnte ganz sicher keineswegs mit der Aus-stattung einer heutigen, modernen Wellnessoasen mithalten und doch machte mein geräumiger Duschtempel schon etwas her. Ohne stehen zu bleiben öffnete ich die Glastüre und verschwand in der Dusche. Nur wenige Sekunden später folgte mir Elisabeth und das ebenfalls völlig textilfrei, was unsere Duschorgie natürlich mehr als begünstigte. Im Wechsel massierten wir uns gegenseitig das Duschgel auf die Haut, was einen belebenden

Effekt mit sich brachte. Doch den eigentlich zwischenmenschlichen Teil verlegten wir auf später im Bett, wo es kuscheliger war.

Kapitel 16

Zwar hatten wir noch ziemlich lange in meinem Bett herumgetobt, doch wirklich schlafen konnte ich danach einfach nicht. Die Vorfreude, am Freitag endlich wieder Engelchen nach Hause holen zu können, gönnte meinem Inneren keine Ruhe. Ich sorgte in der Früh für ein leckeres Frühstück, während Elisabeth duschte. Sie hatte sich ob der bereits in der Früh vorherrschenden ziemlich hohen Temperaturen für ein buntes Sommerkleid und Sandalen entschieden. „Du siehst toll aus", begrüßte ich Elisabeth, als sie zum Frühstück erschien. „Danke, mein Schatz. Bist du schon aufgeregt wegen Engelchen?" Elisabeth schien nicht entgangen zu sein, wie sehr ich an meinem Oldtimer hing. „Ja, irgendwie schon. Ich freue mich darauf, endlich wieder mein Auto zur Verfügung zu haben." „Machen wir denn heute Abend einen kleinen Ausflug mit Engelchen?" „Das hätte was, da hast du Recht. Kommst du heute Abend wieder zu mir?" „Ja, klar. Ich hole nur saubere Sachen, weil ich ja morgen arbeiten muss." Es war einfach schön mit Elisabeth morgens zusammen zu frühstücken, vor allem deshalb, weil sie wie ich kein Morgenmuffel war und sich gleich mit mir unterhielt ohne ein langes Gesicht zu ziehen. Nachdem sie den zweiten Becher Milchkaffee ausgeschlürft und zwei Brötchen verputzt hatte, nahm sie sich ihre Handtasche, küsste mich und verschwand durch die Türe. Ich räumte auf, duschte und setzte mich wieder an mein Notebook. Elisabeth beflügelte mich irgendwie. Wieder schrieb ich meine Gedanken an einem Stück herunter, korrigierte meine Texte ein paar Mal, bis ich zufrieden feststellte, dass ich bereits fünf Kindergeschichten fertig gestellt hatte mit den dazu passenden exzellenten Zeichnungen meiner vier Protagonisten. Gegen Mittag rief ich meinen großen Chef an und bat ihn, mir für Anfang kommender Woche den Einstieg bei der Verlagsleiterin des Jona-Kinderbuch-Verlages zu ermöglichen. „Melden Sie sich am Dienstag telefonisch bei Frau Baal. Sie wird Ihnen einen Termin mit der Verlagsleiterin Irmgard Breuer vermitteln. Ich werde Sie avisieren" „Alles klar. Danke, Herr Breunig."

Nun war es allmählich an der Zeit, zu Nina zu laufen und nach Engelchen zu schauen. EC-Karte und Führerschein steckte ich mir noch ein und schon konnte es losgehen. Ein wenig nervös war ich schon, als ich die Türe zu Ninas Werkstatt öffnete. Ganz links in der Ecke stand mein Prachtstück. Nina fuhr gerade eine alte Pagode auf der Hebebühne hoch, einem Mercedes Coupe, dem man vor Urzeiten wegen seiner Dachform diesen Spitznamen verpasst hatte. „Da bist du ja, Markus. Dein Engelchen wartet schon auf dich." „Hallo, Nina, hast du mein Prachtstück fertig bekommen?" Auch die anderen Mädels schlenderten in ihren Overalls herbei und grinsten mich an. „Wir wollen alle sehen, wie du dich freust, wenn Engelchen gleich anspringt." „Dann lass uns eben das Finanzielle regeln, Nina, damit ich deine Mädels nicht allzu lange von der Arbeit abhalte." Ich zahlte die vereinbarte Restsumme mittels EC-Karte und erhielt von Nina meine Rechnung. „Und, was meinst du, Nina?" „Engelchen läuft wieder richtig gut. Wir haben den Motor generalüberholt, die Lichtmaschine, den Anlasser, die Wasserpumpe und den Verteiler erneuert. Ich habe noch das Schiebedach gängig gemacht und alle Schrauben festgezogen, die lose waren. Jetzt kannst du endlich losdüsen." Ich bedankte mich bei allen und setzte mich hinter mein Lenkrad. Mit dem ersten Klick meines Zündschlüssels setzte ich den Vorglühvorgang des Diesels in Gang. Der nächste Klick ließ das Herz von Engelchen anspringen, ohne Husten und ohne Verzögerung. Der Motor lief tatsächlich einwandfrei und auch beim Losfahren konnte ich kein blaues Fähnchen mehr am Heck im Rückspiegel erkennen. Überhaupt zog der Motor wieder richtig gut und bereits nach zehn Minuten rollte ich zu Hause in unsere Einfahrt. Überglücklich ging ich nach oben in meine Wohnung.

Ich musste noch mal aus dem Fenster schauen, um mich zu vergewissern, dass Engelchen wieder da war und ich motorisiert. Weil mein Kopf keine vernünftigen Gedanken produzierte, beschloss ich einen Hausfrauennachmittag einzulegen. Der Staubsauger startete als Eisbrecher meine Putzaktion, gefolgt von Schrubber und Aufnehmer. Im

Bad und der Toilette wirbelte ich ebenfalls wie Meister Proper persönlich und auch der Waschmaschine verschaffte ich eine Menge Arbeit. Gegen sieben fiel ich völlig kaputt und erschlafft auf mein Sofa. Zur Auffrischung meines Flüssigkeitshaushaltes ließ ich erstmal den Inhalt einer halben Flasche Wasser in mich hinein gluckern. Auch wenn es mir jetzt besonders schwer fiel, die gerade sauber gepulzte Dusche zu benutzen, sprang ich trotzdem in meine Duschkabine um bei Elisabeth nicht den Eindruck entstehen zu lassen, unsauber zu sein. Als Elisabeth klingelte stand ich nur mit einem Handtuch um die Hüften gebunden vor dem Spiegel und fönte meine Haare. „Was für ein geiler Anblick, hallo Markus. Hast du Putztag eingelegt? Das sieht hier alles so sauber aus." „Hallo, Elisabeth. Nun ja, weil du hier immer so rumhopst, musste ich meine Wohnung einmal wieder vom Staub befreien." „Ohhh, du Ungeheuer. Du lockst doch immer das unschuldige Mädchen Elisabeth in deine Räuberhöhle, um auf ihr herumzuhopsen." Mit der rechten Hand pitschte sie mich in meinen Hintern, während sie mir einen Kuss zur Begrüßung auf den Mund gab. „Engelchen sieht ja wirklich toll aus wie es da so im Vorgarten steht und auf Bewegung wartet." Weil der Fön einen ungeheuren Lärm verbreitete, musste ich zurückfragen. „Was sagst du?" Ich schaltete den Haartrockner aus. „Na, dass Engelchen schön aussieht und auf unseren Ausflug wartet." „Das ist wohl wahr."

Elisabeth genoss die eher beschauliche Fahrt zu dem Biergarten, der uns bereits an unserem ersten Abend beherbergte. Ich hatte das Faltdach völlig nach hinten geschoben und so dafür gesorgt, dass die letzten Sonnenstrahlen des Tages ungehindert Einlass fanden. Natürlich sorgte Engelchen, egal wo ich parkte, stets für neugierige Blicke und es verging kein Parkvorgang, wo ich nicht erschöpfend Auskunft über Engelchen geben musste. Heute jedoch verkürzte ich meine Erklärungen auf ein Minimum, da wir Hunger hatten. Wir fanden gleich ein stilles Plätzchen und ließen uns nieder. „Bleibt es eigentlich bei unserer Urlaubsreise? Ich habe heute unsere Flugkarten und die Hotelvoucher erhalten." „Aber klar doch. Dann kann ich mit leicht gebräuntem Teint meine Lesetour beginnen. Die Mädels werden nur so auf mich fliegen." Der Tritt, der mein Schienbein traf, würde wohl zu einem blauen Fleck führen. „Ich werde so oft wie möglich deinen Lesungen beiwohnen. Nix hier mit den Mädels rummachen. Ich bin dein Mädel." Wir mussten beide über Elisabeths Ausspruch lachen. Als ich ihr im Anschluss von meinem anstehenden Termin bei der Verlagsleiterin des Jona-Kinderbuch-Verlages erzählte, hörte sie ernst und sehr interessiert zu. Nachdenklich schaute sie mich an. „Ich würde die Zeichnungen gern noch bunt unterlegen. Kinder lieben Farben." „Das ist doch überhaupt kein Problem. Wir werden uns ohnehin nach den Wünschen des Verlages richten müssen. Kinderbücher sind ein völlig anderes Genre als die Romane, die ich schreibe. Mir fehlt da gänzlich die

Erfahrung. Auch sind die Auflagen niemals so groß wie bei Krimis oder Frauenromanen." „Ich lese auch gern Kinderbücher." „Du hättest auch gerne Kinder, nicht wahr?" Noch während Elisabeth meine Frage nickend bestätigte, sah ich Tränen ihre Wangen herunter laufen. „Entschuldige bitte, ich wollte dir nicht zu nahe treten." Sofort setzte ich mich neben sie und nahm sie in den Arm. Obwohl ich doch die schönsten und blumigsten Liebes-romane schrieb, fehlten mir jetzt irgendwie die Worte. Mit meiner rechten Hand griff ich in meine Hosentasche und zog daraus ein ziemlich zer-knautschtes Tempo heraus. Sie schaute mir dabei zu und lächelte wieder. „Keine Sorge. Es ist unbenutzt." „Danke, Markus. Ich bin gerade so glücklich wie ich es seit Jahren nicht mehr war und dann das." „Ja, das erlebe ich gerade, wie glücklich du bist. Ich hab mir auch immer ein Kind gewünscht, doch bisher nie die richtige Partnerin dazu gefunden. Vielleicht können wir beide uns diesen Wunsch gemeinsam erfüllen oder gibt es irgendwelche gesundheitlichen Gründe, die dage-gen sprechen?" Elisabeth schaute mich ganz groß an. Überlegte sie jetzt, ob sie mir trauen konnte? Ob es mir wirklich ernst war, was ich gerade formulierte? Hatte ich eventuell einen sehr wunden Punkt bei ihr getroffen? Konnte sie vielleicht keine Kinder bekommen? Fragen über Fragen peinigten mich mit einmal.

Völlig unerwartet legte sie mir ihre Arme um den Hals. „Möchtest du wirklich ein Kind mit mir haben?" Ich musste jetzt sehr vorsichtig sein und durfte keinesfalls durch einen meiner häufig unbedachten Späße meine Unsicherheit kundtun, um ihr nicht weh zu tun. Ich ließ einfach mein Herz sprechen. „Ja, ich könnte mir das sogar sehr gut vorstellen. Ganz sicher nicht überstürzt, aber die Planung dafür könnten wir für das kommende Jahr in Angriff nehmen." „Das würde bedeuten, dass wir eine Familie gründen?" „Ja, das gehört für mich schon mit dazu." Wieder weinte Elisabeth, doch diesmal wohl aus Freude. Sie küsste mich unablässig und selbst die freundliche Bedienung, die irgendwann mit zwei Tellern in ihren Händen vor uns stand, um uns unsere Schnitzel zu servieren, fand keinen Weg uns zu unterbrechen. Sie stellte die beiden Teller ab und ging lächelnd weiter ihrer Arbeit nach.

Die immer noch milden Temperaturen luden uns nach dem Essen zu einem Verdauungsspaziergang durch den Park ein. Wir nahmen die Einladung gern an und liefen Hand in Hand eine ganze Stunde lang unter den Kühle spendenden Bäumen über Wege und Wiesen bis es dämmerte. Engelchen brachte uns im Anschluss an unseren Spaziergang wohlbehalten nach Hause. Elisabeth verschwand gleich im Bad, das sie wenig später mit ihrem Schlafanzug bekleidet verließ. „Kommst du auch ins Bett? Ich bin total müde und kaputt." „Bin schon unterwegs." Ich tat es ihr gleich und kuschelte mich zu Elisabeth ins Bett. Nur wenige Minuten später schlief sie tief und fest mit einem Lächeln ein.

Kapitel 17

Gegen acht Uhr sorgte mein Wecker dafür, dass wir zeitig aus den Federn kamen. Ich machte gleich Frühstück. Elisabeth stand unter der Dusche, während der Kaffee durch die Maschine blubberte. Mit noch nassen Haaren, bekleidet mit Rock und Bluse, kam sie duftend wie ein Blumenmeer in die Küche und setzte sich ohne Ankündigung auf meinen Schoß. „Guten Morgen, Markus." Es folgte ein Kuss zum Wecken. „Ich habe diese Nacht geträumt, du möchtest nächstes Jahr mit mir eine Familie gründen und ein Kind haben. War das ein Traum oder ist das Realität?" Elisabeth war anzumerken, dass sie nicht zum Scherzen aufgelegt war. „Ja, darüber haben wir gestern gesprochen und dazu stehe ich nach wie vor." Ihre fragenden, ängstlichen Züge entspannten sich zusehends. „Das heißt, das war kein Traum?" „Nein, Elisabeth, es war kein Traum. Wir haben nur beschlossen, unsere Planung langsam angehen zu lassen." „Ja, natürlich, das machen wir auch. Ich bin so glücklich, Markus." „Ich auch, Elisabeth. Seit wir uns kennen, geht mir das Schreiben auch viel leichter von der Hand." Wir bekamen beide vom Frühstück kaum einen Bissen herunter. Gegen halb zehn fuhr Elisabeth immer noch lächelnd ins Reisebüro.

Ich verschaffte dem Geschirr eine reinigende Dusche und anschließend auch meinem Körper. Ordentlich gekleidet nahm ich den Bus und fuhr in die Innenstadt. Mein erster Weg führte mich zu den glänzenden Schaufenstern einer Juwelierkette. Die Damen, die wegen Mangel an Kunden zur Untätigkeit verdammt schienen, standen hinter ihren Verkaufsvitrinen und befreiten deren Glasscheiben, die das teure Geschmeide vor räuberischen Fingern zu schützen suchten, von jeder Menge Fingerabdrücken. Weil ausgerechnet neben dem Juweliergeschäft eine große Buchhandlung mit meinem Konterfei auf großen Plakaten meinen neuen Roman bewarb, steckten die Verkäuferinnen des Juweliergeschäfts sofort ihre Köpfe zusammen, nachdem sie mich erkannt hatten und begannen zu tuscheln. So dauerte es nicht lange und mir stand das gesamte Amazonenkorps der Filiale zur Beratung zur Verfügung. Ich erklärte meine Wünsche und wurde sofort kompetent über den Karatwert von Gold und Edelsteinen, Ringmaße und Goldfarben aufgeklärt. Ich wählte einen ziemlich schmalen, den eher filigranen Fingern von Elisabeth angepassten Gelbgoldring aus, in dem drei kleine Steine in den Farben blau, rot und grün eingefasst waren. Nachdem ich vier von meinen Büchern, die die Damen rasch nebenan in der Buchhandlung erstanden hatten, signierte, erhielt ich noch einen ordentlichen Rabatt auf den Ring. Freude strahlend verließ ich das Fachgeschäft. Diesen Einkauf musste ich jetzt mit einem Milchkaffee begießen und begab mich in ein Studentenkaffee in der Hoffnung, dort unerkannt zu bleiben. Ich wählte ein Plätzchen nah am Fenster aus und bestellte eine große Tasse Milchkaffee. Die hübsche, freundliche Araberin, die mir den Becher Kaffee servierte, war nicht vom Fach. Etwas ungelenk balancierte sie mir mein Kaffeebehältnis an den Tisch, jedoch nicht ohne eine kleine Kaffeereserve auf der Untertasse zu schaffen. Ihre Entschuldigung wegen der kleinen Pfütze nahm ich gern entgegen, als sie mir berichtete, dass sie eigentlich seit drei Jahren erfolgreich Betriebswirtschaft in Deutschland studierte und den Job nur machte, um ihr Zimmer und den Lebensunterhalt bestreiten zu können. Ich versicherte ihr, dass mir die kleine Kaffeepfütze auf der Untertasse wirklich nichts ausmachte und um meiner Äußerung Nachdruck zu verleihen, schlürfte ich einfach den Kaffee direkt vom Tellerchen und sorgte damit bei ihr als auch bei den übrigen Gästen an den umliegenden Tischen für ein heftiges Gelächter. Plötzlich reifte in mir der Wunsch, mich ein wenig mit dem Tagesgeschäft in der Welt beschäftigen zu wollen, zumal ich es doof fand, nur einfach so da zu sitzen und die anderen Leute zu beobachten. Vom Garderobenständer holte ich mir eine an einem Zeitungsstock befestigte Frankfurter Allgemeine und nahm wieder Platz. Interessiert las ich Artikel für Artikel, ohne jedoch zu bemerken, dass ich ständig die letzte Zeitungsseite hochhielt, auf dem mein Bild und der Einband meines neuen Romans als Werbemaßnahme abgedruckt waren. So dauerte es gerade mal zehn Minuten, bis vier Mädels und zwei Jungs sich um meinen Tisch scharten.

„Ist etwas passiert?", fragte ich die Schar der jungen Leute, die ein wenig unschlüssig vor mir standen. Eines der Mädchen, eine hübsche

Brünette mit kräftigen Locken und großen dunklen Augen übernahm als Sprachrohr die Redeführung. „Sind Sie zufällig der Autor Markus Blum?" „Nicht nur zufällig, sondern sogar in der Realität. Ja. Warum?" „Wir alle studieren Literaturwissenschaften und Journalismus und hätten ein paar Fragen?" „Ja, dann schiebt mal die Tische zusammen und nehmt euch ein paar Stühle." Blitzschnell hatten wir eine kleine Tafel aufgebaut. „Darf ich euch auch zu einem Milchkaffee oder etwas anderem einladen?" Zuerst erfolgte schüchternes Schulterzucken. Als ich jedoch die hübsche Araberin heran winkte, bestellten alle Milchkaffee. „Was habt ihr auf dem Herzen?" „Uns interessiert natürlich, wie Ihre Romane entstehen. Haben Sie Ihre Geschichten gleich zu Anfang im Kopf? „Ich heiße übrigens Markus. Also ein Grundkonzept muss natürlich vorhanden sein, aber alle Geschehnisse stellen sich ein, während ich schreibe." Es entwickelte sich eine interessante Diskussion und schnell hatten wir die Zeit vergessen. Wir lachten sehr viel miteinander, und trotzdem nahmen alle Beteiligten ganz sicher auch neue Erkenntnisse mit nach Hause. Als ich jedoch auf die Uhr schaute und feststellte, dass es bereits kurz nach sechzehn Uhr war, hob ich rasch die Tafel auf, weil Elisabeth bald vor meiner Türe erscheinen wird, da sie samstags nur bis vier Uhr arbeiten musste. Der Abschied gestaltete sich mehr als herzlich, wobei ich bei zwei der Studentinnen den Eindruck gewann, sie hätten mich gern einmal alleine getroffen. Ein Küsschen hier und ein wenig Geflüster da, doch ich blieb natürlich standhaft. „Macht es gut und viel Erfolg im Studium", rief ich den jungen Leuten noch zu, während ich zahlte und das Café verließ.

Beinahe zeitgleich trafen Elisabeth und ich vor meiner Haustüre ein. „Oh, guten Tag schöne Frau. Möchten Sie auch zu dem Starautoren Markus Blum?" „Eigentlich nicht. Ich finde seine Bücher langweilig und außerdem soll er ein richtiger Spießer sein." Damit sie sich nicht noch weitere Unwahrheiten ausdachte, nahm ich Elisabeth in den Arm und küsste sie zur Begrüßung, jedoch nicht ohne ihr für die geäußerten Frechheiten einen Klaps auf den Po zu geben. „Heee, wie kannst du nur deine geliebte Freundin so züchtigen, mein großer Schreiber?" „Weil meine geliebte Freundin frech war und dringender Züchtigung bedurfte." „Komm, schließ auf. Ich möchte mich noch ein wenig auf deinem Balkon in die Sonne setzen." Während ich die Türe aufschloss, schob sie mir ihre linke Hand in meine linke, hintere Hosentasche. Ich war schon heilfroh, dass sie nicht die Wölbung des kleinen Päckchens in meiner Aktentasche bemerkte, in der ich ihren Verlobungsring aufbewahrte. „Was habe ich denn hier gefunden?" Elisabeth zauberte zwei kleine Zettel hervor und besah sich diese ganz genau. „Interessant. Sarah möchte dich wiedersehen und gibt dir ihre Handynummer." „Und was steht auf dem anderen Zettel?" „Das sage ich dir jetzt, mein kleiner Star: Ruf mich an. Ich bin Tag und Nacht für dich da. Rebecca. Wirst du es mit beiden Mädels zusammen machen, so als Menage a trois oder lässt du dich von ihnen einzeln verführen?" Elisabeth lachte laut auf. „Na, das verspricht eine heitere Beziehung mit dir zu werden, wenn dir laufend Ladies nachstellen. Lad´ die Mädels doch beide zusammen zu uns ein. Dann schaue ich euch beim Sex zu." „Das ist ja eine völlig neue Seite an dir. Ich glaube kaum, dass dir das reichen wird." „Das glaube ich auch nicht." Hand in Hand erklommen wir die Stufen des Treppenhauses zu meiner Wohnungstüre.

Kapitel 18

„Möchtest du heute noch etwas unternehmen oder bleiben wir zu Hause?", rief ich Elisabeth zu, die sich ins Bad verzogen hatte. „Wir können heute Abend ein Häppchen beim Italiener zu uns nehmen. Kennst du einen Guten hier in der näheren Umgebung?" „Ja, wir können zu Mario gehen. Der macht leckere Pizza, gute Antipasti und seine Fischgerichte sind erste Sahne." Ich wollte meine nächste Frage schon wieder durch die geschlossene Badezimmertüre rufen, als Elisabeth sie öffnete und splitternackt im Rahmen stand. „Wow! Ist dir die Bademode ausgegangen?" „Ich mache mich nur schön für dich, indem ich mir einen zart braunen Teint zulege." Frech marschierte sie an mir vorbei Richtung Balkon. Ich versäumte es allerdings nicht, ihr in den Po zu kneifen. „Du bist schon ganz schön frech, mein kleiner Romanautor. Aber auch ein lieber." Elisabeth blieb noch einmal kurz stehen und gab mir einen Kuss. Dann trollte sie sich nach draußen auf die Liege. Ich verschwand derweil in meinem Arbeitszimmer und versteckte Elisabeths Verlobungsgeschenk in meinem Schreibtisch.

Wenig später gesellte ich mich zu ihr. Nach einer Weile hob sie den Kopf und schaute mich an. „Fällt dir eigentlich nichts auf an mir?" „Lass mich mal schauen. Doch, du hast zugenommen." Der Tritt gegen meinen Oberschenkel schmerzte ziemlich, auch wenn ich furchtbar lachen musste. „Wie soll ich das nur auf Dauer mit dir aushalten? Ich hab mich vollständig rasiert. Schau hier." „Ich fand deinen Oberlippenbart eigentlich ganz apart. Ist schon schade um ihn." Ich musste nun an mich halten, nicht laut loszuprusten. Elisabeth schrie nur noch: „Ahhhhh, was für ein Ungeheuer du doch bist." Sie nahm meine Hand und legte sie genau an der entgegen gesetzten Seite ihres Körpers ab. „Von wegen Oberlippenbärtchen. Fühlt sich richtig schön an, wenn deine Hand darüber gleitet. Außerdem bist du doch unten auch rasiert." „Es fühlt sich tatsächlich schön an." „Dann teste doch mal, ob es dir ohne Haare besser gefällt." Langsam rollte sich Elisabeth von ihrer Liege zu mir rüber. Mit nur wenigen Handgriffen hatte sie den Tester in Funktion versetzt. Genau im rechten Moment trat der Tester seine Aufgabe an und in der Tat, es gefiel ihm. Später nahmen wir unser Abendessen bei Mario ein, der uns redlich mit seinen leckeren Teigwaren verwöhnte. Wir tranken jeder ein Viertel des roten Hausweins dazu, was unserer Stimmung mehr als zuträglich war.

„Ich fände es schön, wenn wir bald zusammen ziehen würden. Was meinst du?" Elisabeth verschluckte sich beinahe am Lambrusco. „Ist das dein Ernst?" „Ja, natürlich. Wir müssen doch vorher prüfen, ob wir es gemeinsam unter einem Dach aushalten. Stellt sich nur die Frage: Zu dir oder zu mir?" „Meine Wohnung ist viel kleiner als deine, Markus. Nur, was machen wir mit unseren Möbeln, die für zwei Wohnungen reichen?" „Du hast die schöneren Wohnzimmermöbel. Werfen wir meine einfach auf den Sperrmüll. Dafür habe ich ein komplettes Schlafzimmer. Wobei wir dein Bett auch als Gästebett nutzen können." „Die Küche gehört mir sowieso nicht, also behalten wir deine." „Meine Wohnung hat 85 Quadratmeter. Das ist mit Sicherheit keine Dauerlösung für uns als Familie, zumal ich ein Arbeitszimmer zum Schreiben benötige, aber schon mal ein Anfang. Was meinst du?" „Ja natürlich." „Außerdem würde sich Henriette Eisermann ganz sicher über einen Leasing-Enkel mehr als freuen und ihn in ihrem Garten spielen lassen. Wobei wir Männer ohnehin ein Refugium benötigen, um uns von den Strapazen der Auseinandersetzungen mit dem weiblichen Geschlecht erholen zu können." Nur unter Aufbringungen sämtlicher Kräfte konnte ich verhindern laut loszulachen. Elisabeth schaute mich nur völlig entgeistert an. „Wie bitte? Wer sagt überhaupt, das wir einen Jungen bekommen?" „Na ich. Mädchen schicken wir mit dem Klapperstorch einfach zurück. Ist wie bei amazon kostenlos, hoffe ich." „Das ist ja wohl nicht zu glauben. Wir werden Zwillinge bekommen und nur Mädchen, so. Und die werden den ganzen Tag um dich herumwuseln, dir ins Bein zwicken und Löcher in den Bauch fragen, während Mama sich mindestens zweimal die Woche einen Tag lang in einer Wellnessoase verwöhnen lässt." Wir hörten noch lange nicht damit auf, uns gegenseitig mit Horrorszenarien über freche Kinder zu nerven, und selbst auf dem Nachhauseweg fanden wir kein Ende bis Elisabeth plötzlich stehen blieb und mich umarmte. „Ich liebe dich, Markus Blum, und ich möchte ohne dich nicht mehr leben." Dann küssten wir uns auf der Straße wie zwei Teenies, die dafür kein Heim zur Verfügung hatten. Schließlich kehrten wir Hand in Hand nach Hause zurück.

Der Sonntag zeigte sich nicht gerade von seiner besten Seite. Es regnete in Strömen, obwohl es nicht kalt war. Nach dem Frühstück setzte sich Elisabeth gleich an meinen PC, während ich mit dem Notebook arbeitete, und lud sich diverse Software zur Bildbearbeitung herunter. Anschließend scannte sie ihre Zeichnungen ein. Geschickt und für mich nicht nachvollziehbar bearbeitete sie ihre Zeichnungen und gab Farbe hinzu. Das Ergebnis übertraf jede meiner Vorstellungen. „Das ist ja einfach genial. Kannst du meine Texte so dazu setzen, dass es bereits aussieht wie ein richtiges Kinderbuch?" „Ja, klar. Genau das habe ich vor." Mit einsetzender Dämmerung hatte Elisabeth fünf meiner Geschichten mit ihren bearbeiteten Bildern zu einem kleinen Buch verarbeitet. Wir speicherten alle Dateien auf mehreren Sticks ab, die ich zum Termin dem Kinderbuch-Verlag vorstellen wollte.

Ein wenig erschöpft warfen wir uns auf die Couch und schauten fern wie ein altes Ehepaar.

Kapitel 19

Brav chauffierte uns Engelchen zum Bahnhof. Wie nicht anderes zu erwarten, verspätete sich die Ankunft des Fernzuges aus Freiburg um zehn Minuten, die wir klaglos hinnahmen. Hatten wir eine andere Wahl? Elisabeth schaute ein wenig aufgeregt jedem einfahrenden Zug entgegen. Die Tatsache, dass sie jetzt einen vorzeigbaren Freund an ihrer Seite wusste, wollte sie gleich ihrer Mutter verkünden und mich vorstellen, wobei ich der Meinung war, dass Henriette Eisermann dies schon hinreichend während des Urlaubsaufenthaltes übernommen hatte. Schließlich war Helene Kaldenbach nicht nur Elisabeths Mutter, sondern auch ihre beste Freundin. Irgendwann nach einem weiteren selbst genehmigten Zeitbonus der Deutschen Bahn rollte der Fernzug im Hauptbahnhof ein. Als dann dem vierten Wagen Mutter Kaldenbach und meine Vermieterin entstiegen, gab es für Elisabeth kein Halten mehr. Glücklich fiel sie ihrer Mutter um den Hals und herzte ebenfalls die Wangen von Henriette. Es folgte eine kurze Vorstellung von mir. Da jedoch Bahnsteige an Bahnhöfen nicht unbedingt zu den gemütlichsten Plätzen dieser Welt zählen, griffen Elisabeth und ich uns rasch die Koffer der Reisenden und führten sie zu Engelchen. Der Kofferraum meiner Luxuslimousine hätte glatt die doppelte Menge an Gepäck aufgenommen. Nur an der nötigen Kraft, vier Erwachsene nebst zwei großen Koffern behände auf der Straße zu bewegen, mangelte es Engelchen ein wenig und so tuckerten wir in gemächlicher Fahrt zu uns nach Hause, wo bereits ein von Elisabeth frisch gebackener Apfelkuchen auf seinen Verzehr wartete. Engelchen hüpfte fröhlich aus den Federn, als wir endlich alle ausgestiegen und die Koffer ausgeladen waren.

Elisabeth und Frau Eisermann deckten schnell eine gemütliche Kaffeetafel ein. Es wurde Sahne für den Kuchen geschlagen und die Kaffee-maschine nahm zischend ihre Arbeit auf. Lange dauerte es nicht, bis wir alle vier um den runden Tisch im Garten meiner Vermieterin saßen und genüsslich das Backwerk von Elisabeth ver-putzten, dessen Qualität im Übrigen der von meiner Vermieterin in keinster Weise nachstand. Selbst ein kleiner Sahneklecks auf der bunten Bluse von Helene Kaldenbach tat unserer fröh-lichen Stimmung keinen Abbruch. So erfuhren wir ausschweifend, wie ich es selbst in meinen dicksten Büchern nicht fertig gebracht hatte, detailliert alle Ferienerlebnisse unserer Urlauber. Glücklicherweise waren die beiden alten Damen fototechnisch noch nicht im Zeitalter der digitalen Fotografie angelangt, sodass die erschöpfende Prosa nicht mittels Fotos unterstützt werden konnte. Man sicherte jedoch zu, sobald die Bilder entwickelt seien, uns diese in ähnlich trauter Runde zu präsentieren. Für jeden Gähner erhielt ich von Elisabeth einen leichten Tritt gegen meine linke Wade, sicher gut gemeint, damit ich nicht wegnickte. Nachdem wir sogar erfahren durften, dass das Toilettenpapier in den Zimmern in der Ausführung weiß mit kleinen Blümchen angeboten wurde, erstarben allmählich die Reiseberichte der beiden alten Damen und man wendete sich sachte dem Thema Zwischenmenschlichkeit von Elisabeth und mir zu. Ich überließ die Berichterstattung Elisabeth, von der ich auch jetzt immer wieder leichte Wadenschubser erhielt, wenn ich ihren Ausführungen nicht gebührend beipflichtete. Bevor es dämmerte fuhr Elisabeth ihre Mutter nach Hause, während ich mich bei Henriette Eisermann mit dem Abwasch beschäftigte. Zwei Stunden später lagen Elisabeth und ich geschafft auf dem Sofa. „Meine Mutter meinte, du wärst ja schon ein schöner Mann und ich müsste mir sicher viel Mühe geben, dass mir dich ein anderes Mädel nicht vor der Nase wegschnappt. Ich verstehe überhaupt nicht, wie sie wohl darauf kommt." Das ich diese wenig liebevolle Aussage nicht ungeahndet im Raume stehen lassen konnte, scheint sicher logisch und so bewarf ich Elisabeth mit dem nächstbesten Couchkissen. Wie nicht anders zu erwarten erzeugen Reaktionen stets Gegenreaktionen und so entwickelte sich eine liebevolle Kissenschlacht, die letztendlich damit endete, dass Elisabeth in meinen Armen landete und das Wohnzimmer nicht mehr als besuchertauglich bezeichnet werden konnte. Wir verbrachten noch einen wirklich schönen Abend auf meinem Balkon und beobachteten die Sterne. „Wenn man nur wüsste, was die Zukunft uns bringt", philosophierte Elisabeth vor sich hin. „Da gebe ich dir Recht.

Doch wir könnten schon einmal so einige Dinge für unsere gemeinsame Zukunft festlegen. Ich möchte zum Beispiel keinen Goldhamster als Haustier und auch keinen Wellensittich. Ein Hund oder eine Katze wäre schön. Wohnwagenurlaube hasse ich übrigens wie die Pest und von Binden und Tampons verstopfte Toiletten ebenfalls." „Du bist ein verrückter Kerl, Markus, aber dafür liebe ich dich auch so sehr." Wir wurden dann doch wieder ernster und beschlossen, so bald wie möglich den Umzug von Elisabeth in meine Wohnung in Angriff zu nehmen.

Kapitel 20

Eine Woche später saß ich Karin Baal, der Assistentin der Verlagsleiterin des Jona-Kinderbuch-Verlages Irmgard Breuer gegenüber und nippte an einem wenig aromatischen und viel zu heißen Kaffee. Natürlich hatte es sich im Verlagshaus rasch herumgesprochen, dass ich ins Haus kam, um einen Termin bei der Verlagsleiterin wahrzunehmen. So steckte alle Nase lang jemand anderes seinen Kopf durch die Türe. Zweimal bat man mich sogar um ein Autogramm im Buchdeckel meines neuesten Romans. Das kurze, blaue und ziemlich tief ausgeschnittene Minikleid, das die Baal trug, hatte sie offensichtlich und wahrscheinlich sogar vorsätzlich eine Nummer zu klein gewählt, was zur Folge hatte, dass ich bei jeder ihrer Bewegungen Sorge hatte, ihre Brüste würden jeden Moment aus dem leichten Wickelstoffoberteil samt BH aussteigen. Wenn sie sich aus ihrem Schreibtischsessel erhob, und das tat sie recht häufig, musste sie stets den Rocksaum herunterziehen, damit ihrem Gegenüber ein Blick auf ihr Höschen verwehrt blieb. Wir wechselten ein paar belanglose Sätze, bis Irmgard Breuer bitten ließ. Die Verlagsleiterin kam mir bereits auf halber Strecke zu ihrem Schreibtisch entgegen und begrüßte mich sehr freundlich. „Hallo, Herr Blum. Ich freue mich sehr, Sie endlich einmal persönlich kennen zu lernen. Bei den offiziellen Veranstaltungen der Verlagsgruppe lassen Sie sich ja meistens nicht sehen." „Das ist wohl wahr. Ich mag es nicht so besonders, in der Öffentlichkeit zu stehen und mit Reden überschüttet zu werden, deren Inhalt nur so mit nicht wirklich ernst gemeinten Floskeln durchsetzt ist. Irmgard Breuer war nur unwesentlich kleiner als ich und eine sehr aparte, schlanke Frau mit wachen, braunen Augen und mittellangen, glatten Haaren. „Bitte nehmen Sie Platz. Unsere Abteilung Erotik hat Sie bereits mit einem Kaffee versorgt?" „Ja, danke. Ihre Formulierung trifft nicht nur hinreichend zu, sondern sie gefällt mir auch", entgegnete ich lachend. „Was haben Sie für mich, Herr Blum?"

Ich präsentierte ihr die fünf von mir geschriebenen Kapitelentwürfe mit den bearbeiteten Zeichnungen. „Das sieht schon sehr gut aus. Wer hat die Zeichnungen gemacht?" „Meine Lebensgefährtin Elisabeth Kaldenbach." „Ich denke gerade darüber nach, ob wir für Ihre Freundin nicht noch einen anderen Auftrag hätten. Die Zeichnungen sind wirklich sehr gut. Bei Ihren Texten müssen Sie sich

108

noch darüber im Klaren werden, für welches Alter Sie Kinderbücher schreiben wollen. Sie dürfen bei Ihren Formulierungen niemals aus den Augen verlieren, dass Ihre Leser zwar wohl hauptsächlich Erwachsene sind, die Zielgruppe jedoch Kinder und die benötigen eine einfache, leicht verständliche Sprache. Schachtelsätze zum Beispiel kann ich nicht empfehlen. Das nur schon so einmal als Entre. Ihre Texte finde ich ansonsten wirklich sehr gelungen. Ich gebe die Geschichten einmal meiner Cheflektorin zum Überarbeiten. Mal schauen, was sie daraus macht." „Das hört sich für mich schon sehr vielversprechend an. Ich gehe jetzt erstmal für zehn Tage in Urlaub und ab dem 5.9. auf Lesereise quer durch Deutschland. Danach sollten wir uns wieder treffen." „Genauso machen wir es. Weiterhin viel Erfolg beim Verkauf Ihrer Bücher. Ach, und noch etwas: Haben Sie die Handynummer Ihrer Lebensgefährtin gerade zur Hand?" Ich gab Irmgard Breuer die Nummer von Elisabeth und verabschiedete mich von ihr. Natürlich vergaß ich auch nicht, mich gebührend bei Karin Baal zu empfehlen.

Diesmal gab ich Engelchen die Sporen, um flott nach Hause zu kommen. Ich nahm mir vor, meinen Text für die Lesungen vorzubereiten. Willig nahm Engelchen die Herausforderung an, diese ihr übertragene Aufgabe zu meiner vollsten Zufriedenheit auszuführen. Jetzt musste ich mir erstmal einen Kanne guten Kaffee aufsetzen. Während der Automat die braune Brühe kochend heiß durch den gefüllten Filter in die Kanne tröpfeln ließ, rief ich Elisabeth an und informierte sie über den Inhalt meines Gesprächs mit Frau Breuer. „Dann werde ich sicher auch noch berühmt?" „Ganz bestimmt, Elisabeth. Du wirst als die wilde Lizzi mit den goldenen Händen durch alle Kinderzimmer der Republik geistern und alle Kinderherzen werden höher schlagen, wenn sie die Lizzi bei Lesungen zu sehen bekommen." „Warte nur ab bis ich nach Hause komme, mein Lieber. Von wegen Lizzi. Ich geb dir nachher Lizzi. Mach´s gut und bis später. Da kommen schon wieder Kunden." „Alles klar, bis später." Ich musste furchtbar lachen, als ich mich in meinem Schreibtischstuhl zurücklehnte und an Elisabeths Gesicht dachte, als ich sie Lizzi nannte. Dabei war dies ganz sicher kein schlechter Künstlername, den sich Kinder gut merken konnten. Nach dem ersten Becher Kaffee kehrten die Lebensgeister allmählich zurück und beflügelten mich in meiner Arbeit. Eine Lesung vorzubereiten ist gar nicht so leicht wie es scheint. Vor allem dann, wenn sie auch ein wenig lustig sein soll und man die Besucher mit einbeziehen möchte. Nur vorn sitzen und lesen ist völlig out. Die Menschen wollen ein Event besuchen und nicht stupide mit Text zugequasselt werden. Immerhin verlangt der Veranstalter fünfzehn Euro Eintritt und dafür kann der geneigte Zuhörer auch etwas verlangen. Also las ich mich wieder in mein Buch ein und machte mir jede Menge Notizen. Nach dem zweiten Becher Milchkaffee stand bereits mein grobes Konzept. Doch ich würde nicht drum herumkommen, mein Buch noch einmal komplett zu lesen. Dies war schon deshalb erforderlich, weil Irene als Lektorin vieles änderte, während sie ein Manuskript überarbeitete. Schnell war ich in meiner Geschichte versunken. „Die Spielgefährtin", so lautet der Titel meines Romans, ist ein waschechter Krimi und je länger ich darin las, desto mehr nahm ich um mich herum nichts mehr wahr. So bemerkte ich überhaupt nicht, dass Elisabeth, die mittlerweile einen Schlüssel der Wohnung besaß eingetroffen war und es draußen wie aus Eimern schüttete.

Sehr schnell fand ich in die Realität zurück, als ich die kalten Hände von Elisabeth an meinen Hals spürte, die mich kurzer Hand erwürgen wollten, nur weil ich sie am Telefon Lizzi nannte. „Du bist unmöglich, Markus Blum. Lizzi mag ich nun mal überhaupt nicht gerufen werden." „Hallo, Elisabeth, lässt du mich nun doch am Leben?", röchelte ich gespielt. „Fleh um meine Gnade, unwürdiger Tropf." „Wenn es dein Wunsch ist, dass ich hier durch deiner Hände Druck mein Leben aushauche, so lass es geschehen. Ich bereue nichts." „Dann bist du auch nicht meiner Gnade würdig. Hinweg mit dir ins Reich der Toten. Schmore in der Hölle bis zum Nimmerleinstag." Elisabeth drückte spielend zu. Nach Luft ringend verdrehte ich meine Augen und ließ meine Zunge aus dem Mund heraushängen, bis ich meine Augen schloss und mich sachte vom Stuhl auf den Boden rutschen ließ. Elisabeth bekam einen ordentlichen Schreck. Ich beobachtete ihre Reaktion, als ich meine Augen ein wenig öffnete und sie durch die Sehschlitze beobachten konnte. „Markus?" Jetzt konnte ich einfach nicht mehr an mich halten und prustete laut los. Sofort warf sich Elisabeth auf mich. „Du Ungeheuer aus dem Totenreich", beschimpfte sie mich und stützte ihre Hände auf meine Handgelenke. Jetzt schien für mich eine Flucht unmöglich geworden zu sein, doch ich hob den Kopf und schnappte mit meinen Lippen nach ihrer rechten Brust. „Du hast wirklich nur Unsinn im Kopf. Wie soll das nur werden, wenn du tatsächlich der Vater meines Kindes wirst?" „Unseres Jungen, wolltest du doch sicher sagen, und außerdem muss unser Sohn doch gleich zu Beginn die Gewissheit erhalten, woher er seine ersten vorge-wärmten Mahlzeiten erhält. Mädchen sind zickig, zu teuer im Unterhalt und man muss bereits in jungen Jahren sehr auf sie acht geben, damit sie sich nicht naiv einem Kerl hingeben und sich ein Kind andrehen lassen." „Sag mal, spinnst du jetzt völlig? Wenn alle Männer so denken würden, wären nur noch Jungs auf der Welt und wir würden bald aussterben!" „Was wäre das für eine ruhige Welt. Die Schuhindustrie würde wahrscheinlich zu Grunde gehen." Zu weiteren Ausführungen meiner zweifelsfrei etwas merkwürdigen Visionen kam ich leider nicht mehr. Elisabeth legte sich ganz auf mich. Sanft berührten ihre Lippen meinen Mund. „Das meinst du doch bestimmt nicht so, oder?" Elisabeth wartete meine Stellungnahme erst gar nicht ab und sprach weiter. „Stell dir vor, wir bekommen wirklich ein Mädchen und dann auch noch eins, dass soooo süß aussieht wie ich. Das würdest du doch nicht so einfach verstoßen?" „Wie, noch eine Lizzi? Das fehlt mir gerade noch!"

Meine spitzfindigen und ganz sicher nicht ernst gemeinten Äußerungen sorgten auf jeden Fall für jede Menge Aktion in unserer Bude. Später als wir uns langsam in den Schlaf kuschelten, belächelten wir gemeinsam immer noch meine wirklich humorvoll gemeinten Bemerkungen.

Kapitel 21

Katie spielte für uns den Fahrdienst und brachte uns wohlbehalten zum Flugplatz nach Köln Bonn. Engelchen durfte derweil zehn Tage lang Urlaub in seiner Garage machen. Niemals hätten wir es übers Herz gebracht, Engelchen alleine zwischen so vielen anderen, fremden Autos am Flughafen im Parkhaus stehen zu lassen. Elisabeth war jetzt voll und ganz in ihrem Element. Als engagierte Reiseverkehrskauffrau war dies hier alles auch ihr Metier. Selbst für ein Dinner im Flieger hatte sie gesorgt. Die Fluggesellschaft ließ uns die Wahl zwischen einem Gummibrötchen mit Putenbrust eingewickelt in schon länger dahin siechendem Salat oder zwei Scheiben Hartkäse eingebettet zwischen zwei Scheiben schwächelndem Körnerbrot, denen auch ein wenig Sauce Unbekannt kein neues Leben einzuhauchen im Stande war. Das dazu gereichte Fläschchen Mineralwasser, dessen Inhalt kaum in der Lage schien, einen Fingerhut bis zum Rand zu füllen sowie ein Schokoriegel vervollständigten das gebuchte Menüangebot. Die alternativ angebotene Currywurst, die man sonst so nur auf Sylt kredenzt bekam, hätte meinen eher kulinarisch ausgerichteten Gaumen ebenfalls nicht sonderlich erfreuen können. Der dazu gereichte Kaffee war heiß und weckte ein wenig die vom monotonen Summen der Triebwerke schläfrig gewordenen Lebensgeister. Nach knappen drei Stunden und zwanzig Minuten Flugzeit setzte der Jet problemlos und pünktlich auf der Landebahn in Faro auf. Eine gute halbe Stunde später befanden wir uns wieder im Besitz unseres Gepäcks und warteten am Counter der Autovermietungsfirma auf unseren Leihwagen. Auch hier brillierte Elisabeth, die nicht nur fließend Englisch und Spanisch sprach, sondern auch die äußerst merkwürdigen Gepflogenheiten der portugiesischen Autovermieter in- und auswendig zu handeln verstand. Doch aller Groll war schnell verflogen als wir mit unserem flotten Corsa vom Flughafenkreisverkehr auf die N 125 einbogen und losflitzten, um nach etwa einer guten Stunde unsere Destination im Küstenort Alvor zu erreichen.

Das Fünf Sterne Hotel Dom Joao II schien ein echter Glückgriff zu sein und lag direkt am langen Sandstrand des Atlantiks. Elisabeth hatte extra für uns beide zusätzlich ein Upgrade in eine Juniorsuite gebucht, was uns ein wenig mehr Raum und Bewegungsfreiheit bot, sowie einen geräumigen Balkon mit gigantischem Blick aufs Meer. In Rekordzeit gemessen an dem Aufwand, den das Koffer packen beansprucht hatte, verbrachten wir unsere Sachen in die Schränke und richteten uns häuslich ein. Unser Entschluss, gleich an den Strand zu gehen, um ein Sonnenbad zu nehmen, fand allerdings jäh ein Ende als mich Elisabeth in meiner etwas betagten Badehose erblickte. „Sag mal, hast du in dem Teil deinen Freischwimmer im Kindergarten gemacht?" „Wieso? Die Badehose ist doch ok und im Wasser sieht man sie doch ohnehin nicht." „Wenn sie im Wasser nicht in tausend Teile zerfällt. Komm, zieh dir eine Shorts an, wir gehen Shoppen und kaufen dir erstmal eine neue Badehose." Schon ein wenig gekränkt ob der Kritik an meiner Retro-Bademode stieg ich in meine enge, weiße Shorts, in der ich schon diverse Tennisduelle gegen meine Studentenkumpels bestritten hatte und die mich ebenfalls durch die schweren Spiele zum Gewinn des Semestercup begleitete. „Da werden auch noch ein, zwei neue kurze Hosen fällig, so wie ich das sehe. Zieh dir bitte eine Jeans an, Markus. Mit der Shorts kannst du höchstens noch die Haie vertreiben, aber nicht mal mehr zum Strand laufen, geschweige denn in den Ort." Das unser Urlaub gleich mit Streitigkeiten begann und es Elisabeth wohl peinlich schien, mich in meiner Siegerhose zu begleiten, schmeckte mir überhaupt nicht. Im Gegenteil, ich beschloss meinen Wunsch mich mit Elisabeth zu verloben, noch um einen Tag zu verschieben. Mürrisch entledigte ich mich meiner Shorts, die ich im Übrigen niemals mehr wieder gesehen habe, und schlüpfte in meine Jeans. Glücklicherweise musste ich mich in meinem eher urlaubsunfreundlichen Outfit nur etwa zehn Minuten lang in Richtung Downtown von Alvor quälen. Dann endlich hatten wir die Shoppingmall des kleinen Urlaubsortes, bestehend aus nur wenigen Souvenirläden und ein paar Klamottenshops, erreicht. Elisabeth steuerte gleich den größten der Läden an und schubste mich etwas unsanft in die erstbeste Umkleidekabine, in der ich auf einem Stuhl Platz zu nehmen hatte und verharren musste, bis urplötzlich eine Lawine an Badehosen und Shorts über mich hereinbrach. Von da an ging es nur noch rein und raus. Hose an und Hose aus. Irgendwann beendete ich resignierend meinen Widerstand gegen Streifen oder sonstiges, aufgedrucktes Seegetier und erwarb zwei bunt bedruckte Badehosen, wobei mich gleich bei einer dieser Prachtstücke die Sorge befiel, dass die aufgedruckten witzig, dreinschauenden Haifische im Wasser eventuell deren lebende Verwandte anlocken könnten. Hinzu gesellten sich noch zwei bunt gestreifte Strandshorts. Ein paar Zehensandalen, ausgestattet mit Stoffstreifen, die im Volksmund auch gern als Flip Flops bezeichnet werden, vervollständigten unseren Shoppingausflug und machten aus mir einen waschechten Touri.

Weil wir es gleich am ersten Urlaubstag sonnentechnisch nicht ganz so heftig angehen lassen wollten, betteten wir unsere Luxuskörper geruhsam auf zwei Liegen am Pool unter hübschen Sonnenschirmen. Doch irgendwie empfand ich jeden Weg vom Liegeplatz zur Dusche und von dort aus zum Pool als gewöhnungsbedürftig. Ich konnte mich des Eindrucks nicht erwehren, dass alle Hotelgäste auf meine eher weißen Beine starrten, die bis eine handbreit über dem Knie von heftig grinsenden Haifischen aufgedruckt auf meiner Badehose bewacht wurden. Ich äußerte meine modischen Bedenken, doch Elisabeth empfand meine Beine wie auch meine Hose als schön, was einen beruhigenden Einfluss auf mich ausübte. Elisabeth hatte im Reiseführer gelesen, dass nur unweit von unserer Hotelanlage entfernt ein Einkaufscenter angesiedelt lag und wir zwecks Komplettierung meines Outfits diesem morgen einen Besuch abstatten würden. Klaglos nahm ich diese Shoppingdrohung hin und widmete mich erneut einer neuen Kindergeschichte, die ich gerade ausformulierte. Elisabeth lief häufiger zum Pool, um sich im kühlen Wasser zu erfrischen und ich musste neidlos anerkennen, dass sie in ihrem knappen Bikini eine mehr als gute Figur machte. Schon ein wenig zu gut, wie ich fand, da die drei Jungs, die einige Liegen weiter ihren Urlaub genossen, kein Auge von ihr ließen und sie schließlich sogar ansprachen. Doch Elisabeth trotzte standhaft jeglicher Versuchung und legte sich brav wieder neben mich auf die Liege. Meinen eben gefassten Entschluss, nach der ersten Einkaufsorgie unsere Verlobung eventuell noch um einen Tag zu verschieben, schmolz dahin. Wenn ich sie so betrachtete, bestand für mich keinerlei Zweifel mehr, dass Elisabeth genau meiner Vorstellung einer Traumfrau entsprach. Ein paar Abstriche musste man schließlich immer machen, auch wenn sie in meiner Person nur das Beste erhielt. Hatte sie jetzt wohl mein Grinsen bezüglich meines humorvollen Gedankenspiels bemerkt?

Obwohl ich ein absoluter Gegner von Hotelküchen und vor allem von All Inklusiv Verpflegung bin, dinierten wir an diesem Abend im hoteleigenen Speisesaal, der sehr geschmackvoll gestaltet war. Die zubereiteten und sehr einladend dargebotenen Speisen verwöhnten unsere Gaumen und ließen keine Wünsche offen. Ein sehr aufmerksamer Service befreite uns ständig von benutztem Geschirr. Zum Dessert wählte ich zuerst Eis. Im Anschluss daran ging ich auf die offerierten Käseköstlichkeiten über, von denen ich jedoch nicht mehr allzu viele in Ermangelung an fehlender Magenkapazität verkosten konnte. Der folgende Verdauungsspaziergang Richtung Strand sollte uns dazu verhelfen, später einigermaßen schlafen zu können. Wir quatschten uns fest und bemerkten gar nicht, wie schnell die Zeit verging. Irgendwann drehten wir fern unserer Hotelanlage um. Für den Rückweg suchten wir die Straßenpromenade auf, um nicht im Dunkeln im Sand auf einen Krebs oder sonstiges Getier zu treten. Mit jedem Schritt erinnerte mich das kleine unförmige Päckchen in meiner Hosentasche daran, dass ich mir fest vorgenommen hatte Elisabeth heute doch noch einen Heiratsantrag zu machen und davon wollte ich mich auch nicht mehr abbringen lassen. Unser Spaziergang gestaltete sich ungeheuer romantisch, wenn auch so manches Mal etwas kurios. Das Händchenhalten schien ein wenig unser beider Schweißdrüsen in den Händen zu stimulieren, was irgendwann unangenehm wurde und schließlich dazu führte, dass ich meinen Arm um Elisabeths Hüfte legte und sie sich an mich schmiegte, was wiederum für eine Zunahme an Feuchtigkeit in der Armbeuge wie unter den Achseln führte. Als wir das Hotel erreichten, setzten wir uns in den leichten Abendwind auf die Terrasse und freuten uns darüber wie rasch sich doch unser Aggregatzustand änderte und wir allmählich wieder gänzlich trocken waren. Ich bestellte eine gut gekühlte Flasche Vinho Verde. Obwohl die Terrasse gut besucht war, sorgte der Abstand der Tische für eine grundsolide Privatsphäre und die Möglichkeit der freien Rede. „Möchtest du morgen wirklich zu dem Einkaufscenter fahren?", begann ich ein wenig Konversation, die eingeschlafen zu sein schien, da jeder von uns seinen Gedanken nachging. „Och doch, ich möchte ein wenig nach Klamotten schauen, die in Portugal gut und gern zwanzig Prozent preisgünstiger sind als bei uns." „Nun ja, das ist natürlich ein Argument." „Es ist wirklich nicht allzu lange zu fahren. Vielleicht zwanzig Minuten eine Strecke. Wenn wir nach dem Frühstück gleich losdüsen, haben wir am Nachmittag noch eine Menge Zeit zum Sonnenbaden." Ich merkte, dass es mir wohl in jeder Hinsicht an Argumenten mangelte, diesen Ausflug in den Konsumtempel noch zu verhindern.

Wir diskutierten noch über alle möglichen Dinge, beobachteten still die übrigen Gäste und schlürften immer wieder an unseren Gläsern. Nach dem dritten Glas Wein stieg nicht nur mein Alkoholpegel in die Höhe, sondern auch mein Mutpotential hob sich ins Unermessliche, was meinem Adrenalinspiegel nicht verborgen blieb. Während einer kurzen Pause in unserer Konversation, so zwischen: „So ein leichtes, ganz buntes Hawaiihemd wird dir ganz sicher auch sehr gut stehen und wir sollten auch mal in einem der einheimischen Restaurants Fisch essen gehen, sprach ich es aus. „Elisabeth, möchtest du meine Frau werden?" Als ich diesen Satz endlich herausgebracht hatte, und das in einer für Elisabeth sogar vernehmbaren Lautstärke, fühlte ich mich irgendwie befreit und losgelöst. Mir machte auch urplötzlich der Gedanke nichts mehr aus, morgen eventuell von einem Schuhladen in den nächsten stolpern zu müssen, um mir ellenlange Beschreibungen über das feine Leder und die tolle Verarbeitung anzuhören, die letztendlich nur für ein Egoalibi und die Befriedigung des weiblichen Jagdtriebes nach Schnäppchen sorgten. Mit einmal spürte ich Elisabeths festen Griff an meinem rechten Arm. „Ist das jetzt dein Ernst oder folgt gleich wieder eine deiner frechen, verbalen Attacken gegen mich als Verkörperung der Weiblichkeit?" Da ich den rechten Arm jetzt dringend benötigte, den Ring aus meiner Hosentasche herauszuziehen zu können, wand ich mich aus ihrer Umklammerung. „Ja, das ist mein voller Ernst ohne Erdkreuz oder sonst irgendeiner Teufelei, zu der ich ohnehin nicht fähig wäre." Und schon hatte meine Hand das Päckchen gegriffen und es aus der Hosentasche gezogen. Dass dem Schleifenband, das mein Päckchen liebevoll zusammenhielt, der lange Spazierweg und die dort vorherrschende Enge in meiner Hosentasche nicht so ganz zugesagt hatte, wurde umgehend deutlich, als ich den verpackten Ring zu Tage oder besser zu Abend förderte. Dank der Weite meiner neuen, kurzen Beinkleider, die ich noch am gleichen Tag dank meiner zukünftigen Frau erstehen durfte, blieb der eigentliche Kleinstkarton unbeschädigt, wenn auch stark angewärmt. Elisabeth reagierte einfach nur begeistert, nicht überschwänglich oder hysterisch und gab mir einen Kuss und zur Antwort, dass sie nichts lieber tun möchte als mich sofort zu heiraten. Vorsichtig half ich ihr, den Verlobungsring auf den Ringfinger ihrer linken Hand zu schieben. Anfänglich hinderte mich einer ihrer Fingerknochen daran, Elisabeth im wahrsten Sinne des Wortes zur Hand zu gehen. Doch mit ein wenig Zärtlichkeit und unter leichten Dreh-bewegungen gelangten wir gemeinsam zum Ziel. Wer konnte sich schon rühmen genug Erfahrung darin zu besitzen, es sei denn man verdiente seinen Lebensunterhalt als Juwelier, täglich einer Frau einen Ring an einen ihrer Finger zu stecken. Immer wieder betrachtete sie stumm den Ver-lobungsring. Tränen der Rührung und der Freude schlüpften aus ihren Augen und wanderten gemächlich ihre Wangen hinunter. „Das ist der schönste Tag in meinem Leben, Markus. Ich werde alles dafür tun, dir immer eine gute Ehefrau zu sein." Sie rutschte nun ganz nah zu mir herüber und küsste mich liebevoll. „Ich bin auch sehr glücklich mit dir." Irgendwie fand ich keine besseren Worte in dieser Situation. Reden war jetzt eben nur Silber, dafür Schweigen Gold.

Da sich in unserer Flasche Wein wie auch in den Gläsern nur noch Luft befand, gab ich Elisabeth zu verstehen, dass wir jetzt im Moment in Ermangelung eines Standesamtes noch nicht heiraten konnten, mir jedoch gerade etwas eingefallen sei, dass uns beiden jetzt ganz gewiss auch sehr gut gefallen könnte. Lasziv grinsend nahm sie meine Hand und zog mich hoch von meinem Stuhl. Rasch zahlte ich die Flasche Wein und ließ mich von meiner zukünftigen Frau in unsere Juniorsuite entführen. Obwohl wir es gerade noch schafften, alle Fenster zu schließen, bevor wir uns unserer Kleider entledigten, dürften es den umliegenden Nachbarn sicher wohl nicht entgangen sein, dass nebenan gerade ein frisch verlobtes Liebespärchen für die Hochzeitsnacht probte.

Kapitel 22

Mit einer gewaltig anmutenden Menge an Einkaufstüten verließen wir das schicke Einkaufscenter. Elisabeths Körper schüttete nur noch Glückshormone aus. Kaum dreißig Minuten später rollten wir auf den Hotelparkplatz. Auf dem Zimmer entfernte sie erstmal alle Preisschilder und prüfte noch einmal die Qualität. Kleidungsstück für Kleidungsstück verschwand anschließend in unseren Schränken. „Gehen wir an den Strand?" Obwohl ich die Zeit bis zur Äußerung dieser Frage entsprechend nutzte und an meinem Manuskript für die Lesungen schrieb, freute ich mich schon auf unseren Strandausflug. „Ja, gern." Rasch sprangen wir in unsere Badesachen. Es folgte eine

schier endlos anmutende Prozedur des Ein-
cremens, doch sollte man die Sonne an der
Algarve niemals unterschätzen. Bepackt mit einer
Badetasche, gefüllt mit stillem Wasser und Hand-
tüchern, trabten wir dem schon von weitem weiß
leuchtenden Strand entgegen. Wir überwanden
einige Felsdurchlässe, wandelten an gewaltigen
Findlingen vorüber, bis wir ein ruhiges Plätzchen
zum Verweilen fanden. Schnell breiteten wir
unsere Handtücher aus und legten uns darauf.
Eine sanfte Brise strich über unsere Körper und
sorgte für eine leichte Abkühlung. Was sich für den
Temperaturhaushalt unserer Körper als sehr angenehm entwickelte, entpuppte sich für mein
Wohlbefinden als unerfreuliche Sandkruste, die
mittlerweile meine ganze Haut überzog. Er-
schwerend kam für mich mit hinzu, dass sich die
Sonnencreme strikt weigerte, den Sand durch
einfaches Aufstehen wieder loszulassen. Jetzt
konnte ich tatsächlich einmal nachvollziehen, wie
sich ein Wiener Schnitzel fühlen musste, nachdem
es paniert auf einem Teller lag. Elisabeth bekam
vor Lachen kaum noch Luft, als sie meinen Bestre-
bungen visuell folgte, die Sandkruste abzu-
schütteln. Irgendwann sprang sie auf. Sie nahm
mich an die Hand und führte mich den tiefen
Fluten des Atlantiks entgegen. Bis über die
Knöchel im Wasser stehend, kämpfte ich gegen
die Gischt und die Wucht der Brandung an, die mir
sogar meine Knie benetzten. Bei dem Versuch
jedoch, mich seitlich abzuwenden, geriet ich ins
Straucheln, was letztendlich dazu führte, dass ich
das Gleichgewicht verlor und ansatzlos ins Wasser

plumpste. Ob meine zukünftige Gattin durch Handreichung diesen für mich schmählichen und ziemlich kalten Wassersturz hätte verhindern können, entzieht sich im Nachhinein meiner Kenntnis. Fakt jedoch war, dass sie vor lauter Lachen kaum Luft bekam, was den Zeitpunkt meiner Rettung durch ihre Handreichung um eine nicht unerhebliche Zeitspanne verlängerte. Durch Elisabeths Lachattacke blieb auch den umliegenden Badegästen mein Beinahtod durch Ertrinken nicht verborgen, was dazu führte, dass ich mit dem Umstand meiner misslichen Situation den gesamten Strandabschnitt köstlich unterhielt. Ich war nur heilfroh, dass kein Pressemann in der Nähe sein Unwesen trieb, um mit entsprechenden, kompromittierenden Fotos meinen guten Ruf buchstäblich in den Sand zu ziehen. Die einzigen, die weiter Spaß an der Wasserattacke zu haben schienen, waren die lachenden Haifische auf meiner Badehose. Natürlich konnte ich Elisabeth dieses schmähliche Verhalten ihrem zukünftigen Gatten gegenüber nicht einfach so durchgehen lassen. Ihr den Rücken zugewandt legte ich mich gespielt schmollend auf meine Decke. Das Allerschlimmste an meiner unfreiwilligen Badeaktion war allerdings, dass die auf meinem Körper befindliche Sonnencreme wasserfest war und sich damit die ganze Prozedur, den Sand im Wasser von meiner Haut loszuwerden als unmöglich herauskristallisierte.

In einem unbedachten Moment muss ich wohl eingenickt sein. Irgendwann spürte ich zwei zarte

Hände, die sanft über meinen sandigen Oberkörper streichelten und mich liebevoll aus Abrahams Schoß aufweckten. Ich öffnete meine Augen und sah das Gesicht von Elisabeth vor mir, die jetzt keineswegs mehr hämisch lachte, sondern mich nur noch liebevoll anlächelte. Mit der Welt und vor allem mit Elisabeth versöhnt, nahm ich sie in meine Arme und zog sie auf mich. Ein wenig rubbelnd vereinten sich nun auch die männlichen wie die weiblichen Sandkörner. Behutsam legte ich Elisabeth meine Hände auf ihren Po. Dies war die einzige Stelle an ihrem Körper, an der sich weder Sonnencreme noch Sand befanden und darüber hinaus auch ein von mir überaus gern gewählter Ort zur Ablage für meine Hände. Meine leichten Massagebewegungen zeigten rasch Wirkung. „Die Sonne macht sich allmählich auf den Weg schlafen gehen zu wollen. Wollen wir auch los?" Ihrem Grinsen nach zu urteilen mischten sich neben dem Wunsch ins Hotel zurückzukehren, auch die Gier nach hemmungslosen Sex, und wenn ich das so recht bedachte, konnte ich mich mit ihrem Wunsch bedenkenlos anfreunden. Gemütlich schlenderten wir langsam unserem Hotel entgegen. Was folgte, war anfangs eine gewaltige Entsandungsorgie mit Hilfe von heißem Wasser und Duschgel. Als dann kein Sandkorn mehr ein gefühlvolles wie heftiges Liebesleben störte, zogen wir uns in den Schlafbereich der Suite zurück. Später schafften wir es gerade noch, wenn auch etwas ermattet, jedoch überglücklich, einen Platz zum Abendessen im Speisesaal zu ergattern.

Unser gemeinsamer Urlaub, der für mich modetechnisch mit einer völlig neuen Ausrichtung begann, entwickelte sich zu einem echten Highlight in unserem Leben. Mit unserem kleinen Mietwagen verließen wir mehr als einmal die gängigen Touristenrouten und begaben uns ins Hinterland der Algarve, wo wir das ursprüngliche Portugal fanden. Viele berühmte Städte der Algarve an der N 125 gelegen besuchten wir. Wir besichtigen die historische Stadt Silves, die einstmals Bischofssitz war und die Kathedrale dort sowie die alte, sehr gut erhaltene Burg von Dom Sancho dem Ersten. Sogar bis zur Westküste nach Sagres schafften wir es. Auf der Rückfahrt besuchten wir Lagos mit seinen Sehenswürdigkeiten und die moderne Fischhalle. Ein Muss für Frischfischfans. Ach, es war einfach eine traumhafte Zeit. Hand in Hand schlenderten wir durch Portimao und machten Carvoeiro unsicher, vergaßen aber auch nicht, uns an den Strand zu legen und ein wenig auszuspannen. Schließlich lag meine anstrengende Lesetour noch vor mir.

Doch auch die schönste Verlobungsreise ging irgendwann und viel zu schnell zu Ende. Es waren einfach zehn traumhafte Tage, die hinter uns lagen mit einer Menge Sightseeing und viel Spaß im nassen Element wie auch auf dem hoteleigenen Linnen. So fiel es mir plötzlich sehr schwer, die anfangs verhasste, kurze Hose mit den grinsenden Haifischen gegen meine Jeans zu tauschen. Doch ich wollte im Flieger nicht durch das Tragen meiner kurzen Beinkleider für einen Aufstand sorgen, damit nicht alle Frauen der Optik meiner schönen Beine verfielen, die allerdings stets bestens von einem Heer grinsender Haifische bewacht wurden.

Kapitel 23

Kaum zu Hause angekommen holte uns die Realität gleich wieder ein. Der Verlag hatte mir den Lesungsplan zugefaxt und Irene Staller bat dringend um meinen Rückruf zwecks Vorlage meines Manuskriptes für die Lesungen. Froh darüber, den Rest der Woche noch Urlaub zu Hause verbringen zu können, packten wir unser Gepäck aus und überließen meiner Waschmaschine die schwierige Aufgabe, unsere Urlaubsgarderobe von Salzwasserrückständen, Sonnencreme und Sand zu befreien. Heftig Wasser saugend ging der Waschvollautomat eines Herstellers, der genau wusste was Frauen wünschten, an die Arbeit. In etwa einhalb Stunden würden wir dann hoffentlich sagen können, dass der Hersteller tatsächlich unsere Wünsche zur vollsten Zufriedenheit erfüllt hatte. Und tatsächlich: Kurz bevor wir es uns gemütlich machen wollten, meldete uns die Maschine mit einem Summton, dass sie den Waschvorgang beendet hatte. Wir verschoben den Start der nächsten Waschmaschine auf den kommenden Tag und hingen die Wäsche auf die Leinen im Garten. Dass alle Kleidungsstücke sauber und cremefrei geworden waren, signalisierten mir meine lieben Haifische, die nach wie vor grinsend von der Wäschespinne zwischen vielen anderen Wäscheteilen in den Garten spinksten. Wir schauten noch ein wenig fern, bis wir, von den Reisestrapazen schnell müde geworden zu Bett gingen und gleich einschliefen.

Am nächsten Morgen starteten wir noch vor dem Frühstück den nächsten Waschgang mit dem Rest unserer Urlaubsgarderobe. Gut gestärkt durch frische Brötchen und bereit, fröhlich den Tag zu beginnen, weckten wir Engelchen aus seinem Schlaf auf und fuhren mit ihm zum Großeinkauf. Ein Glück, dass Engelchen so stark ist. Der gesamte Kofferraum quoll beinahe über als wir all unsere Einkaufstauschen hineingepackt hatten. Zweimal mussten wir die Treppen zu meiner Wohnung, oder besser jetzt zu unserer gemeinsamen Wohnung hinauf laufen, um alle Tüten und Taschen nach oben zu schleppen. Noch während wir alle Teile unseres Einkaufs in den Schränken und dem Kühlschrank verstauten, klingelte es an der Türe. Elisabeth öffnete. Henriette Eisermann stand lächelnd vor der Türe. „Morgen, ihr beiden", begrüßte sie uns freundlich. „Seid ihr gesund und munter zurück? War es schön in Portugal?" „Hallo, Frau Eisermann", rief ich ihr aus der Küche gerade mit einer Salatgurke kämpfend zu, die partout nicht ins Gemüsefach des Kühlschrankes einsteigen wollte. „Hallo, Tante Henriette. Komm doch einfach rein. Magst du einen Kaffee mit uns trinken?" Elisabeth schien gleich den richtigen Ton wie auch den Geschmack meiner Vermieterin getroffen zu haben und bat sie hinein. Ich gewann den Gurkenkrieg, schloss den Kühlschrank und setzte eine

Kanne Kaffee auf. Jetzt waren natürlich Reise-erzählungen angesagt. Frau Eisermann zauberte hinter ihrem Rücken einen selbst gebackenen Marmorkuchen hervor, der sich nahtlos in die Riege der Kaffeetrinker einfügte. Beinahe zwei Stunden quatschten wir gemütlich auf unserer Terrasse sitzend über unseren Urlaub und über alles, was sonst so geschehen war. Natürlich hatte Henriette Eisermann auch alle Zeitungsartikel ausgeschnitten, die sich mit mir und meinem neuen Buch befassten und dies waren nicht eben wenig. Meine Lesetour wurde angekündigt und in Folge vermittelt, dass der Verkauf der Bücher astronomische Höhen erreicht hatte. Weil ich bis-her nur die Post von meinem Verlag geöffnet und gelesen hatte, schwante mir schon Fürchterliches und ich würde Recht behalten. Als uns Frau Eisermann verließ, nachdem sie uns für Samstag zum Mittagessen eingeladen hatte, zog ich mich mit meiner Post in mein Arbeitszimmer zurück.

Neben mehreren DIN A4 Umschlägen mit jeder Menge Fanpost, die der Verlag an mich weiter-geleitet hatte, befand sich darunter auch eine nicht unerhebliche Anzahl an Anfragen von Rundfunk- und Fernsehsendern, die mich zu einer Talkshow oder ähnlichen Sendungen einluden. Eigentlich bearbeitete solche Anfragen ein Manager. Doch einen solchen konnte und wollte ich mir einfach nicht leisten. Mir war jedoch klar, dass, sollte auch mein nächstes Buch ähnlich erfolgreich werden, ich mir dazu etwas einfallen lassen musste und das frühzeitig, damit mir dies nicht der Verlag abnahm und sich damit einen goldenen Buchrücken verdiente. Elisabeth hatte die Küche aufgeräumt und die zweite Maschine Wäsche der Spinne im Garten zur Trocknung anvertraut, als sie zu mir ins Büro trat und meinen Nacken massierte. „Du hast aber verdammt viel Post bekommen." „Das ist alles Fanpost. Alles Liebesbriefe von gierigen Weibern und sogar einigen Jungs, die mir Aktfotos von sich schicken und mich auf ein Liebesabenteuer einladen. Vieren habe ich schon zugesagt." Ich spürte, wie sie die sanfte Massage meines Nackens abrupt stoppte und ihre Hände in ein heftiges Kneifen übergingen. Mit einem reflexartigen Griff schnappte sie sich hastig den Stapel von teilweise noch ungeöffneten Briefumschlägen und rannte damit ins Wohnzimmer. Auch wenn es in der Tat vorkam, dass mir Frauen wie auch Männer eindeutige Angebote mit Fotos zusandten, baten doch die meisten Absender um eine Autogrammkarte oder sie stellten Fragen zu meinen Büchern, die ich immer versuchte korrekt zu beantworten. Deshalb konnte ich beruhigt Elisabeth im Wohnzimmer meine Fanpost durchschauen lassen. Nach einer Weile ging ich nachschauen, ob sie etwas Interessantes gefunden hatte. Doch mein Herzchen lag tief schlafend auf dem Sofa, eingebettet in einem riesigen Berg meiner Fanpost.

Sanft weckte ich sie auf. Den erhofften Nachmittagsspaziergang mussten wir leider knicken, da es unerwartet wie aus Eimern regnete. So erfuhr unsere Wäsche auf der Leine ein zweites unfreiwilliges Bad. „Du hast mir ja mal wieder nur Unsinn erzählt mit deiner Fanpost. Nicht ein Nacktfoto oder ein unmoralisches Angebot befand sich unter den vielen Briefen." Mit einem sanften Faustschlag gegen meinen linken Oberarm versuchte sie ihren verbal geäußerten Unmut noch zu verstärken. „Das glaube ich dir gern. Ich habe alle nicht jugendfreien Briefe bereits vorher aussortiert und vor dir versteckt." Nie hätte ich gedacht, dass meine Lizzi plötzlich solche Urgewalten aufzubringen im Stande war. Sie stürzte sich auf mich wie eine Löwin auf ihre Beute und setzte mich auf diesem Wege schachmatt. Doch dem sanften Leuchten in ihren Augen konnte ich entnehmen, dass sie mich gleich küssen wollte und in der Tat wurde meine Vorahnung bestätigt. So lagen wir noch eine ganze Weile lang knutschend wie zwei Teenies auf dem Sofa und verwöhnten uns mit jeder Menge Streicheleinheiten.

Kapitel 24

Die wenigen restlichen Tage der Woche, die uns noch an Urlaub verblieben, verbrachten wir mit arbeiten. Elisabeth zeichnete was das Zeug hielt und ich beendete das Manuskript für meine Lesetour. Samstag gegen halb eins fanden wir uns bei Henriette Eisermann zum Mittagessen ein. Elisabeth hatte frühzeitig ihre Mutter abgeholt, die auch zum Tafeln eingeladen war, damit wir pünktlich essen konnten. Das ganze Haus war erfüllt vom Duft eines mit klein gehackten Zwiebeln kräftig angebratenen Schweinebratens mit Klößen und Sauerkraut. Mir lief bereits das Wasser im Mund zusammen, als ich morgens die Brötchen zum Frühstück kaufen ging. Pünktlich, denn darauf legte Henriette besonders wert, klingelten wir an ihrer Türe und wurden mehr als gastfreundlich begrüßt. Henriette schien sich ein neues Sommerkleid zugelegt zu haben. Auf mittelblauem Stoff verteilten sich vielfach gelb-weiße Gänseblümchenblüten. Es verstand sich von selbst, dass das leichte Sommerkleid nur einen kleinen Ausschnitt aufwies. Henriette führte uns sogleich auf ihre Terrasse und ließ uns Platz nehmen. Mir drückte sie eine Flasche besten Ahrrotwein in die Hand mit der Maßgabe, diese umgehend vom Korken zu befreien. Ihr Menü geriet zu einem Festschmaus, dass sie mit einer ordentlichen Scheibe Königsrolle für jeden beendete. Elisabeths Mutter Helene verteilte noch zur Belustigung aller etwas vom Schokoladeneis sowie der begleitenden Sahne auf ihrer Bluse wie auch auf der schneeweißen Tischdecke, was ihr Henriette jedoch nicht krumm nahm. Schließlich kannten sich die Ladies schon mehrere Jahrzehnte.

Um ein wenig die Verdauung zu fördern, verlegten wir unsere Terrassenparty für eine halbe Stunde in die Küche und sorgten dort für klar Schiff. Wie nicht anders zu erwarten, verspürten alle nach der Küchenarbeit wieder ein leichtes Hungergefühl auf ein Stückchen Obstkuchen, den Elisabeth hervorzauberte. Rasch brühte die Hausherrin eine Kanne Kaffee auf, während wir bereits die Terrasse zum Gartenkaffee umrüsteten. Nach zwei Stückchen

Erdbeerkuchen mit jeder Menge Sahne, die natürlich nur die Fluffigkeit des Mürbeteigs erhöhen sollte, um den Abgang durch die Speiseröhre zu erleichtern, wurde Henriette unerwartet förmlich. „Liebe Elisabeth, lieber Markus", hob sie ihre Stimme an. „Helene und ich haben während unseres Urlaubs beschlossen, gemeinsam in eine Senioreneinrichtung zu ziehen und eine WG zu gründen." Elisabeth verlor kurzfristig ihre Gesichtsfarbe, fing sich jedoch rasch wieder und folgte den weiteren Ausführungen von Tante Henriette. „Weil ich jedoch möchte, dass mein Haus in guten Händen verbleibt, biete ich es euch zum Kauf an." Nun platzte es nur so aus Elisabeth heraus. „Das ist ja toll, Tante Henriette. Markus und ich wollen nächstes Jahr heiraten, und ein Kind wünschen wir uns obendrein. Wir hätten hier viel Platz für eine Familie und einen Garten, worin unser Kind spielen könnte, ist ebenfalls vorhanden." Henriette schmunzelte nur vor sich hin, während sie mich ansah. Elisabeth bemerkte sofort, dass sie sich ein wenig verplappert hatte, denn eigentlich wollte ich heute bei ihrer Mutter förmlich um ihre Hand anhalten. Um die Situation noch gerade einmal zu retten, ergriff ich das Wort. „Liebe Frau Kaldenbach, jetzt ist es leider schon über einen anderen Weg an Ihre Ohren gedrungen, aber es stimmt: Elisabeth und ich wollen kommendes Jahr heiraten." „Das macht doch nix, Markus, sag bitte Helene zu mir. Ich wünsche euch beiden alles Gute für eure Zukunft." Dass nun noch ein Fläschchen Sekt entkorkt wurde, um die frohe Kunde zu begießen, verstand sich von selbst. „Das ich dich noch mal unter die Haube bekomme, hätte ich mir nicht mehr träumen lassen. Ich freue mich sehr für euch beide", kommentierte Helene unseren Entschluss. „Jedenfalls habt ihr beide meinen Segen. Ach, Markus: Pass mir gut auf meine Kleine auf. Und noch etwas. Es gibt kein Rückgaberecht." Helene besaß in der Tat einen lustig trockenen Humor und schien sich wirklich sehr zu freuen, dass Elisabeth nun den richtigen Mann gefunden hatte.

Den ganzen Nachmittag lang besprachen wir die anstehenden Umzüge. Immerhin galt es, drei Haushalte aufzulösen und das wollte haarklein organisiert sein. Irgendwann jedoch rauchte uns der Kopf und wir ließen uns alle vier rücklings in die Gartenstühle sinken. Auf jeden Fall kam uns Henriette Eisermann sehr mit ihrer Kaufpreisforderung für ihr Haus entgegen. Erst recht spät am Abend lösten wir die gemütliche Tafel auf. Elisabeth fuhr ihre Mutter nach Hause, während ich mit Henriette noch spülte und aufräumte. Kurz vor Mitternacht kuschelte sich Elisabeth zu mir aufs Sofa. „Irgendwie fühle ich mich, als würde ich träumen. Erst lerne ich dich kennen. Dann machst du mir einen Heiratsantrag und jetzt bekommen wir noch das Haus von Tante Henriette zu einem wirklich günstigen Preis. Ich kann das alles noch gar nicht richtig fassen." „Vor allem, weil du einen so schönen und liebenswerten Mann kennen gelernt hast." „Du machst schon wieder nur Unsinn. Geht es dir nicht auch so, dass du glaubst du würdest in einem Traum leben?" „Johhh."

„Markus Blum, du bist ein unverbesserliches Ungeheuer und schreist förmlich nach einer ordentlichen Züchtigung." Ohne mir die Chance zu lassen mich zu äußern, folgte ein Tremolo an leichten Schlägen gegen meine rechte Schulter. „Du hast irgendwie eine sadistische Ader. Du solltest ab sofort deinen Herrn und Gebieter wohlwollend pflegen und ihn zur Fortpflanzung animieren, damit dieses Haus alsbald von Kindergeschrei erfüllt wird." „Na warte, dass kannst du gern haben." Was nun folgte, hätte jedem früheren Sommerschlussverkauf an einem Wühltisch alle Ehre gemacht. Mit beiden Händen grabschte Elisabeth nach meiner Garderobe und riss sie mir förmlich vom Leib. Sie gab erst wieder Ruhe, als sie ebenfalls nackt in meinen Armen lag, ermattet von einem ersten, wilden Versuch sich mit der Nachwuchsplanung zu befassen. „Ich glaube, wenn wir ein Mädchen bekommen, sollte es den Namen Lizzy bekommen." „Das kommt ja wohl überhaupt nicht in Frage", brachte Elisabeth ziemlich müde hervor und offensichtlich zu ermattet, um sich mit mir in einen erneuten Boxkampf einzulassen. Wenig später schlief sie müde ein, und auch ich folgte ihr ins Reich des Tiefschlafes.

Den folgenden Sonntag verbrachten wir zu Hause und das zwangsweise, weil der Wetterbericht recht behielt und es wie aus Eimern schüttete. Elisabeth schuf in der Küche eine Infotafel, indem sie mehrere DIN A4 Seiten mit Heftzwecken an der Wand befestigte, die sie mit folgenden Überschriften versah wie: 1. Umzug Mutti, 2. Umzug Tante Henriette, 3. Mein Umzug und 4. Hochzeit. Jedes Mal, wenn uns etwas zu den Überschriften einfiel, liefen wir in die Küche und schrieben es auf das entsprechende Blatt. So hatte sich schnell eine erkleckliche Menge an äußerst brauchbaren Gedanken angesammelt. Heimlich hatte ich ein weiteres Blatt unter dem Oberbegriff: Wie komme ich zu einem hübschen Baby? an unsere Wand gepinnt. Natürlich ließ ich es auch nicht an Gedanken dazu fehlen wie: Stets ein paarungs-williges Weibchen sein und den zukünftigen Vater von der Hausarbeit freistellen, eiweißreich kochen, dem werdenden Vater viele Streicheleinheiten zuteil werden lassen und ihn nicht mit unnötigen Wegen wie Müll herausbringen belasten. Ich machte mir bald vor Lachen in die Hose, als ich heimlich meine Stoffsammlung auf den Zettel an die Wand schrieb. Als Elisabeth jedoch in die Küche ging und wenig später einen Schrei von sich ließ, wusste ich, was sie gerade gelesen hatte und endlich konnte ich laut loslachen. „Ohhhh, was habe ich mir da nur für einen Vater für mein Kind ausgesucht. Na warte!" Wenige Minuten später stand Elisabeth splitternackt vor mir. „Und? Da ist dein paarungswilliges Weibchen, aber wo ist der potente Vateranwärter, der das Weibchen nicht nur beglückt, sondern auch schwängert? Ich sehe keinen." Dass ich mir dies alles nicht so einfach gefallen lassen konnte, stand außer Zweifel. Des-halb packte ich mir Elisabeth und schleppte sie ins Schlafzimmer. „Oh nein", schrie sie mir ins Ohr. „Das geht ja hier zu wie bei den Neandertalern, die ein Weibchen in ihre Höhle verschleppen." Ich ließ mich von ihrem Gezeter nicht beeinflussen, warf sie auf das Bett, schloss glücklicherweise noch das Fenster und stürzte mich auf sie. Das ich das Fenster geschlossen hatte, war ein guter Entschluss, denn wie nicht anders zu erwarten wurde es ein recht lauter Paarungsakt und für einen ersten Versuch eines Starts in die Schwangerschaft auch nicht übel.

Kapitel 25

Im Verlag herrschte bereits am frühen Morgen geschäftiges Treiben. Alle möglichen Leute klopften mir auf die Schulter und gratulierten zum großen Bucherfolg. Ich nahm den Ansturm gelassen hin. Die gleichen Leute, die mich heute herzten, würden in einem halben Jahr grußlos an mir vorübergehen, wenn mein nächstes Buch ein Misserfolg wäre. Die Medienwelt ist halt grausam. Tenpenny hatte bereits Kaffee aufgesetzt und den Verlagschef damit erfreut. „Morgen, Tenpenny, geht es dir gut?" „Ave, großer Buchautor, schön dich mal wieder zu sehen. Das Leservolk in Europa schreit nach dir. Aber jetzt mal ohne Blödsinn. Deine komplette Lesetour ist bereits restlos ausverkauft, Markus. Der Chef denkt sogar schon darüber nach, die Tour um zwei oder drei Städteevents zu erweitern." „Ist das schön. Ich frage mich nur, wann ich an meinem nächsten Buch weiterschreiben soll." „Wird das eine Fortsetzung?" „Ja, so habe ich das angedacht." „Das hast du gut gedacht. Der Chef sagt immer, man muss das Eisen solange schmieden wie es heiß ist." „Was für ein sinniger Spruch, jedoch unter rein pekuniärem Aspekt dürfte er Recht behalten. Ist er zu sprechen?" „Aber für unseren neuen Goethe doch jederzeit, mein Süßer." „Ja, dann spann an, Tenpenny. Zeit ist Geld." „Weißt Du eigentlich schon, wer dich auf der Tour als Guide begleitet, oh du mein großer, glücklicher Autor?" „Nein, aber du wirst es mir sicher gleich sagen." „So ist es, großer Caesar, die scharfe Petra wird dir auf Schritt und Tritt folgen und sie wird dich ganz sicher spätestens nach dem dritten Event in ihr Bett zerren, und wenn man glauben darf, was man so hört, fühlen sich die meisten Männer zwischen ihren Schenkeln stets wohl und gieren nach weiteren Schäferstündchen." Tenpenny kam hinter ihrem Schreibtisch hervor und setzte sich mir auf den Schoß. „Aber du wirst mir doch sicher berichten, ob sie wirklich so gut im Bett ist, wie behauptet wird, nicht wahr?" „Aber natürlich werde ich dir jedes Detail haarklein erzählen, Tenpenny. Nur nach mir wird sie niemand anderen mehr in ihr Bett lassen, weil keiner meine Qualitäten besitzt. Sie wird elendig vor Sehnsucht nach meiner körperlichen Liebe vergehen und in ein Kloster eintreten." Wir mussten beide laut loslachen. Magda erhob sich rasch von meinem Schoss, streifte ihren Rock glatt und klopfte an Elmar Breunigs Türe zum Eintritt ins Verlagsallerheiligste.

„Markus, schön dich gesund und munter im Hause begrüßen zu dürfen", flötete mir der große Verlagsboss gleich beim Betreten seines Büros entgegen. „Hallo, Herr Breunig. Das beruht auf Gegenseitigkeit. Ich bin heute ins Haus gekommen, um mit Irene Staller meine Lesungstour auszuarbeiten. Später schaue ich noch bei Petra Breuner rein und stimme mit ihr die ersten Lesetermine ab." „Sehr gut, Markus, auf dich ist Verlass. Deine Tour ist schon ausgebucht und ich denke bereits darüber nach, diese noch etwas auszuweiten, eventuell um drei, vier weitere Events. Jetzt schau halt mal nicht so angespannt, Markus. Ich werde dir eine saftige Prämie am Ende der Tour zukommen lassen." „Und wohin soll es noch gehen?" „Ich denke an Wien, Salzburg, Amsterdam und Brüssel." „Macht das denn Sinn, nach Belgien und in die Niederlande zu gehen?" „Nach den vorliegenden Zahlen wurden im Beneluxraum bereits über dreißigtausend Exemplare verkauft." „Ja, dann." „Ich bin ja der Letzte, der drängelt, aber arbeitest du schon an einer Fortsetzung für unseren Erfolgsroman?" „Ja, ich habe bereits etwa vierzig Seiten geschrieben. Wird natürlich jetzt schwierig werden, wenn ich auf Tour bin." „Aber die Breuner wird dir alles abnehmen, was dich vom Schreiben abhalten könnte. Aber wie schon gesagt, ich möchte dich nicht drängen. Nur du kennst unsere Branche. Ein gelesenes Buch ist in der heutigen Zeit nicht mehr wert als Altpapier." „Ich weiß, Herr Breunig. Ich arbeite mit Nachdruck an der Fortsetzung." Das Thema Buchnachfolger schien Breunig heute das Wichtigste zu sein und meine Antwort dazu weckte offensichtlich sein Gefallen. Wir saßen uns eine halbe Minute schweigend gegenüber, bis ich dann

139

aufstand und mich verabschiedete. „Wir bleiben in Kontakt, Markus. Einen ersten Teil deiner Marge habe ich bereits auf dein Konto angewiesen. Viel Glück für die Tour. Wenn ich es zeitlich einrichten kann, werde ich einige deiner Events besuchen und ein wenig Shakehands machen." „Danke. Dann sehen wir uns ja sicher in den nächsten Wochen wieder. Ich melde mich dann, sobald ich meinen Romanrohling fertig habe." „Ausgezeichnet, Markus."

Ich verzichtete auf einen weiteren Kaffee bei Tenpenny und begab mich gleich hoch ins Reich des Lektorats zu unserer Herrin der Interpunktion und der korrekten Satz- und Wortstellung. Unsere Cheflektorin begrüßte mich sehr freundlich und bat mich Platz zu nehmen. Was mir an ihr besonders gut gefiel war ihre direkte Art, mit der jedoch nicht jeder gleich klar kam. „Erst einmal meinen Glückwunsch zum Romanerfolg. Ich habe Ihr Skriptum für die Lesung bereits aufgearbeitet, was mich jedoch nicht besonders viel Arbeit gekostet hat. Wie von Ihnen nicht anders gewohnt, gab es meinerseits kaum Änderungswünsche. Hier schauen Sie mal, das habe ich geändert." Irene Staller ging mit mir die wenigen von ihr beanstandeten Formulierungen durch, deren Korrektur ich sofort akzeptierte. Wir benötigten für unsere Arbeit kaum eine Stunde und schon stand das Skriptum für die Lesungen. „Ein wenig beneide ich Sie, Herr Blum. Sie reisen ab nächste Woche von Stadt zu Stadt und treten vor vielen Menschen auf." „Ach, das ist nur halb so schön, wie man es sich vorstellt. Eine solche Lesetour ist purer Stress. Ich muss meine Stimme schonen, denn die brauche ich ja dringend für eine Lesung. Man schläft jede Nacht in einem anderen Bett und das Privatleben bleibt auf der Strecke. Ständig wird man erkannt und um ein Autogramm gebeten. Es ist schon eine verdammt anstrengende Angelegenheit, und jetzt hat Breunig die Tour sogar noch um vier Städte erweitert. Reisen Sie einfach mit mir, Frau Dr. Staller." „Das geht leider nicht. Ich habe einfach zu viel zu tun und kann mich hier nicht losreißen. Vielleicht schaffe ich es ja und besuche eine Ihrer Lesungen." „Das wäre doch toll. Ich würde mich sehr freuen." „Dann wünsche ich Ihnen alles Gute, Herr Blum." „Danke, Frau Dr. Staller. Auf bald."

Petra Breuner hätte mir Tenpenny kaum besser beschreiben können. Ihr dunkelblauer Minirock verdeckte gerade mal die Stellen ihres Körpers, die ihr in unbekleidetem Zustand ganz sicher eine Anzeige wegen Erregung öffentlichen Ärgernisses eingebracht hätte. Ihre kleinen, schlanken wohl pedikürten Füße mit dunkel lackierten Fußnägeln steckten in verdammt hohen Highheel-Sandaletten, auf denen sie sich sicher und problemlos zu bewegen vermochte. Ihren blauen Blazer hatte die Lady ordentlich auf einen Bügel an die Garderobe gehängt. Die drei oberen Blusenknöpfe hatte sie zur Arbeitslosigkeit verdammt und gewährte dem Betrachter einen hübschen Einblick auf einen weißen, präzise sitzenden Spitzen-BH, dessen Körbchen sich zwar nicht übermäßig, jedoch weitreichend mit ihrer Oberweite zu befassen wussten. Dezenter und wohl ausgewählter Goldschmuck rundeten das Gesamtkunstwerk Petra Breuner im Ganzen ab. Sie hatte gleich meinem schmunzelnden Gesichtsausdruck entnommen, dass ich sie visuell in Augenschein genommen hatte und mir ihr Anblick sichtlich zusagte. „Hallo, Markus, setz dich doch. Kaffee?", begrüßte mich meine Eventleiterin gleich kumpelhaft. „Wenn du einen frischen Kaffee übrig hast, sage ich nicht nein." Mit einem eher unspektakulären Schwung verließ sie ihren Sitzplatz und wand sich einem sündhaft teuren Kaffeeautomaten zu. „Kaffee mit Milch oder Cappuccino? Habe ich alles im Angebot." Auf meine Antwort wartend schaute mich Petra Breuner aus großen, dunkelbraunen, unschuldigen Augen an. „Einen Kaffee mit Milch hätte ich gern." „Kommt sofort." Zischend und gluckernd zelebrierte Petra Breuner mir mittels der Maschine einen dampfenden und aromatisch duftenden Kaffee. Sie machte gleich zwei Tassen, da wohl auch sie Milchkaffee bevorzugte.

Noch während sie die beiden großen Tassen auf ihrem Besuchertisch verteilte, sprach sie mich an: „Du hast wirklich einen superschönen Roman geschrieben." Petra Breuner ließ sich mir gegenüber lasziv in eines der vier Sesselchen gleiten und schlug die Beine übereinander. Auch wenn ich mir fest vorgenommen hatte, sie nicht auffällig zu fixieren, konnte ich mich des Eindrucks nicht erwehren, dass ihr winziger Slip, von dem sie mir jedoch nur einen winzigen Stofffetzen zur Ansicht präsentierte, scheinbar vom gleichen Hersteller stammte, der auch ihren BH erschaffen hatte. „Danke für das Lob. Ich habe jedoch auch ziemlich lange an dem Manuskript gearbeitet." „Aber es hat sich auf jeden Fall gelohnt. Mir jedenfalls gefällt dein Roman und wie es scheint auch einer großen Leserschaft. So, jetzt habe ich dich aber genug gelobt." Langsam wechselte sie das Bein von links nach rechts und erlaubte mir wieder einen kurzen Einblick, hätte ich ihn denn gewollt. Sie beugte sich leicht vor, schlürfte zuerst an ihrem heißen Kaffee und öffnete dann einen ziemlich dicken Ordner. „Das ist unser Gebetbuch für die ganze PR-Tour. Hier habe ich chronologisch alle Termin nach Datum zusammengefasst. Du findest in der Mappe Angaben zu den jeweiligen Beförderungs-mitteln zwischen den Lesungsorten sowie alle Namen der Hotels, in denen wir absteigen. Der Chef hat nicht gespart und ich habe nur wirklich gute Adressen ausgesucht, die auch kurze Wege zu den Vortragsadressen garantieren. Wir starten Montag in einer Woche und fahren von Köln aus mit dem ICE um 07:10 Uhr nach Berlin. Vom Bahnhof aus geht es mit dem Taxi direkt ins Hilton Palace zum Einchecken. Wenn du magst, gibt es gegen 18:00 Uhr Abendessen. Um 18:45 Uhr fahren wir dann ins Kongresszentrum. Die Veran-staltung beginnt um 19:30 Uhr. Ich habe dir eine Kopie dieser Mappe angefertigt, damit du dich jederzeit informieren kannst, was läuft. Hast du noch Fragen?" „Eigentlich nicht." „Und uneigent-lich?" „Was meinst du?" „War ein Scherz. Hier hast du meine Karte, falls dir doch noch etwas einfallen

sollte." „Sollte die Tour nicht in Leipzig starten?"
„Wurde aus terminlichen Gründen geändert. Leipzig folgt später. Dann bis Montag 07:00 Uhr Kölner Hauptbahnhof." „Ja, bis dahin und danke für den Kaffee." „Nicht dafür. Ciao, Markus."

Kapitel 26

Irgendwie brauchte ich jetzt etwas Herzhaftes. Was genau, wusste ich jedoch nicht. Ich schlenderte gemütlich vom Verlagshaus rüber zum Parkplatz. Engelchen schien bereits auf mich in seiner Parkbucht zu warten. Ich warf den dicken Ordner von Petra Breuner auf den Beifahrersitz und parkte aus. Ein wenig hungrig steuerte ich meine Lieblingspizzeria an. Engelchen war satt. Es hatte sich bereits dreißig Liter Super in den Rachen geschüttet. Wir fanden rasch einen Parkplatz. Ich griff nach dem Ordner und schlenderte zu Mario herüber. Auch wenn es für mich jetzt schon etwas ungewohnt war, alleine eine Pizza essen zu gehen, setzte ich mich an unseren Lieblingstisch. Ich bestellte mir bei Mario eine Pizza Tonno und eine Flasche Wasser. Irgendwie saß mir jetzt der Schalk im Nacken und was lag da näher als Elisabeth ein wenig zu necken. Ich zog mein Handy aus meinem Sakko und wählte ihre Mobilfunknummer. „Kaldenbach, hallo?", schallte es mir rasch entgegen. „Ja, guten Tag, Frau Kaldenbach. Hier isse Mario von dee Pizzeria Da Mario. Ische möchte Lizzy sprechen." „Hallo, Markus, bist du etwa ohne mich zu Mario Pizza essen gegangen?" „Hallo, Elisabeth. Könnte man so sagen." „Das ist ja noch schlimmer als das du dauernd Lizzy zu mir sagst. Ich habe auch Hunger. Hör mal wie mein Magen knurrt." „Hört sich an, als ob ein Kind schreit. Sind da etwa schon zwei hungrig?" „Unsinn, noch nehme ich doch die Pille." „Schmeckt sie dir denn? Warum möchtest du dann eine Pizza, wenn du doch eine Pille schluckst?" „Markus Blum, du bist ein furchtbares Ungeheuer und doch liebe ich dich", folgte noch flüsternd. „Was sagst du? Ich hab dich nicht verstanden." „Warte ab, mein Lieber. Bald habe ich ja Feierabend. Dann werde ich mich furchtbar rächen. Warum hast du überhaupt angerufen?" „Eigentlich wollte ich dich nur ein wenig ärgern. Und ich wollte dir sagen, dass ich dich auch liebe." „Ich freue mich schon auf dich, mein Ungeheuer. Ich glaube, ich hätte nichts dagegen heute Abend noch ein wenig zu üben." „Ja, das ist der richtige Weg. Du musst noch viel üben. Tschöö, dann bis später." Schnell beendete ich das Gespräch, damit sie mir nicht mehr antworten konnte. Außerdem musste ich furchtbar lachen. Elisabeth dürfte wieder ein entsprechendes Gesicht gezogen haben.

Die Pizza schmeckte gewohnt lecker und die als Dessert dienenden Espressi nicht minder. Wie zu Beginn einer spannenden Abenteuergeschichte öffnete ich sachte den Ordner von Petra Breuner. Die Lady mochte ja eine Männer mordende Ader in sich tragen. Die Gabe Events zu planen und vorzubereiten hatte sie wohl schon mit der Muttermilch in sich aufgesogen. Minutiös listete sie jeden Programmpunkt egal in welcher Stadt fein säuberlich auf. Etwas erstaunt stellte ich jedoch fest, dass tatsächlich noch zusätzlich zu meinen Lesungen Autogrammstunden in einigen Kaufhäusern und Buchhandlungen vorgesehen waren. Ich nahm mir vor, diesbezüglich morgen noch mal telefonisch bei Breunig nachzuhören, ob das mit der vereinbarten Vergütung klarging. Mario brachte mir die Rechnung, nachdem ich ihm ein entsprechendes Zeichen gegeben hatte. Wie gewöhnlich legte ich noch ein anständiges Trinkgeld für seine Belegschaft dazu. Auf dem Heimweg hielt ich noch kurz beim Supermarkt meines Vertrauens und kaufte ein paar Lebensmittel zum Abendessen ein.

In der Wohnung stand die Luft. Ich riss erstmal alle Fenster und die Balkontüre auf, damit das schöne Spätsommerwetter Einzug halten konnte. Als alle eingekauften Lebensmittel sorgfältig verstaut waren, befreite ich mich von meiner Jeans und dem Hemd. Nach kurzer Suche im Kleiderschrank fand ich meine inzwischen sehr lieb gewonnene Shorts mit den gierig dreinschauenden Haifischen, die ich mir gleich überstreifte. Mit einem weißen T-Shirt bedeckte ich noch meinen Oberkörper, bevor ich meinen Laptop auf den Terrassentisch stellte und zu arbeiten begann. Schon kurz darauf verließ ich die Realität und schrieb weiter an meinem Roman, der die Nachfolge meines Bestsellers antreten sollte. Wenn ich erstmal in eine Romangeschichte eingetaucht war, konnte um mich herum das Haus einstürzen, ich würde dies kaum wahrnehmen. Und so bemerkte ich auch nicht, dass Elisabeth inzwischen auch den Weg nach

Hause gefunden hatte. „Hallo, mein kleines Ungeheuer. Ich bin wieder zurück in unserer Höhle." Sie
betrat den Balkon und legte mir von hinten ihre
Hände auf den Bauch. „Geht es dir gut, mein Herr
und Gebieter?" „Hallo, Elisabeth. Wie kann es mir
schlecht gehen, wo dir bereits in Fleisch und Blut
übergegangen scheint, wer die Regentschaft und
das Zepter im Hause innehat." Dass dieser meiner
humorvoll ausgesprochenen Machobemerkung
wieder irgendeine körperliche Züchtigung folgen
würde, war abzusehen und so pitschte mich
Elisabeth mit beiden Daumen und Zeigefingern in
meine Brustwarzen. „Ich gehe jetzt duschen. Du
könntest währenddessen für ein einfaches Abendessen sorgen." „Wird erledigt, Herrin", erwiderte
ich und sprang sofort von meinem Stuhl auf. „Na,
wenigstens hören tut er gut", gab sie lächelnd von
sich, während sie das Bad aufsuchte.

Wie mir aufgetragen sorgte ich für ein anständiges
Abendessen. Ich schnitt frisches Körnerbrot auf
und funktionierte einen Teller zur Aufschnittplatte
um. Dazu gab es noch Radieschen und aufge-
schnittene Schlangengurke. Wir gönnten uns jeder
ein Fläschchen Kölsch dazu. „Ich habe zwar deine
Mappe nur grob überlesen, aber das sieht ja nach
einem verdammt straffen Programm aus, das dir
der Verlag da zusammengestellt hat." „Da hast du
vollkommen Recht. Ich werde morgen telefonisch
noch mal abklären, in welcher Höhe die Autogrammstunden vergütet werden. Kommst du mich
denn an den Wochenenden besuchen?" „Ja, natürlich, aber nur in den Städten, die ich zeitlich

147

optimal erreichen kann. Ich kann mir nämlich nicht einfach immer nur ein paar Stunden frei nehmen." „Das verstehe ich." „Berlin ist für mich nicht so interessant. München aber und Wien und Salzburg würden mir gefallen." „Dann lass uns essen, damit wir gleich in Ruhe den Plan deiner Besuche ausarbeiten können. Die Breuner soll dann kurzfristig deine Tickets buchen." So sehr wir uns auch mühten, aber mehr als ein verlängertes Wochenende kam als Besuchstour für Elisabeth nicht in Frage. Die jedoch von uns zusammengestellte Tour hatte es in sich. Donnerstags abends Lesung in München. Samstags gastieren wir in Salzburg und von da aus ging es mit dem Zug weiter nach Wien zur nächsten Veranstaltung am Dienstag. Mittwoch flog Elisabeth dann zurück nach Hause, während ich nach Dresden düsen musste. Es folgten noch Leipzig und Rostock sowie die Beneluxtermine auf dem Plan. Bonn, Düsseldorf und Köln bildeten die letzten drei Destinationen meiner Lesetour.

„Das wird verdammt stressig werden", sprach ich vor mich hin. Elisabeth saß in der anderen Ecke des Sofas und studierte Möbelprospekte. „Schau dir mal diese Schlafzimmermöbel an. Die passen von ihren Abmessungen und der Bauart ganz sicher schön in unser Schlafzimmer hinein. Aus deinem Büro machen wir das Kinderzimmer. Dein neues Büro wird unten das Zimmer, das Tante Henriette als Schlafzimmer nutzt. Da hast du einen schönen Blick in den Garten und ruhig ist es auch. „Gefällt dir mein Bett etwa nicht?" „Also, mein

148

lieber zukünftiger Mann: Wenn wir jetzt ganz neu anfangen, sollten wir uns schon ein neues Schlafzimmer mit guten Matratzen und entsprechenden Lattenrosten leisten. Mein Bett ist auf Dauer für zwei zu klein und alt und dein Bett hat auch schon bessere Zeiten hinter sich." „Du willst jetzt damit sagen, dass dir mein Bett nicht gefällt? Gut, dann richte ich dir gleich eine eigene Schlafstatt auf dem Sofa her. Mein schönes Bett so zu beleidigen, nur weil es deinem Kadaver darin offensichtlich nicht gefällt." „Wie hast du gerade meinen Luxuskörper bezeichnet? Als Kadaver?" Dass ich mit meiner in der Tat provokanten Anmerkung zu Elisabeths Körper die Montagabendruhe empfindlich gestört hatte, war mir von vorn herein klar. Doch welche Reaktion ich damit auslöste hatte ich nicht geahnt. Elisabeth sprang auf und stürzte sich auf mich. Mit einem Satz saß sie auf meinem Schoss und griff nach meinen Armen, die sie mit ihren Händen wie in Schraubstöcken festhielt. „So, mein Lieber, von wegen Kadaver. Den nimmst du auf der Stelle zurück, sonst beiße ich dir in die Nase." Elisabeth hatte bei all ihrer Aktivität übersehen, dass sich ihr Bademantel öffnete und sich mir ihre Brüste wie zwei reife Birnen entgegen streckten. Diese Gegenangriffsmöglichkeit ließ ich mir natürlich nicht entgehen und stülpte meine Lippen über ihre rechte Brustwarze, die sich umgehend daran festsaugten. Wie von Geisterhand gelähmt ließ Elisabeth meine Arme los und reckte sich mir noch weiter entgegen. Als ich sie dann auch noch von ihrem Bademantel befreite, starteten wir in eine sehr gefühlvolle, aber auch wilde Liebesnacht, die

149

erst weit nach Mitternacht ihr Ende fand. Völlig kaputt schliefen wir gemeinsam in meinem Bett ein.

„Wenn wir so weiter üben wie gestern Abend wird unser Kind bestimmt ein Monster. Etwa so wie seine Mutter", referierte ich am nächsten Morgen kurz nach dem Wachwerden. „Morgen, mein Schatz. Hattest du etwas gesagt?" „Nicht direkt. Ich habe nur laut gedacht." „Und was hast du so laut vor dich hin gedacht?" „Na, ich sprach so denkend vor mich hin, dass wenn wir weiter so wild üben wie gestern Abend, unser Kind genauso ein Monster wird wie seine Mutter." „Wie bitte?" Wie von einem Stromstoß elektrisiert sprang Elisabeth auf und stürzte sich auf mich. „Ja, sag ich doch, wie seine Mutter", brachte ich gerade noch krächzend heraus. Wir rangelten noch ein wenig herum bis Elisabeth bemerkte, dass sie langsam aus den Federn musste, weil die Zeit bereits weit fortgeschritten war. „Verdammt, ich muss voran machen." „Ja, mach dich nützlich, mein Engel und bring Geld mit nach Hause. Du musst bald eine Familie ernähren." „Ein frevelhaftes Schandmaul du doch bist, Markus Blum. Willst dein armes, schwaches Weib zur Arbeit jagen, während der Herr sich dem Müßiggang hingibt. Doch warte ab, wenn dich die Kronprinzessin erstmal drangsaliert wird deine Ruhe enden." Elisabeth gab mir einen Kuss und verschwand im Bad. Sie öffnete noch einmal kurz die Türe und rief mir zu: „Setz bitte Kaffee auf." Doch Elisabeth hatte wohl die Liebenswürdigkeit ihres zukünftigen Gatten unterschätzt. Ich befand mich bereits in der Küche, um unser Frühstück vorzubereiten. Eine gute halbe Stunde später war es wieder völlig still im Haus. Henriette schien auch nicht zu Hause zu sein. Ich vernahm keinen Laut aus dem Unterhaus. Zunächst klärte ich telefonisch mit Petra Breuner im Verlag meine Wünsche bezüglich der Flugkarten und der Hotel-reservierung ab. Pfiffig wie die Lady war, schrieb sie alle meine Wünsche mit und bestätigte mir die Termine wenig später per Mail. Auch der große Verlagsboss zeigte sich sofort einsichtig und gewährte mir noch einen zusätzlichen Pauschal-betrag je Autogrammstunde mit Bücherverkauf.

Kapitel 27

Überpünktlich betrat ich am Montagmorgen den Kölner Hauptbahnhof im Schlepptau meinen Roll-koffer, der mir wie ein Hündchen zu folgen schien sowie meinen Laptop, den ich mir wie gewohnt über die Schulter gehängt hatte. Dank der Legen-de am Haupteingang und Petra Breuners Leitfibel fand ich gleich den richtigen Bahnsteig. Vorsichtig stellte ich meinen Koffer auf das Treppenlaufband und marschierte einträglich mit meinem Gepäck die Treppe hinauf zum Bahnsteig. Oben herrschte reges Treiben. Eine Menge Menschen wartete auf den Fernzug nach Berlin. Ich hatte beim Betreten des Bahnhofs noch kurz meinem lebensgroßen Konterfei zugenickt, das mich aus dem Schau-fenster der Bahnhofsbuchhandlung angrinste in der Hoffnung, dass mich niemand erkannte. Ich hatte Glück, und weil ich ohnehin aussah wie ein Handlungsreisender, fiel ich im Getümmel erst gar nicht auf. Dies änderte sich schlagartig, als meine Reiseleiterin den Bahnsteig betrat. Sofort trat bei mir die Frage auf, wie sie wohl in die schwarze siebenachtel Stretchhose hinein gekommen war. Diese saß wie angegossen an ihrem Körper und ließ den Betrachter erahnen, welch knackige Figur darin steckte. Das ebenfalls schwarze Top sorgte durch einen tiefen Schlitz im Frontbereich für eine gute Belüftung ihres Oberkörpers. Die langen braunen Haare hatte sie zu einem frechen Zopf zusammengebunden, der mit jeder ihrer Bewegungen hin und her hüpfte. Wie nicht anders zu erwarten steckten ihre Füße in gewagt hohen Highheel-Sandaletten. „Morgen, Markus. Na, alles frisch so früh am Morgen?" „Hallo, Petra. Keine Sorge, ich bin schon eine ganze Zeit lang wach." Unsere Begrüßungsfloskeln, die belangloser kaum sein konnten, wurden jäh beendet, als unser ICE erstaunlich pünktlich und laut quietschend auf dem Gleis einfuhr. Langsam rollte der Schnellzug an uns vorüber bis er zum Stehen kam. Wir mussten noch zwei Waggons weiter laufen, bis wir unsere Plätze fanden. „Die ganze erste Klasse war schon ausgebucht, sodass wir mit dem Großraumwagen fahren müssen. Macht dir das etwas aus?" „Nein, keine Sorge. Wenn ich schreiben möchte ziehe ich mich ohnehin ganz in mich zurück." Petra zog ihre Lederjacke aus und während sie diese im Gepäck-fach deponierte, offerierte sie mir einen Teil ihres gebräunten, hübschen Rückens. Petras Koffer war um ein Vielfaches größer als meiner und doch handelte sie ihn wie eine Hutschachtel.

Pünktlich setzte sich der ICE in Richtung Berlin in Bewegung. Schon sehr bald wurden unsere Tickets kontrolliert. Doch dank Petras umsichtiger Planung gab es für den Zugbegleiter nichts zu beanstanden. „Magst du einen Kaffee, Petra?" „Ja, gern und möglichst noch ein Brötchen mit gekochtem Schinken." „Wird erledigt, Chef", gab ich zur Antwort und machte mich auf den Weg zum Restaurantwagen. Ich erstand zwei Coffee to go und zwei belegte Brötchen auf die Faust. Petra musste lachen, als sie mich mit meiner Jagdbeute heran balancieren sah. „Einmal Kaffee und ein Brötchen." „Danke, Markus, was bekommst du?" „Ist schon Ok. Wenn ich dir den Preis nenne, vergeht dir noch der Appetit." Wir lachten beide los und verputzten unseren Imbiss. Wenig später setzte ich mein Notebook in Gang und begann zu schreiben. Petra war derweil in mein Buch vertieft, was mir ein wenig unangenehm war, doch musste sie eventuell als meine Sprecherin der Presse gegenüber Auskünfte erteilen und deshalb stellte die Lektüre meines Romans für sie eine Pflicht dar. Sie las sehr schnell, und wenn ich ihr häufiges Grinsen, das ich im Augenwinkel beobachten konnte, richtig deutete, fand sie Gefallen an meinem Buch. Egal welcher Ruf meiner Reise-leiterin auch voraus eilte, Petra war sehr nett und wenn wir Pausen einlegten und uns unterhielten, war sie mir eine angenehme Gesprächspartnerin. „Ich habe dein Buch übrigens schon einmal gelesen. Ich frische gerade nur noch mal den Inhalt auf, falls mir irgend so ein Pressemensch eine Frage dazu stellt, die ich beantworten muss. Es gefällt mir und vor allem, dass du auch die Erotik nicht zu kurz kommen lässt. Die meisten Menschen wollen so etwas in ihrer Freizeit zur Entspannung lesen, was jedoch niemand zugeben würde. Durch die Mischung aus Konversation und Weiterschreiben ging die Zeit sehr schnell vorüber. Wir bemerkten beinahe nicht, dass der ICE in den Berliner Hauptbahnhof eingefahren war und wir aussteigen mussten. Doch der längere Aufenthalt ermöglichte uns ein problemloses Verlassen des Zuges. Wir marschierten schnurstracks auf den Taxistand zu. Der schon etwas ältere Fahrer hatte die Ruhe weg und chauffierte uns durch die sehr belebten Straßen der Innenstadt zu unserem Hotel. Wir checkten ein und erhielten jeder eine Keycard für unsere Zimmer im zehnten Stockwerk gleich nebeneinander. „Kurz vor sechs komme ich bei dir vorbei und hole dich ab. Wir essen unten eine Kleinigkeit und fahren dann rüber zum Kongresszentrum. Brauchst du noch etwas?" „Nein, danke, Petra ich werde mich ein wenig hinlegen und noch mal über meinen Text lesen." „Ok, dann bis später."

Ich packte ein paar Sachen aus meinem Koffer aus, die ich auf einen Bügel hing und stellte meinen Kulturbeutel, was für ein blöder Begriff für ein Behältnis aus Kunststoff, in dem sich lediglich meine Körperpflegemittel befanden, ins Bade-zimmer. Ich nahm kurz via Skype Kontakt zu

Elisabeth auf, die mir die Daumen für heute Abend drückte. „Ich habe leider keine Zeit für dich. Hier stauen sich die Kunden." „Kein Problem, ich melde mich heute Abend nach der Veranstaltung bei dir." „Ja, dann bis später." Ich griff mir meinen Lesetext für die abendliche Veranstaltung und legte mich damit auf mein Bett. Kurz drauf schlief ich ein. Glücklicherweise ließ mich meine innere Uhr gegen kurz vor halb sechs aufwachen. Ich ging duschen und zog mir eine dunkelblaue Jeans und ein weißes Hemd an. Als es an der Türe klopfte, öffnete ich und griff gleich im Vorbeigehen nach meiner schmalen Dokumentenmappe mit meinen Aufzeichnungen. Wir aßen noch einen gemischten Salat mit Putenstreifen und fuhren dann pünktlich ins Kongresszentrum. Oh, wie ich den Trubel einer solchen Großveranstaltung hasste. Der Vorplatz des gewaltigen Gebäudes war angefüllt mir Massen von Menschen. Ich konnte mir überhaupt nicht vorstellen, dass die Leute alle zu mir wollten. Unbehagen überfiel mich. „Wie viele Karten sind eigentlich für heute Abend verkauft, Petra?" „Sekunde. Zweieinhalbtausend." „Das glaube ich jetzt nicht. So viele?" „Wirst du jetzt nervös?" „Na ja, bei so vielen Menschen kann das ja schon mal passieren." „Möchtest du ein paar Baldriantropfen haben?" „Nein, Unsinn, nachher schlafe ich noch ein." „Dann lass uns in die Künstlergarderobe gehen." Petra war sofort losmarschiert. Ich trottete hinter ihr her.

Im Verhältnis zu dem riesigen Gebäude nahm sich die Künstlergarderobe eher wie eine Besenkammer aus. Der Veranstalter schickte einen Visagisten, der mir ein wenig das Gesicht puderte und dann hieß es nur noch warten. Petra war die Ruhe selbst. Sie hatte sich richtig aufgebrezelt. Kleines, dezentes, kurzes Schwarzes und passende Peeptoes dazu. Fast kam ich mir in meiner lässigen Jeans, dem weißen Hemd und dem dunkelblauen Sakko etwas underdressed vor. Mir war es jedoch bequemer lieber, als jetzt mit Schlips und Kragen da zu sitzen und vor mich hin zu schwitzen. Meine Nervosität nahm immer mehr zu. Ich hatte schon vor großem Publikum gelesen, aber vor über zweitausend Menschen war auch für mich neu. Ein wenig mit meinen Gedanken abwesend saß ich auf einem Stuhl, in der rechten Hand mein Manuskript. Plötzlich trat Petra ganz nah neben mich und streichelte meine Schulter. „Du packst das und wirst eine tolle Lesung abhalten. Das spüre ich." Ich wand ihr mein Gesicht zu und lächelte. Petra lächelte zurück und legte ein wenig ihren Kopf zur Seite. Schweigend schauten wir uns an. Plötzlich vernahmen wir laut die Anmoderation des Geschäftsführers des Kongresszentrums zu meiner Lesung. Jetzt gab es kein zurück mehr. „Bühne frei für Markus Blum." „Ich bin bei dir. Viel Glück, Markus", flüsterte Petra mir zu, während sie mich gleichzeitig Richtung Bühnenzugang schob.

Als ich die Bühne betrat brandete Beifall auf. Ich ließ meine Zuhörer erstmal weiter klatschen und lümmelte mich an das Stehpult heran. Ich hatte mir vorgenommen, so natürlich wie möglich aufzutreten und startete mit einem kleinen Scherz, der gut ankam. Sogleich fand ich zu meiner Sicherheit zurück und begann mit einigen Informationen zu mir, den Beweggründen zu meinem Roman und begann dann mit der Lesung. Nach einer Dreiviertelstunde verabschiedete ich mein Publikum in meine verdiente Redepause. Am Bühnenausgang nahm mich Petra in Empfang. Mit ihrer kleinen Hand griff sie nach meiner rechten und zog mich in die Garderobe. „Das hast du bisher wirklich super gemacht. Die Leute sind begeistert. Nach der Lesung gehen wir zur After-Reading-Party. Der Veranstalter hat etwa zweihundert Gäste eingeladen und es gibt etwas zu essen und zu trinken. Stell dich schon mal auf eine Menge Smalltalk ein." „Oh nein, muss das sein?" „Markus! Du bist jetzt ein Star im Reigen der Buchautoren. Genieße es. Das kann in zwei, drei Monaten schon wieder völlig anders sein." Ein kurzes Klingeln unterbrach unsere kleine Konversation. Ich beeilte mich, wenigstens noch einmal kurz die Toilette benutzen zu können, und stürmte wieder los zum Bühneneingang. Petra rannte auf ihren hochhackigen Schuhen mit meinem Manuskript hinter mir her. „Halt, Markus, hier ist dein Skriptum." Wieder total unter Strom stehend drehte ich mich um, griff nach meiner Lesevorlage und gab ihr einen Kuss auf die Wange. Sofort stürmte ich zurück in die Arena dem Auditorium entgegen. Ich fand gleich wieder zu meiner guten Form zurück. Mit einigen Späßen und der richtigen Mischung zwischen Entertainment und einer klassischen Lesung verzauberte ich mein Publikum. Gegen kurz vor halb zehn schloss ich meine Lesung. Das Publikum schien begeistert. Viele Zuhörer erhoben sich von ihren Sitzen klatschten laut und riefen Zugabe. Was für ein Unsinn! Sollte ich jetzt noch ein Kapitel lesen. Ich hatte mein Manuskript genauso ausgelegt, das meine Zuhörer jetzt kaum noch anders konnten als sich mein Buch zu kaufen, um zu erfahren wie die Story endete. Ich nickte, winkte und verneigte mich noch eine ganze Zeit, bis Petra hinter mir die Türe öffnete, damit ich die Bühne verlassen konnte. Ziemlich kaputt schleppte ich mich in meine Garderobe. Petra reichte mir ein Handtuch, damit ich mich wieder trocken legen konnte.

Kapitel 28

„Alles Ok bei dir? Wir müssen gleich runter zur After-Reading-Party. Einer unserer Sponsoren, der nicht nur mit Büchern handelt, sondern auch mit feinen Aftershaves und Eau de Toilettes stellt dir hier einen Duft zur Verfügung, den du bitte gleich benutzt." „Wie bitte?" „Jetzt jammer hier mal nicht rum. Das Zeug duftet wirklich sehr gut. Warte." Petra öffnete einen Flakon und besprühte mich wie man sonst nur einen Herd behandelt, den man mittels Spray von Kochrückständen zu befreien sucht. „Hör auf. Das wird sonst zuviel." „Stell dich nicht an. Ich mag gut duftende Männer." „Das mag ja sein. Ich rieche halt nicht so gern wie ein orientalischer Männerp..." „Meintest du Männer-puff?" Petra lachte laut los. „Jetzt sei mal nicht so verklemmt, Markus. Mit mir kannst du über alles locker reden." Petra schien zu sehen, dass ich rot angelaufen war. „Können wir denn jetzt los, Herr Autor?" „Ja, Chef." Das Kongresszentrum hatte einen genau passenden Eventraum für eine solche Veranstaltung. Der Sturm auf das kalt-warme Buffet hatte bereits begonnen. Eine Menge Leute aus Politik und Wirtschaft tummelten sich an den Stehtischen und begafften mich wie einen Marsmenschen, als ich mit Petra, die ihre Haare jetzt offen trug, an ihnen vorbei lief. Artig nickte ich zum Gruß an jedem Tisch, den wir passierten. Je näher wir dem Buffet kamen, desto wichtiger wurde der Rang der speisenden Persönlichkeiten. Filmschauspieler, Künstler und Bundespolitiker standen einträglich nebeneinander und verwöhnten sich mit feinen Speisen. Der Hauptsponsor der PR-Tour hatte einen riesigen Büchertisch mit meinen Romanen aufgebaut, der von drei hübschen Hostessen betreut wurde und wie es schien, lief der Verkauf hervorragend.

Petra schob mich gleich an den für uns reservierten Platz heran, den sonst nur ganz besondere VIPs in Beschlag genommen hatten. Zwei Bundesministerinnen mit ihren Partnern, eine Tatortkommissarin in Begleitung sowie zwei Chefs großer Autokonzerne nebst Gattinnen ließen kein Auge von mir. Ich bestellte mir rasch ein Wasser, während Petra für sich Prosecco orderte. Ich hatte Hunger und verschwand gleich am endlos erscheinenden Buffettisch. Mein Hals schmerzte vom vielen Reden. Das konnte ja noch heiter werden. Übermorgen stand bereits der nächste Lesetermin an. Zwei Scheiben Rinderlende mit

Salat auf einem Teller zwischen gierigen Gästen hindurch balancierend, bewegte ich mich zurück an meinen Platz. Meine Tischnachbarn verhielten sich glücklicherweise so lange ruhig, bis ich aufgegessen hatte. Dann allerdings musste ich Bücher signieren was das Zeug hielt. Als kurz vor Mitternacht eine Combo zum Tanz aufspielte und Petra gleich von einem Soapstar zum Schwofen aufgefordert wurde, machte ich mich heimlich auf und verschwand im Hotel in meinem Zimmer. Ziemlich geschafft fiel ich todmüde in meine Federn.

Ein Klingelton aus meinem Laptop lies mich in der Früh abrupt hochschrecken. Sieben Uhr war auch eine adäquate Zeit zum Aufstehen. Elisabeth meldete sich über Skype. „Hallo, mein Schatz. Na, wie war dein erster Leseabend?" Ohne dass sie es sehen konnte knuddelte ich die zweite Decke in meinem Bett so zusammen, das sie denken musste, dass ich Besuch habe. „Psst, Morgen, Elisabeth. Ich hab hier ein paar Mädels im Bett, Groupies verstehst du. Das ist bei großen Künstlern normal. Ist aber nichts Ernstes, nur so um runter zu kommen, also eher medizinisch, verstehst du?" „Ohhhh, Markus Blum. Wenn ich dich wieder in meine Finger bekomme." „Das ist gut. Deine Finger sind nämlich kostenlos. Den Mädels hier muss ich schon etwas bezahlen." Dann war es um mich geschehen. Ich musste laut loslachen. Ich zog die Decke beiseite und meine Laptoptasche hervor. „Ich vermisse dich jetzt schon, Markus." „Ich dich auch. Übernächstes

Wochenende kommst du mich doch besuchen. Dann haben wir Zeit für uns." Wir plauderten noch ein wenig, bis Elisabeth das Gespräch beendete, weil sie ins Reisebüro musste. Ich sprang unter die Dusche und machte mich reisefertig. Kurz nach acht saß ich am Frühstückstisch. Wenige Minuten später setzte sich Petra gähnend zu mir. „Morgen, Petra", begrüßte ich meine Eventmanagerin, der es scheinbar am frühen Morgen noch nicht so recht gegeben war, fröhliche Sprüche abzulassen. „Morgen." „Siehst aus, als wenn es gestern noch spät geworden wäre. Hat der junge Mann, der dich den ganzen Abend schon anhimmelte, so gefordert?" „Quatsch. Falls du meinst, ich hätte ihn mit ins Bett genommen, liegst du völlig daneben. Der Typ hat mir überhaupt nicht gefallen. Ich habe noch lange mit dem Vorstandsvorsitzenden unseres Hauptsponsors verhandelt. Er möchte, dass wir eine zusätzliche Lesung in der Konzern-zentrale in Hagen vor besonders ausgewählten Gästen abhalten. Du bekommst dafür eine Sonder-vergütung. Hier ist übrigens der Vertragsentwurf." Ich schaute über den einseitig ausgedruckten Vertrag und sah erfreut, dass man mir eine nicht unerhebliche Summe dafür zu zahlen bereit war. „Ist ja wohl nicht übel, der Kontrakt großer Künstler, oder?" „Nein, ganz sicher nicht. Hast du gut gemacht." „Dann kann ich der Konzernleitung zusagen?" „Ja, mach das. Ich nehme den Vertrag an." „Super." Petra holte sich Müsli und Milch sowie eine Tasse Kaffee vom Buffet und stopfte alles ein wenig lustlos in sich hinein. „Hast du schon gepackt? Um 10:28 Uhr geht unser Zug nach Hannover." „Ich bin soweit fertig. Nach dem Frühstück muss ich nur noch meinen Laptop und den Koffer aus dem Zimmer holen." „Prima, ich habe auch alles gepackt."

Für unsere Weiterreise nach Hannover hatte Petra ein Abteil im ICE gebucht, sodass wir ungestört waren. Gleich nachdem der Schaffner unsere Tickets kontrolliert hatte, nahm Petra mir schräg gegenüber Platz und zog ihre Sandaletten aus. Sie postierte ihre hübschen kleinen Füße auf meinen Nachbarsitz und schlief seelenruhig ein, während ich weiter an meinem neuen Roman schrieb. Ich kam gut voran. Wahrscheinlich lag dies auch ein wenig an der Euphorie nach der gelungenen Lesung vom gestrigen Abend. Verschiedene Berliner Zeitungen sparten nicht mit Lob über meine Leistung. Petra rutschte im Schlaf immer tiefer auf ihre Sitzfläche herunter und schon bald lag sie lang ausgestreckt dar. Offensichtlich hatte sie jedoch kalte Füße. In Ermangelung einer Decke spürte ich, wie sie ihre Gehwerkzeuge unter meinen linken Oberschenkel schob. Ob sie dabei wirklich ganz tief und fest schlief, konnte ich jedoch nicht ergründen. Da es mich nicht im Geringsten störte, ließ ich sie gewähren. Etwa eine Viertelstunde bevor der ICE in den Hauptbahnhof von Hannover einfuhr, weckte ich sie sanft auf. Gähnend und ihre Glieder streckend setzte sie sich langsam auf. „Danke fürs Füße wärmen, Markus. Ich mache nämlich kein Auge zu, wenn ich kalte Füße habe." Als der Zug stoppte verließen wir unser Abteil und wandten uns dem

Bahnsteig zu. Das Procedere für die zweite Veranstaltung nahm seinen Lauf.

Kapitel 29

Eine ganze Menge an Veranstaltungen hatte ich jetzt bereits schadlos überstanden, und das positive Feedback der Fans war sehr groß. Ich hatte stetig während der langen Zugfahrten an meinem Programm gefeilt und es weiter perfektioniert. Außerdem stand ich kurz vor der Vollendung meines nächsten Romans. Gegen Mittag traf unser Zug im Hauptbahnhof von Hagen ein. Eine schwere Limousine unseres Hauptsponsors nahm uns gleich in Empfang und brachte uns ins konzerneigene Hotel. Pünktlich um achtzehn Uhr eröffnete der Vorstandsvorsitzende mit einer kurzen, knackigen Rede die Sonderveranstaltung im Casino der Zentrale. Es folgte ein Galamenü vom Feinsten. Sozusagen als zusätzliches Dessert hielt ich dann eine etwas abgewandelte Lesung zu meinem erfolgreichen Roman und gab bereits exklusive Hinweise mit Kurzauszügen zum neuen Roman. Dass mein Manuskript jedoch noch komplett überarbeitet werden musste, behielt ich natürlich für mich. Nach einer dreiviertelstündigen Kurzlesung mit humorvollen Einlagen beendete ich meinen Vortrag. Damit jeder, der mochte, eine Erinnerung an diesen Abend mit nach Hause nehmen konnte, verkaufte der Konzern meine Bücher, die ich natürlich handsignierte und der Erlös wurde einem Kinderhilfswerk zur Verfügung gestellt. Erfreut erfuhr ich, dass es sich inklusive einiger Spenden um einen fünfstelligen Betrag handelte.

Nachdem ich gut hundert Bücher signiert hatte, zog ich mich etwas abgekämpft an eine der kleinen Sektbars zurück und bat um ein Glas Mineralwasser. Die hübsche, junge Bedienung lächelte mich an. „Darf ich auch ein Autogramm von Ihnen haben?" „Warum nicht. Tausche Autogramm gegen Glas Mineralwasser." „Ja gern, einen Moment bitte." Ich nutzte die Zeit und holte mir vom Büchertisch ein Buch und bezahlte es. „Sie haben mich vor dem Verdursten bewahrt. Mit vielen lieben Grüßen Markus Blum", schrieb ich in den Deckel. „Hier nehmen sie. Ist ein Geschenk für Sie." „Vielen Dank. Ich hab mich noch nie mit einem Buchautor unterhalten." „Und, tut`s weh?" „Sie nehmen mich nicht ernst, stimmt`s?" „Niemals würde ich das wagen. Aber ist das Reden mit einem Menschen, der Bücher schreibt denn wirklich anders als wenn derjenige einem Bürojob nachgeht?" „Eigentlich nicht. Aber hier kommen ja häufiger Autoren zu Besuch und nicht jeder ist so nett wie Sie." „Dieses Kompliment nehme ich gerne an. Aber es gibt auch in jedem anderen Job unterschiedliche Typen von Menschen. Außerdem ist ja auch immer ein Thema, mit wem man es zu tun hat. Sie sind eine hübsche, junge Frau, die freundlich und nicht aufdringlich erscheint. Da macht das Reden ja auch Spaß." Das Puppengesicht des blonden Mädchens verfärbte sich leicht und nahm einen zarten Rotton an. „So eine Tour ist bestimmt verdammt anstrengend?", änderte mein Gegenüber das Thema. „Das können Sie wohl laut sagen. Ich bin froh, dass ich von heute an bis zum Wochenende endlich ein paar Tage frei habe. Freitag fliegen wir dann nach München und von da aus geht's weiter nach Österreich." „Und trotzdem ist es doch sicher schön, in der Welt herumzukommen." „Das stimmt schon und meine Eventmanagerin nimmt mir ja auch alles ab, was zusätzlich Stress macht, und doch ist es zu Hause am schönsten." „Also ich wäre schon froh, mal ein wenig mehr von der Welt zu sehen." „Dann werde Sie eben Eventmanagerin." „Das möchte ich ja. Ich warte auf meinen Studienplatz und nach dem Studium geht's dann los und raus in die Welt." Petra beobachtete mich schon eine ganze Weile aus der Distanz. Sah ich da etwa ein paar eifersüchtige Züge auf ihrem Gesicht? Bisher jedenfalls hatte sie mich von jedweden Avancen verschont. Sollte sie nun zum Angriff auf mich übergehen wollen? Jedenfalls tänzelte sie auf ihren hochhackigen Sandaletten heran und gesellte sich zu mir. „Langweilst du dich?" „Überhaupt nicht. Ich werde sehr nett bedient und wir unterhalten uns sehr angeregt." Ein leichtes Blitzen in Petras Augen wurde deutlich erkennbar. Sie schien etwas getrunken zu haben. Vorsichtig hakte sie sich bei mir unter. „Trinken wir noch etwas zusammen?" „Ja, gern. Was möchtest du?" „Ich nehme ein Glas Sekt." „Ein Glas Sekt und ein Glas Mineralwasser für mich bitte." Die nette Bedienung an der Theke schmunzelte mir zu. „Ich bin sofort wieder da, Markus. Lauf mir nicht weg." Petra drehte sich auf dem Absatz um und entschwebte Richtung Toilette. „Sie möchte Sie verführen", offenbarte mir die junge Frau ihre Gedanken und stellte unsere georderten Getränke ab. „Glauben Sie wirklich?", antwortete ich gestellt naiv. „Und ob und wissen Sie was? Ich kann Sie gut verstehen." Lächelnd drehte sich die Bedienung zu einem anderen Pärchen, dass gerade an der Bar Platz genommen hatte und nahm deren Bestellung entgegen. Und da schwebte auch schon wieder Petra heran. „Was grinst du denn so?" „Och, ich erhielt gerade ein interessantes Angebot." Da ich der hübschen, jungen Frau hinterher schaute, verstand Petra sofort, was ich meinte. Sogleich hakte sie sich wieder bei mir unter und griff nach dem Glas. „Dafür brauchst du ganz sicher nicht so ein junges, unerfahrenes Hühnchen." Petra griff nach ihrem Glas und schüttete den Inhalt in einem Zug in sich hinein, während ich zwei Schlucke aus meinem Glas trank. „Komm, lass uns in mein Zimmer gehen. Ich möchte dich jetzt haben, Markus." Gäbe es Elisabeth nicht, muss ich gestehen, wäre die Versuchung wahrlich sehr groß, sich der Fleischeslust hinzugeben. Wenn ich mir allerdings vorstellte, jetzt mit der Verlagsmatratze zu schlafen, die sicher die meisten Herren unseres Hauses bereits in und auswendig kannten, verging mir die Lust auf Sex. Ich befreite mich aus ihrer anhänglichen Umklammerung. „Sei mir nicht böse, Petra. Ich möchte jetzt noch in Ruhe mein Wasser austrinken und dann ins Bett gehen und schlafen. Ich bin total müde." Dass ihr diese Aussage erheblich missfiel, war ihr deutlich anzusehen, zumal die junge Bedienung unsere Konversation mitverfolgt hatte. Verärgert drehte sich Petra um und verließ den Raum.

„Jetzt haben Sie Ihre Managerin aber mächtig verärgert." „Damit kann ich gut leben. So leicht lasse ich mich nun mal nicht fangen." „Dann versuche ich einfach mal mein Glück bei Ihnen. Ich habe in einer Stunde frei und Sie eine sturmfreie Bude. Ich heiße übrigens Clara." „Angenehm, Markus. Aber gib dir keine Mühe, Clara, ich bin frisch verlobt und nicht an einem Abenteuer interessiert." „Das kann ich gut verstehen." „Ich werde jetzt ganz gemächlich alleine in mein Zimmer verschwinden und hoffentlich gut schlafen. Mach es gut, Clara, und viel Glück mit dem Studium." „Gute Nacht, Markus, und schlafen Sie gut." „Danke, du auch."

Ich war heilfroh, rasch in mein Zimmer zu gelangen. Die beiden Gläser Mineralwasser machten sich bemerkbar und drückten auf die Blase. Im Bad ließ ich eine Katzenwäsche folgen, putzte mir noch die Zähne und stieg in meinen Schlafanzug. Als ich mich dann in mein Bett gekuschelt hatte, musste ich an Elisabeth denken und dass ich morgen Abend endlich wieder bei ihr war. Noch während mich das Sandmännchen in den Schlaf summte, klopfte es leise an meiner Zimmertüre. Diesen nächtlichen Angriff auf meine Privatsphäre traute ich genau zwei Ladys zu: Petra und Clara. Und um nicht dumm sterben zu müssen, wer da nach meinem Körper gierte, erhob ich mich langsam und lief zur Zimmertüre. Vorsichtig öffnete

167

ich die Türe einen Spalt breit. Nur mit einem weit offen stehenden, kurzen weißen Bademantel bekleidet stand Petra mit langen wallenden Haaren vor mir und lächelte mich aus leicht gläsernen Augen an. „Lässt du mich rein?" „Petra, was soll das? Ich bin verlobt und möchte jetzt schlafen?" Ohne mich weiter nach Ausreden suchen zu lassen schob mich Petra in mein Zimmer. Mit einem Schubs ihres rechten Fußes gab sie der Türe so viel Schwung, dass diese ins Schloss fiel. Mit einem gekonnten Hüftschwung drehte sie sich zu mir um und ließ den Bademantel langsam an ihrem nackten Körper herunter gleiten. Zugegeben, der mir gebotene Anblick sorgte für einen Anstieg meines Hormonspiegels. Auf Zehenspitzen tänzelte Petra auf mich zu. Sie legte mir ihre Arme um den Hals und schmiegte sich ganz fest an mich. Ihr Haar verbreitete einen betörenden Duft. Wie ein Aal wand ich mich aus ihrer Umklammerung. Schnell bückte ich mich weg und hob ihren Bademantel auf, den ich ihr sofort vor ihre Blöße hielt. „Du bist eine tolle Eventmanagerin und wirklich eine hübsche Frau aber ich werde meine Verlobte nicht betrügen. Hier, zieh deinen Bademantel über und jetzt raus mit dir und ab in dein eigenes Bett. Wir sehen uns morgen zum Frühstück." Ich verschaffte meiner Bitte noch etwas Nachdruck und half Petra in den Frotteemantel. Murrend verließ sie mein Zimmer. Schnell sprang ich wieder in mein Bett und schlief wenig später ein.

Kapitel 30

Ich hatte bereits zwei leckere, frische Frühstücks-
brötchen mit Marmelade sowie Rührei mit Speck
verputzt und schlürfte gerade mein zweites
Tässchen Kaffee, als sich Petra mit einer großen
Sonnenbrille auf der Nase zu mir an meinen Tisch
setzte. „Morgen, Petra. Geht es dir nicht gut?"
„Morgen. Nein." Mehr erhielt ich nicht zur Antwort.
Petra sprang gleich wieder auf, bestellte sich einen
Kaffee beim Kellner und holte sich einen großen
Teller mit allerlei Sorten Wurst und etwas Ei.
Mürrisch nahm sie mir gegenüber wieder Platz.
„Was ist los?" Mit einer theatralischen Geste zog
sie sich ihre Sonnenbrille aus. Zwei ziemlich
verquollene Augen sahen mich an. „Ich habe mich
in den letzten Tagen unsterblich in dich verliebt,
Markus, und ich habe mir die halbe Nacht die
Augen aus dem Kopf geheult, nachdem du mich
aus deinem Zimmer komplementiert hast. Das ist
los. Hab ich denn überhaupt keine Chance bei
dir?" „Ach, Petra. Ich bin nicht frei, sondern verlobt
und sehr glücklich. Du wirst ganz sicher darüber
hinweg kommen. Glaub es mir." Tränen verließen
ihre großen Augen und kullerten über ihre
Wangen. „Jetzt schau mich nicht so traurig an und
iss ein wenig. Wir müssen gleich los. Unser
Fahrzeug kommt uns in zehn Minuten abholen."
„Du freust dich schon wieder auf zu Hause, nicht
wahr? Auf mich wartet niemand. Die Tage und
Abende mit dir waren einfach sehr schön für mich."
„Jetzt übertreibst du aber, Petra. Wir haben hauptsächlich unsere Zeit auf irgendwelchen Bühnen

169

verbracht und im Zug gesessen. Was war denn daran schön?" „Na, die Nähe zueinander. Ich fand es immer schön, für dich da sein zu können und dann schickst du mich einfach weg." „Aber Petra?" Tränen überströmt sprang sie auf und verließ den Frühstücksraum. Ich folgte ihr nicht, sondern trank in Ruhe meine Tasse Kaffee aus. Es gab für mich jedenfalls keinen Grund, bei ihr den Tröster zu spielen. Ich traf auf sie erst wieder an der Rezeption. Sie trug wieder die gewaltige Sonnenbrille, die ihr eine lurchähnliche Optik bescherte. „Alles erledigt?", erkundigte ich mich. Mit einem tonlosen Nicken beantwortete sie meine Frage. Unser Fahrer übernahm unsere beiden Rollkoffer und fuhr diese in Richtung Limousine. Petra hakte sich bei mir unter und zog mich zu sich heran. „Markus Blum, ich liebe dich. Bitte gib uns eine Chance." „Jetzt hör endlich auf, Petra. Ich habe dir dazu alles gesagt", entgegnete ich ungehalten und es ist verdammt schwer, mich sauer werden zu lassen. Sie jedenfalls hatte es geschafft. Enttäuscht löste sie sich von mir und trabte unserem Wagen entgegen.

Eineinhalb Stunden später verließ ich als Erster unser Zugabteil und betrat den Bahnsteig des Kölner Hauptbahnhofes. Petra hatte die ganze Fahrt über kein Wort mit mir gesprochen, was mir allerdings sehr entgegen kam, da ich so den Schluss meines Romans ganz in Ruhe fertig schreiben und noch einmal überdenken konnte. Als Kavalier alter Schule half ich ihr noch, ihr Gepäck auf den Bahnsteig zu stellen. „Markus?

Denk noch mal über uns nach ja?" „Petra bitte! Es ist gut jetzt." „Wir sehen uns dann Freitag am Flughafen Köln/Bonn. Wir fliegen um 08:35 Uhr. Soll ich dir den Termin noch mal per Mail bestätigen?" „Hab ich schon notiert. Bis Freitag dann. Tschö, Petra." Rasch wand ich mich um und lief beinahe Elisabeth über den Haufen, die mir entgegen geeilt war. „Hallo, Markus. Ich freue mich so, dich zu sehen. Leider habe ich nur zwei Stunden frei bekommen, sodass wir jetzt nicht viel Zeit füreinander haben. Holen wir aber heute Abend nach. Lass dich erstmal richtig von mir küssen." Obwohl ich alles andere als ein wahrer Öffentlichkeitsküsser bin, ließ ich Elisabeth gewähren und nahm sie in meine Arme. Auch ich freute mich sehr, meine Lizzi wieder bei mir zu haben. Es folgte ein langer, zärtlicher Kuss und ich musste mir eingestehen, es tat gar nicht weh. Als wir in Folge akuten Luftmangels die Begrüßungs-zeremonie einstellten, nahm ich sie an die rechte Hand und schlenderte mit ihr dem Treppenabgang entgegen. Rasch verstauten wir meinen Koffer in Elisabeths Golf und los ging´s nach Hause. Während der Fahrt musste ich natürlich über all das berichten, was ich in den letzten beiden Wochen so erlebt hatte und es wurde natürlich erwartet, dass ich noch beteuerte, mein Keusch-heitsgelübde auch wirklich eingehalten zu haben. „Und Petra hat dich nicht angebaggert?" „Natürlich hat sie das. Splitternackt ist sie in mein Hotel-zimmer eingedrungen. Weil dieser Besuch jedoch einen rein beruflichen Charakter aufwies und sie wegen der viel zu heftig arbeitenden Klimaanlage im Vortragssaal den ganzen Abend gefroren hatte, nahm ich sie mit ins Bett und wärmte sie entsprechend auf." „Du hast was?" Elisabeths Kopf wies mit einmal eine ordentliche Zornesröte auf und unvermittelt trat sie auf die Bremse. Glücklicherweise befanden wir uns bereits vor unserer Haustüre. „Na, ich hab sie kollegialer Weise in meinem Bett wieder richtig aufgewärmt. Du weißt doch selbst, wie gut man sich fühlt, wenn du im Bett warme Füße und Brüste hast und ich auch deinen Po wärme." Das ich jetzt stark überzogen hatte, war ihr anfangs überhaupt nicht aufgefallen. Zu groß war die Eifersucht, die jetzt alle ihre Gefühle in den Schatten stellte. Weil ich mit einmal laut loslachen musste, bemerkte Elisabeth, dass ich sie an der Nase herumgeführt hatte. „Ich bin dir schon wieder auf den Leim gegangen, Markus Blum. Wie konnte ich nur schon wieder so blöd sein zu glauben, dass sich eine andere Frau als ich von dir den Körper wärmen lässt, obwohl du doch immer gleich einschläfst, wenn du im Bett liegst." Jetzt mussten wir beide lachen. „Keine Sorge, Elisabeth, ich war brav." „Dann wirst du heute Abend ja sicher nicht gleich einschlafen, wenn ich zu dir ins Bett steige. Leider muss ich jetzt gleich wieder los. Gegen sieben bin ich zu Hause, und dann können wir uns das ganze Wochenende austoben." „Ich freue mich schon darauf, wenn du wieder bei mir bist." Rasch entnahm ich dem Gepäckabteil des Golfs meinen Koffer und verschwand winkend im Treppenhaus.

Elisabeth hatte mir zwei Kohlrouladen aufgetaut und Kartoffel dazu bereitgestellt, die ich mir mit Wonne auf der Zunge zergehen ließ, während die Waschmaschine bereits ihre Tätigkeit aufgenommen hatte. Als ich meiner ersten Waschladung einen erholsamen Spätsommerausflug auf unsere Wäschespinne im Garten gönnte, gesellte sich Henriette mit einem Becher Kaffee zu mir. „Ich bin hellfroh, Markus, dass du endlich die richtige Frau gefunden hast und ich mir keine Sorgen mehr um deine Zukunft machen muss. In vier Wochen beziehen Helene und ich endlich unsere Senioren WG. Wir freuen uns schon sehr darauf. Kommt ihr Sonntag zum Essen zu mir, damit wir den Hausverkauf besprechen können?" „Ja, gern. Halb eins wie gewöhnlich?" „Halb eins wie gewöhnlich, mein Starautor. Das dein Bucherfolg natürlich den Hauspreis um ein Vielfaches in die Höhe getrieben hat, kannst du dir sicher denken." Henriette musste lachen und das ihre letzte Aussage nicht ernst gemeint, war davon konnte ich getrost ausgehen.

Wäre meine Mailbox ein realer Briefkasten, er wäre ganz sicher von der Wand gefallen, so angefüllt fand ich meinen virtuellen Postkasten vor. Fanpost, Anfragen wegen Lesungen, Spammails und was weiß ich nicht noch alles an zumeist unnötigen Belästigungen galt es zu lesen, zu sondieren und zu beantworten. So vergaß ich mal wieder die Zeit und wurde erst in die Realität zurück katapultiert, als Elisabeth hinter mir auftauchte und meinen Nacken massierte. „Du arbeitest ja schon wieder. Gönn dir doch einfach mal eine Pause, Markus." „Hallo, mein Schatz. Mach ich sofort. Hast du Hunger? Ich lade dich zu Mario ein." „Au ja, ich hätte Hunger auf eine gegrillte Dorade gefüllt mit italienischen Kräutern." Elisabeth konnte gerade wenn sie Hunger hatte mit ungeheurer Effektivität aufwarten. Es dauerte kaum fünfzehn Minuten und schon stand sie schick in ein kurzes sexy Minikleid gewandet vor mir und erwartete unseren umgehenden Aufbruch Richtung italienischer Gastlichkeit. „Wieso hast du überhaupt schon wieder Hunger? Du hattest doch heute Mittag ein vollwertiges Menü." „Nun ja. Ich bereite mich auf meine Hochzeit und eine zukünftige Vaterschaft vor, die mich zusammen ganz sicher eine Menge Kraft kosten werden. Da brauche ich jede Kalorie." „Wenn du zu dick wirst und damit träge, mein lieber Ehemann in Lauerstellung, werde ich dich auf Diät setzen und dir Bewegung im Haushalt verschaffen." Elisabeth musste lachen und genau dieses Lachen liebe ich so an ihr.

Mario winkte uns gleich zu, als er uns erblickte. Mit einem geschickten Hüftschwung umrundete er zwei Tische und führte uns an einen kleinen Zweiertisch in seinem Gartenbereich. Wir starteten mit Campari-Orange und gönnten uns als Vorspeise brutzelnde Garnelen in heißem Olivenöl mit viel Knoblauch. Als Mario an unserm Tisch vorbeischaute, ob alles in Ordnung war, bestellte Elisabeth eine Flasche Frascati. „Ich habe morgen nämlich frei, und deshalb können wir es uns heute mal so richtig gut gehen lassen, zumal du zahlst." Mario schlug mir anerkennend auf die Schulter.

Sein freundliches Lachen erstarrte jedoch, als seine älteste Tochter Gina aus der Küche an unseren Tisch stürmte, mich mehrfach küsste und mir ein Exemplar meines Buches vor die Nase hielt, damit ich es signierte. Als er dann auch noch las, was ich hineingeschrieben hatte, mussten wir ihm einen Platz anbieten, damit er uns nicht kollabierte. „Für meinen Sexyengel Gina", war doch einfach zu viel für einen sizilianischen Vater von drei Mädels mit einer obendrein äußerst bezaubernden Ehefrau, die es sich ebenfalls nicht nehmen ließ, mich zur Begrüßung zu herzen.

Nach zwei mit selbstgemachtem Kräuterpesto gefüllten Doraden, Endiviensalat und Salzkartoffeln erlagen wir der Versuchung und gönnten uns zum Dessert eine vom Chef persönlich frisch am Tisch aufgeschlagene Zabaione. Elisabeth, die dem Frascati schon wohlwollend zugesprochen hatte, schmolz nur so vor Verzückung dahin. „Ist das lecker. Wollen wir hier unsere Hochzeit feiern?" „Von mir aus gern, aber da wird deine Mama noch kräftig sparen müssen bei deinem Appetit", rutschte es mir so spontan heraus. An der Verengung ihrer Augenpartie konnte ich sofort ablesen, dass Elisabeth noch nicht so viel getrunken hatte, dass sie nichts mehr mitbekam wie auch, dass ich ihren Unmut herausgefordert hatte und ihre Reaktion ließ nicht lange auf sich warten. „Willst du damit etwa behaupten, ich wäre verfressen? Und wieso soll meine Mama die Hochzeitszeche bezahlen? Du bekommst eine Topfrau in bestem Zustand, ohne Geburtsstreifen, selbstversorgend, liebreizend, gut im Bett, liebe-voll, eine gute Köchin und Hausfrau, gebärfähig und gute Mutter ....." Ich ließ sie noch einige weitere positive Attribute aufzählen, bis sie endlich Luft holen musste. „War das jetzt schon alles?" Elisabeth musste lachen. „Du willst mich doch heiraten, also dann spar schon mal schön. Mama gibt mich ganz sicher nicht für 'nen Appel und ein Ei aus ihren liebevollen Händen in die Pranken eines gierigen Ehemannes." Wir mussten beide lachen. „Ich liebe dich, Elisabeth. Sehr sogar." „Ich dich auch, Markus. Wollen wir nach Hause gehen? Wir sollten noch eine Übungsstunde einlegen. Du weißt schon." Ihr freches Grinsen sprach Bände. Mario, der sich schon wieder recht gut von der Tatsache erholt zu haben schien, dass mich seine Damen überaus begehrten, versöhnte sich selbst durch einen längeren Einblick in Elisabeths tiefen Ausschnitt. Er brachte die Rechnung und kre-denzte gleichzeitig einen „Grappa für mich und einen Marsala für Lizzi auf de Haus", wie er zu sagen pflegte. Ein Glück, dass sie das jetzt nicht mitbekommen hatte. Hand in Hand verließen wir das gemütliche Gartenrestaurant und beschlossen, unsere Hochzeit bei Mario zu feiern.

Kapitel 31

Für den Rückweg vom Restaurant bis nach Hause benötigten wir beinahe doppelt so lange wie für den Hinweg. Ob es nun der Hunger war, der uns am frühen Abend zu gehobener Eile angetrieben hatte oder halt die vielen kleinen Pausen die wir auf dem Nachhauseweg einlegten, um liebevolle Küsse auszutauschen. Wir wussten es nicht und es war uns auch völlig gleichgültig. Zu Hause schafften wir es gerade noch bis ins Schlafzimmer. Wild und ausgehungert, nicht an Kalorien, sondern an Hormonen, fielen wir über einander her. Wenn Elisabeth etwas getrunken hatte, legte sie alle Hemmungen ab, was dazu führte, dass es ziemlich laut und ungestüm zuging. Es blieb uns nur zu hoffen, dass Tante Henriette zu „Wetten dass" zwei Gläschen von ihrem Lieblingsrotwein zu sich genommen hatte und sich bereits in der Tief-schlafphase befand, um uns ein verschmitztes Lächeln am folgenden Sonntag zu ersparen.

Als es dämmerte erwachte ich als erster. Vor-sichtig öffnete ich ein Auge und sah nach Elisabeth, die noch fest schlief. Ohne Lärm zu machen verließ ich das Bett und duschte. Ich besorgte frische Brötchen und zauberte einen üppig und liebevoll eingedeckten Frühstückstisch. Sogar Blumen hatte ich besorgt. Da ich außer derben Grunzgeräuschen, die einem Wildschwein-rudel alle Ehre gemacht hätten, nichts weiter aus unserem Schlafgemach vernahm, schlich ich ins Schlafzimmer. Um es gleich vorweg zu nehmen: Frauen schnarchen auch und sogar in ähnlicher Tonlage wie uns Männern stets fälschlicherweise nachgesagt wird. Elisabeth hatte sich frei ge-strampelt und streckte mir ihre Füße entgegen. Ein gefundenes Fressen für jeden Ladieswecker. Mit einem festen Griff packte ich ihren rechten Fuß und ließ meine Zunge auf ihrer Fußsohle ein Tremolo spielen. Elisabeth gebärdete sich wie ein

Mustang, der zugeritten werden sollte und schrie laut lachend auf. Irgendwann hatte sich Elisabeth wieder im Griff und zog mich zu sich ins Bett, was unseren Frühstücksgenuss noch um eine gute halbe Stunde verzögerte und für mich eine weitere Dusche erforderlich machte.

„Wenn ich euch so zuhöre, könnte ich glauben, dass ihr ständig Opfer von häuslicher Gewalt werdet oder euer Kinderwunsch bereits in Kürze erfüllt wird", begrüßte uns Tante Henriette im Hausflur, als wir gegen Mittag zum Einkauf aufbrechen wollten. Während Elisabeth nur artig grüßte und sich dabei ihr Kopf farblich einer überreifen Tomate annäherte, erwiderte ich: „Leider ist es ersteres. Ich fahre jetzt zum Notarzt, um mir meine Wunden behandeln und dokumentieren zu lassen." Elisabeth tat genau das Falsche und schlug mich heftig mit ihrer Faust gegen meinen linken Oberarm, während ich nur grinste. „Siehst du Henriette, so ergeht es mir laufend." „Ja ja, ich sehe schon, der arme Mann. Ich werde mich mal mit dem Sozialamt in Verbindung setzen, ob man solche Mieter dulden muss. Zur Schonung deiner Gesundheit, Markus, hätte ich dich besser nicht mit Elisabeth bekannt gemacht. Vergesst nicht, morgen um halb eins gibt es bei mir Mittagessen." Henriette lachte sich halb schief ob ihrer Sprüche, die ihr scheinbar so ganz spontan über die Lippen gekommen waren. „Wir sind pünktlich", rief Elisabeth Henriette noch beim Verlassen des Hausflures zu. Ich hole Mama zeitig ab." Und schon waren wir durch die Türe. Während Engelchen sich alle Mühe gab, uns wohlbehalten zum Supermarkt zu kutschieren, schimpfte Elisabeth laut vor sich hin. „Was war mir das peinlich! Tante Henriette kennt mich seit ich auf der Welt bin." „Und nun lernt sie dich endlich auch als erwachsene Frau kennen mit all ihren Bedürfnissen und Macken." „Willst du damit sagen, ich hätte Macken?" „Nein, wie kommst du denn jetzt darauf?" „Weil ich das aus der Art, wie du es formuliert hast heraushöre." „Wie kannst du nur so etwas von mir denken." Ich musste lachen und auch Elisabeth lachte. „Trotzdem war mir das super peinlich." „In vier Wochen kannst du endlich laut los schreien. Dann ist unsere alte Lady ausgezogen."

Das sonore Brummen der beiden Rolls Royce Triebwerke des Airbus A320, der uns von Köln/Bonn nach München brachte, machte ein wenig schläfrig. Petra hatte Elisabeth lediglich der Etikette wegen lächelnd begrüßt und war dann gleich in den Wartebereich gestürzt, während wir uns noch mit Lesestoff in der Airportbuchhandlung eindeckten. Unglücklicherweise stand ich gerade unter einem Plakat mit meinem Bild in DIN A3 Größe, das auf meinen Erfolgsroman hinwies. Mir gleich gegenüber stöberte eine Gruppe kegelfreudiger Damen, die sich auf dem Weg zu ihrer diesjährigen Tour nach Mallorca befanden, auf dem Krimiwühltisch nach Schnäppchen. Als mich eine der Damen erkannte, war das Hallo gewaltig, zumal die Damen bereits das eine oder andere Sektchen verkostet hatten und ihre Stimmung sich dem Höhepunkt näherte. Artig unterschrieb ich zehn meiner Bücher und noch zwei weitere für die beiden Frauen, die an diesem Morgen als Buchhändlerinnen fungierten. Elisabeth hatte sich derweil etwas abseits postiert und grinste mir zu. Wahrscheinlich hatte sie es meinen Gesichtszügen entnommen, wie sehr ich mich über die frühmorgendliche Autogrammstunde freute. Erst die Aufforderung meiner Eventmanagerin, nun endlich zum Boarding zu erscheinen, befreite mich aus den Händen der Keglerinnen. Um einen ruhigen Flug genießen zu können, hatte ich mich zwischen meine beiden Streithennen gesetzt, die sich keines Blickes würdigten. Nach knapp einer Stunde war der Spuk erstmal vorüber und wir fuhren zum Hotel. Der heutige Anreisetag stand ganz alleine mir und Elisabeth zur Verfügung. Wir machten eine Stadtrundfahrt und schauten uns das Deutsche Museum an. Für Dienstag und Mittwoch hatte der Verlag diversen Partnern meinen Besuch angekündigt. Wir absolvierten vier Autogrammstunden mit Kurzlesungen, eine Menge Shake Hands und ein privates Mittagessen mit einer jungen Frau und ihrer kleinen Tochter, die diesen Event in einem Preisausschreiben gewonnen hatte. Ich durfte Elisabeth zu diesem Essen mitnehmen, und weil sich die beiden Damen wie auch die Kleine sehr gut mit uns verstanden, verlängerten wir das Event noch um einen Zoobesuch, den wir uns sonst alleine gegönnt hätten. Zum guten Schluss tauschten die Damen sogar noch ihre Adressen aus und vereinbarten, sich gegenseitig zu besuchen.

Meine Lesung fand in der Bayrischen Staatsoper statt und wurde damit für mich zu einem unvergessenen Erlebnis. Die Veranstaltung war bis auf den letzten Platz ausverkauft und ich begann irgendwie nervös. So verhaspelte ich mich anfangs ein paar Mal, als ich aus meinem Buch vorlas. Doch schon bald fand ich zu meiner gewohnten Souveränität zurück. Elisabeth caß gleich in der ersten Reihe ganz in meiner Nähe und strahlte mich immerwährend stolz an. Ziemlich geschafft fiel ich nach der Lesung und einer Menge Applaus in meinen kleinen Sessel in der Künstlergarderobe. Meine Kehle schrie förmlich nach einem Glas Mineralwasser. Ich griff nach der Flasche und stürzte ein Drittel des Inhaltes in mich hinein. So bemerkte ich überhaupt nicht, dass sich die Türe zur Garderobe öffnete. Weil ich mir das verschwitzte Hemd ausgezogen hatte, spürte ich einen leichten Windzug, der über meine Haut streichelte. Unerwartet stand plötzlich Petra in einem atemberaubenden Cocktailkleid vor mir, das sich im selben Augenblick verselbstständigte. Lasziv ließ sie den sicher nicht gerade preiswerten Fummel filmreif an ihrem Körper herunter gleiten. Eines musste man ihr lassen: Sie wusste sich mit gekonnten Gesten in Szene zu setzen. Raffiniert bedruckte schwarze Nylonstrümpfe, die an ihren festen Oberschenkeln endeten, sowie der Hauch eines Spitzenslips und eines tief ausgeschnittenen BHs umspielten Petras makellosen Körper. Ihre sorgfältig pedikürten Füße, deren Nägel lüstern und feuerrot durch den Nylonstoff blinzelten, steckten in atemberaubend hohen, schwarzen Sandaletten. „Du warst einfach großartig, Markus. Ich muss dich jetzt haben, weil ich mich total in dich verliebt habe. Du strahlst so eine Überlegenheit und Souveränität aus, wenn du vor dem Publikum stehst und sprichst. Ich wäre eben am liebsten auf die Bühne gestürzt und hätte dich geküsst." Während Petra weiter unsinniges Zeug vor sich hin plapperte öffnete sie ihren BH. Langsam tänzelte sie auf mich zu. Mit beiden Händen streifte sie sich ihren Slip herunter. Mit dem rechten Fuß schob sie diesen beiseite. Eine Wolke edlen, würzigen Parfums verwöhnte meine Nasenrezeptoren olfaktorisch im Übermaß und raubte mir beinahe die Sinne, noch bevor Petra versuchte, sich auf meinen Schoß zu setzen. „Keinen Schritt weiter, Petra! Ich möchte und werde nicht mit dir schlafen. Also bleib mir vom Leib!" Da wir beide nicht gehört hatten, dass sich meine Garderobentüre erneut geöffnet hatte, setzte Petra ihren Verführungsversuch fort. „Petra, ich hab es dir gerade schon einmal gesagt: Ich wünsche, dass du mich in Ruhe lässt."

„Hallo, Petra. Hat dich das Klimakterium überkommen oder neigst du einfach nur zu übermäßigen Hitzewallungen, welche dich nötigen, völlig nackt herumzulaufen?", vernahm ich eine mir gut bekannte Stimme, die mich aus dieser eher prekären Situation befreien würde. „Was willst du denn in der Künstlergarderobe, Elisabeth?" „Na, verhindern, dass du meinen Verlobten verführst und ich komme, wie es scheint, gerade recht." Ich blieb still sitzen und beobachtete das Szenario, jedoch stets sprungbereit, die beiden Streithennen sofort von einander trennen zu können, falls handgreifliche Ausschreitungen drohten. Ohne auch nur den geringsten Anfall von Scham klaubte Petra ihre Sachen zusammen und zog sich gemächlich wieder an. „Ich kriege Markus noch in mein Bett, glaub es mir, weil ich ihn wirklich liebe. Du bist doch nur hinter seinem Ruhm und seiner Kohle her. Wir sehen uns." Sekundenlang standen sich die beiden Frauen wie zwei Löwinnen kampfbereit gegenüber und blickten sich böswillig an, bis Petra mit einem heftigen Knall die Garderobetüre ins Schloss fallen ließ und das Feld räumte. „Oh, du mein armer zukünftiger Mann bist den größten Gefahren ausgesetzt." „Ja, meine Liebe, doch wie Odysseus dem liebreizenden Klang der Sirenen widerstand, wird auch Petra mich nicht in ihren Bann ziehen." Elisabeth und ich mussten lachen. Ich machte mich etwas frisch. Gemeinsam verließen wir die Garderobe und stürzten uns auf die After-Reading-Party.

Es wurde eine verdammt lange Nacht. Elisabeth hatte richtig Spaß. Mehrfach forderte ich sie zum Tanz auf und sorgte damit bei ihr für ein vollendetes Partyvergnügen. Ich erfüllte noch eine Menge Autogrammwünsche, zur vorgerückten Stunde sogar zwei Damen auf dem blanken Bauch. Elisabeth tanzte derweil ausgelassen weiter, bis wir gegen drei in der Früh ziemlich kaputt die Party verließen. Elisabeth hatte bereits ihre Schuhe ausgezogen. Leicht beschwipst hakte sie sich bei mir unter und gemeinsam schwebten wir einem Taxi entgegen, das uns rasch ins Hotel brachte. Müde, aber glücklich fielen wir in unsere Betten und schliefen bald ein. Petra hatte schon recht früh den Event verlassen. Ob sie dies jedoch alleine oder in Begleitung getan hatte, entzog sich unserer Kenntnis und wenn wir ehrlich waren, fehlte uns auch jegliches Interesse daran, es zu überprüfen.

Kapitel 32

Schon erheblich schwieriger gestaltete sich da das Aufstehen am Freitagmorgen. Ziemlich angeschlagen und sehr froh darüber, das wir den heutigen Tag komplett zur eigenen Verfügung hatten, checkten wir nach dem Frühstück aus. Petra empfing uns vor dem Hoteleingang mit einem für den Transfer zum Bahnhof bereitstehenden Taxi. Doch mehr als ein eher gequältes guten Morgen kam ihr nicht über die Lippen. Da auch wir noch etwas schlaftrunken waren, erübrigte sich bei uns allen der Wunsch nach aufgelockerter Kommunikation.

Die Lesung in Salzburg im Mozarteum wurde für mich wieder zu einem großen Erfolg. Lediglich das Wetter machte uns einen gehörigen Strich durch die Rechnung. Der Salzburger Schnürlregen zwang uns zu reinen Indooraktivitäten. So verbrachten wir die meiste Zeit mit Shoppen in einem Einkaufszentrum und zu guter Letzt im Café Tomaselli, wo wir leckere Süßspeisen und Kaffee zu uns nahmen. Dafür empfing uns Wien nach kurzem Inlandsflug mit strahlendem Sonnenschein und azurblauem Himmel. Ich hatte extra drei Tage für Sightseeing, Museumsbesuche und meine Lesung eingeplant, und Breunig hatte mir diese Verschnaufpause auch zugestanden. Doch Petra startete ihren Rachefeldzug und kommandierte mich zu zwei kurzfristig anberaumten Autogrammstunden ab, die unser Programm jedoch nicht sonderlich störten. Das große Finale meiner Österreichlesung fand in der Hofreitschule statt. Auch wenn es überall nach Pferd müffelte, waren die Zuhörer begeistert und verabschiedeten mich am Ende meiner Lesung mit einem frenetischen Applaus. Für die After-Show-Party hatte sich der Veranstalter etwas Besonderes einfallen lassen und das Foyer des historischen Gebäudes zu einem Heurigen umgebaut. Hier offerierte man den geladenen Gästen zünftig dargebotene Wurst- und Fleischspezialitäten sowie frisches Brot, Wein und sonstige Köstlichkeiten. Mir war sofort aufgefallen, dass das Publikum erheblich jünger war als bei meinen bereits abgehaltenen Lesungen. Die jungen Leute fragten mir gleich Löcher in den Bauch und es ergaben sich sehr interessante Diskussionen. Ich fühlte mich fast wie in alte Hörsaalzeiten an der Uni versetzt. Wieder ein Abend, den ich nicht missen wollte. Am nächsten Vormittag flogen wir zurück nach Köln. Auch in Wien schien Petra wie vom Erdboden verschluckt zu sein. Ich sah sie bei der Lesung und hinterher kurz bei der After-Show-Party, doch dann war sie verschwunden. Auch während des Fluges zurück nach Köln leistete uns Petra keine Gesellschaft. Angeblich gab es keine drei zusammenhängenden Plätze mehr, obwohl die Maschine nur zu etwa dreiviertel gebucht war. Uns jedenfalls war es völlig egal. Elisabeth hatte ihr Tablet ausgepackt und schaute den ganzen Flug über die Fotos an, die sie mit ihrer Kamera geschossen hatte. Für sie schien die ganze Lesereise eher ein spannender Ausflug an meiner Seite gewesen zu sein, der sie sehr glücklich gemacht hatte.

„Vergiss nicht, Markus, nächsten Montag 8:50 Uhr fliegen wir ab Köln/Bonn nach Dresden. Wir sehen uns. Tschöö, Elisabeth", rief uns Petra am Gepäckband kurz zu und schon war sie mit ihrem Rollkoffer verschwunden. Wir winkten ihr nur kurz hinterher und schlenderten gemütlich zum Auto. Zu Hause erwartete uns dann eine kleine Überraschung: Henriette und Helene waren mit ihren Umzugsvorbereitungen schon erstaunlich weit fortgeschritten. Die beiden Ladies hatten sich mehrere Angebote eingeholt und den Auftrag bereits erteilt. Außerdem hielt uns Henriette einen Merkzettel mit einem Notartermin für den Hauskauf vor die Nase. „Der ist ja schon in knapp zwei Wochen", entfuhr es Elisabeth. Henriette und Helene saßen uns grinsend auf dem Sofa gegenüber und verdauten bei einem Schnäpschen den vorher kredenzten Sauerbraten. „Genau. Fangt also schon mal an zu sparen." Nach verrichteter Hausarbeit zogen wir uns wieder in die oberen Gefilde unserer zukünftig eigenen Behausung zurück. Mit „Und schände nicht laufend deinen zukünftigen Göttergatten,

Elisabeth!", verabschiedete sich Henriette von uns. „Ja, Kind, nachher bist du schon Witwe bevor ihr überhaupt verheiratet seid", ließ dann noch heftig grinsend ihre Mutter als Schlussspruch ab. Elisabeth bekam einen puterroten Kopf. Ihr waren die lockeren Sprüche der beiden alten Damen, die offensichtlich eine Menge Spaß bei der Formulierung hatten, mehr als peinlich.

Elisabeth rief gleich bei ihrer Hausbank an und vereinbarte kurzfristig einen Besprechungstermin bezüglich der Finanzierung. Ich muss gestehen, dass sie sich in solchen Dingen erheblich besser auskennt, weshalb ich ihr die kaufmännische Abwicklung der Finanzierung alleine überließ, jedoch zusicherte beim Bankgespräch selbstverständlich anwesend zu sein. „Das musst du sowieso, mein lieber zukünftiger Ehemann. Du erwirbst ja zu gleichen Teilen unsere Villa." „Bekomme ich dann die obere Hälfte für mich alleine?" „Wieso das denn?" „Dann brauche ich nicht umzuräumen und kann dir von hier oben in Ruhe beim Renovieren und beim Möbelschleppen zuschauen." Elisabeths sonst so schöne große Augen zogen sich zu gefährlich wirkenden Sehschlitzen zusammen. Ob sie auch geknurrt hat, kann ich im Nachhinein nicht mehr sagen. Jedenfalls stürzte sie sich wie eine Furie auf mich. Sie griff nach ihrem Kopfkissen und begann mich damit zu malträtieren, was ich mir natürlich nicht so einfach gefallen ließ. Es entwickelte sich ein heftiges Kissenschlachtgefecht, das erst zu enden schien, als Elisabeth die Kräfte schwanden. Als sie sich langsam auf mich herabsinken ließ, wurde aus der Kissen-attacke eine zärtliche Streichelorgie und ich muss sagen, dies gefiel mir auch viel besser.

Doch die Wahrnehmung all der anstehenden Termine, die Vorfreude auf unser eigenes Heim, die Hochzeitsvorbereitungen und das ständige Schwangerschaftsstarttraining sorgte bei mir für ein Nachlassen meiner geistigen Kreativität. Auch wenn die Hochzeit erst für das kommende Früh-jahr geplant war und zuvor die komplette Haus-renovierung anstand, ließ Elisabeth keine Gele-genheit verstreichen, sich über Farben, Tapeten, Bodenbeläge und Gardinenstoffe zu informieren. Nicht zu vergessen die Ansicht der Angebote an Hochzeitskleidern und den dazu gehörigen Accessoires. Ich war froh als die LH-Maschine pünktlich um 8:50 Uhr in Köln/Bonn in Richtung Dresden abhob. Petra war wie umgewandelt. Geschickt hatte sie uns in die Businessclass upgegradet und für zwei breite Sitzplätze und ein ordentliches Frühstück gesorgt. Dass sie sich immer wieder zu mir herüber beugte, um mir irgendetwas Belangloses zu erzählen und mir damit einen Einblick in ihre Bluse ermöglichte, deren Knopfleiste um genau einen Knopf zu weit geöffnet war, schien gewollt und sie keineswegs zu stören. Da ich hingegen den Fensterplatz in Beschlag genommen hatte, brauchte ich immer nur meine linke Hand auf die Armlehne zu legen und meinen Verlobungsring aufblitzen lassen, den mir Elisabeth geschenkt hatte, um ihr die an-stehende Veränderung meines Familienstandes zu dokumentieren. Irgendwann nickte Petra ein. Ich hatte mir meinen Laptop auf den kleinen Klapptisch vor mir gestellt und schrieb ein wenig. Plötzlich und völlig unerwartet fiel ihr Kopf gegen meine Schulter. Gleichzeitig drehte sie sich zu mir herüber. Etwas ungelenk legte sie mir ihren linken Arm über die Brust. Das wurde mir dann doch zu viel, zumal ich gar nicht sicher war, ob sie ihren Schlaf nicht nur vortäuschte. „He, Petra, aufwachen." Gähnend schaute sie mich lächelnd an. „Nimm bitte den Arm weg und dreh dich auf deine Seite." „Was bist du doch unromantisch", antwortete sie. „Ich bin nicht unromantisch. Ich bin nur dann romantisch, wenn die Richtige neben mir sitzt und die bist du nicht." „Du bist blöd, Markus." Von da an schlief sie zur anderen Seite gewandt, bis das Flugzeug auf der Landebahn aufsetzte.

Dresden und Leipzig wurden für mich wieder zu unvergesslichen Ereignissen. In Eisenach jedoch war dann Schluss mit lustig. Der Verlag hatte auf der Wartburg noch einen besonderen Lesetermin einberaumt, der mir von der Location her sehr gut gefallen hatte. Im Anschluss wurde mir ein Stadtführer zur Seite gestellt, der mich durch die historische Altstadt von Eisenach führte und dies in der Art eines Nachtwächters, was mir unheimlich Spaß machte. Zum guten Schluss lud mich der Leiter des Kulturamtes noch zu einem feinen, aber zünftigen Abendessen ein. Es wurde spät. Wir plauderten über alle möglichen Themen und Gott und die Welt, bis ich gegen null Uhr wieder in meinem Hotel eintraf. Obwohl ich drei Pokale

189

eines aus der Region Naumburg stammenden Rotweins zu mir genommen hatte, war ich keinesfalls betrunken. Ich betrat gleich mein Bad und machte mich für die Nacht fertig. Als ich jedoch das Licht im Zimmer einschaltete, stockte mir beinahe der Atem. Auf meinem Bett rekelte sich Petra splitterfasernackt und schaute mich lüstern an. Im Gegensatz zu mir schien sie ziemlich viel getrunken zu haben. „Was soll das Petra?", schrie ich sie sofort an. „Ich bin so heiß auf dich. Besorg es mir, so oft du kannst und wie du es gern magst ja. Schau her, ich biete dir jede Möglichkeit." Petra spreizte ihre Schenkel weit auseinander und half noch mit ihren Händen nach. „Du verschwindest sofort aus meinem Zimmer, Petra. Bei drei bist du verschwunden oder ich rufe die Rezeption an und lasse dich aus meinem Zimmer entfernen. Hast du mich verstanden?" Ich begann zu zählen. Sie schien jetzt doch ein wenig geschockt von meinem rauen Ton. Schweigend erhob sie sich und zog sich an. „Ich liebe dich aber doch, Markus. Vergiss doch deine Biedertusse, wir beide könnten so viel Spaß zusammen haben." „So, Petra, jetzt ein für alle mal: Wenn du mich noch einmal so nötigst wie gerade, werde ich mich auch beim Verlag bei Breunig über dich beschweren. Dann kannst du dich schon mal nach einem neuen Job umsehen. Hier, nimm dir eine Banane mit zum glücklich werden." Auch wenn diese meine Reaktion jetzt vielleicht etwas übertrieben wirkte: Ich jedenfalls war stinksauer. Petra zog sich an und verschwand still und leise aus meinem Zimmer. Bis auf den Duft ihres eher schweren Parfums erinnerte nun

190

nichts mehr an ihren Besuch in meinem Bett. Doch sie schien endlich begriffen zu haben, dass es mir ernst war. Jedenfalls ließ sie mich von dieser Nacht an in Ruhe und wir besprachen nur noch berufliche Dinge.

Die Promotionreise endete nach meiner letzten Lesung mit einer großen Gala in der Kölner Messe. Breunig hielt eine zündende Ansprache vor sicher 500 geladenen Gästen und endete mit der vorsichtigen Nachfrage an mich, wann denn nun das Nachfolgebuch zur Verfügung stünde. Weil auch ich gezwungen war, ein paar abschließende Worte von mir zu geben, beruhigte ich alle Zuhörer mit der Nachricht, dass mein neues Manuskript bereits fertig und gerade im Lektorat zur Überarbeitung eingereicht sei. Erwartungsvoll schauten mich alle Zuhörer an, doch über den Inhalt ließ ich keine Silbe verlauten.

Kapitel 33

Anfang April an einem schönen sonnigen Samstagmittag, nach einem ziemlich kalten Winter, der uns vor lauter Arbeit und organisatorischer Dinge an den Rand unserer Kapazitäten gebracht hatte, fuhren Elisabeth und ich nach Deckstein. Wir parkten Engelchen, dem wir auch mal wieder einen Ausflug gönnen wollten, auf dem großen Parkplatz am Haus am See und wanderten los. Es war mal wieder richtig schön, Elisabeths Hand in meiner zu spüren. Viel zu lange hatten wir unsere Beziehung völlig vernachlässigt. Der Stress begann mit den Umzügen unserer Seniorinnen. Zwar brauchten wir keine Kisten oder Möbel zu schleppen, doch das ein- und auspacken der unendlichen vielen Kartons war schon enorm zeitaufwendig. Es folgte die komplette Renovierung unseres mittlerweile eigenen Häuschens. Hier war es jedoch nicht mit ein paar Pinselstrichen getan. Wir leisteten uns eine ganz neue Küche, die wir im Erdgeschoss planen und einbauen ließen. Meine alte Küche kam auf den Schrott. Dafür wurden im Obergeschoss zwei Wände herausgerissen und ein großes Bad installiert. Wir gönnten dem Haus noch einen neuen Außenanstrich und gestalteten auch im Erdgeschoss die Zimmer um. Es folgten noch die Auflösung von Elisabeths Hausstand und natürlich ihr Umzug. Dies alles hatte bis vor etwa 10 Tagen gedauert und nun waren wir beide völlig platt. Doch dieser Spaziergang wirkte wie ein richtiger Urlaubstag. Die Sonne hatte schon ordentlich Kraft getankt, die sie in Form von wohliger Wärme abgab. Ihre Strahlen schauten vorwitzig durch die noch ziemlich kahlen Baumkronen und pieksten in unsere Nasen. Elisabeth schmiegte ihren Kopf gegen meine rechte Schulter. Ich nahm sie in den Arm. „Heute in zwei Wochen bist du mein Ehemann. Freust du dich schon darauf?" „Und wie, schau mal wie ich hin und her hüpfe", antwortete ich grinsend. „Du bist ein echtes Scheusal." „Scheusal und bald dein Ehemann. Lizzi und Markus gehen den Bund fürs Leben ein." Für diese meine so liebevoll formulierte Bemerkung bedachte mich meine liebe, zukünftige Frau mit einem saftigen Ellenbogencheck, der sich gewaschen hatte. „Ich hoffe es hat recht wehgetan. Wenn du mich weiter mit Lizzi ärgerst, nenne ich dich nur noch Blümchen." „Was für eine poetische Bezeichnung meiner Person. Lizzi, Lizzi, Lizzi." Ich hatte mich bereits vorsorglich aus ihrer Umklammerung gelöst, um der zu erwartenden körperlichen Züchtigung zu entgehen, doch nichts dergleichen geschah. Als ich mich ihrem Gesicht zuwandte, bemerkte ich ein paar Tränen, die ihr die Wangen herunter liefen. „He, was ist los?" „Du ärgerst mich nur noch. Dabei hab ich dich so lieb, Markus." „Das ist doch nur Spaß. Ich liebe dich auch, Liz...." „Ohhh, Blümchen, warte nur ab bis ich dich vor den Standesbeamten gezerrt habe. Dann bist du für ewig mein." Jetzt mussten wir beide loslachen. Elisabeth fiel mir in die Arme und wir küssten uns innig.

Schweigend wanderten wir um den Decksteiner Weiher und gingen jeder für sich seinen Gedanken nach. „Das wird wieder ein ereignisreicher Monat. In zwei Wochen heiraten wir nicht nur, sondern auch mein neuer Roman kommt endlich auf den Markt. Ich bin mal gespannt, ob der sich auch so gut verkaufen wird wie sein Vorgänger. Das wäre schon toll, vor allem auch, weil wir finanziell weiter planen müssen." „Ach, mach dir mal nicht allzu viele Sorgen, Markus. Solange ich noch arbeiten gehen kann, können wir locker unsere monat-lichen Kosten decken und ein Essen bei Mario ist auch immer noch drin. Und genau dahin lade ich dich gleich zum Essen ein." Elisabeth blieb stehen und schaute mir tief in die Augen. „Ich liebe dich, Markus Blum, und ich möchte nie mehr ohne dich sein." Dass jetzt keinesfalls der richtige Zeitpunkt für blöde Sprüche angesagt war, merkte sogar ich sofort. Elisabeth wollte jetzt in den Arm genommen werden und genau das tat ich. Wir küssten uns wieder und schlenderten langsam zurück zu Engelchen, das uns schon erwartete.

Eine halbe Stunde später herzten uns Mario und seine Familie zur Begrüßung in seinem Restaurant. Natürlich gab er uns wieder seinen besten Tisch, der jedoch je nach seiner Stimmungslage mal am Fenster oder in der Nische neben der Eingangstüre liegen konnte. Uns war es egal. Wir wollten gemütlich sitzen und gut essen. Engelchen hatten wir wohlweislich schon in seiner Behausung abgestellt, so dass einem guten Glas Frascati oder auch zweien nichts mehr im Wege stand und Elisabeth zeigte sich verschwenderisch. Irgendetwas hatte sie vor. So gut kannte ich sie nun bereits. Mario servierte Garnelen in Öl mit viel Knoblauch in kleinen Tonschalen und dazu frisches Brot. Als Hauptgericht hatten wir uns zwei mit Kräuterpesto gefüllte Wolfsbarsche ausgesucht, die genau richtig gegrillt auf den Tisch gelangten. Das zum Dessert nun nur noch die am Tisch aufgeschlagene Zabaione einen Weg in unsere Mägen finden durfte, war schon fast zur Tradition geworden. Auch das wir nach den guten Speisen dem Platzen sehr nahe waren, kannten wir bereits aus vorherigen Essen bei unserem Haus- und Hofitaliener. Allerdings hatte sich Mario

und seine kleine aber feine Familienküchen-
brigade auch wieder selbst übertroffen. Natürlich
gab es "auf de Haus" wieder Grappa und Marsala.
Elisabeth beglich unsere Rechnung und hakte sich
für den Heimweg bei mir unter. Gemächlichen
Schrittes wanderten wir nach Hause.

Bereits im Treppenhaus befreite sich Elisabeth von
ihrem Schuhwerk und flugs war sie in unserem
Wellnessbad verschwunden. Ich schaute in mein
Büro, ob Mails gekommen waren. Als ich mich
umdrehte, um ins Wohnzimmer zu gehen, er-
schrak ich auf angenehme Weise. Im Türrahmen
stand Elisabeth gehüllt in Dessous wie sie
reizvoller nicht sein konnten. „Komm her, mein
kleiner Schreiberling. Ich will dich jetzt haben."
Lasziv löste sie sich mit einem leichten Hüftschwung vom Türrahmen. Auf gewagt hohen
Stilettos tänzelte sie mir entgegen und legte mir
gleich ihre Arme um den Hals. Als sich unsere
Lippen berührten, schmiegte sich Elisabeth fest
an mich. „Ich möchte jetzt mit dir schlafen, Markus.
Die Pille habe ich abgesetzt. Vielleicht zeugen wir
heute unsere Tochter." „Tochter, wieso Tochter,
ich dachte an einen Sohn. Kann ich das nicht bei
dir vorbestellen?" Doch weiteren verbalen Unsinn
von mir ließ Elsabeth nicht zu. Geschickt fingerte
sie mein Hemd und meine Jeans auf und befreite
mich so von allen Textilien. Immer wieder küsste
sie mich. Irgendwann spürte ich ihre beiden Hände
am Bund meines Slips, den sie langsam herunter-
zog. Ob es an Elisabeths Behandlung lag oder
doch eher an der eiweißreichen Abendverpfle-

gung? Ich würde dies wohl nie ergründen und letztendlich war es auch völlig gleich. Ich wollte Elisabeths Bemühungen jetzt Taten folgen lassen und öffnete auf ihrem Rücken das BH-Häkchen. Wie ein Aal wand sie sich aus den Körbchen und den Haltebändern. Blitzschnell reckten sich mir ihre kräftigen Brüste entgegen. Heiß und hart bohrten sich mir ihre Knospen in meinen Brustkorb. Wenig später wälzten wir gierig auf unserem Bett herum. Längst hatten wir alles um uns herum vergessen und gaben uns unserem Liebesspiel hin. Irgendwann spürte ich Elisabeths Hand, die mir den richtigen Weg zeigte und von da an dauerte es nicht mehr lange, bis wir beide heftig stöhnend unsere Höhepunkte erreichten. „Ich glaube, das hat für Drillinge gereicht." Elisabeth lag schnurrend in meinem rechten Arm. Ich spürte ihre Wärme. „Mal den Teufel nicht an die Wand, Markus. In unserer Familie sind bereits Mehrlingsgeburten vorgekommen." „Wieso? Das wäre doch toll. Da du nur zwei Brüste hast, müssten wir uns eine Amme suchen, damit auch das dritte Kind satt wird und ich könnte sie aussuchen. Blond, lange Beine mit den Maßen neunzig, sechzig, neunzig. Das dürfte schon passen und du brauchtest nicht mehr zu kochen, weil eine Brust der Amme für mich reserviert wäre." Diese meine gerade geäußerte Lebenshilfe stieß bei Elisabeth in keinster Weise auf Gegenliebe. Schlimmer noch, sie führte bei ihr zu einem emotionalen Ausbruch, der mir einen Satz blaue Flecken am ganzen Körper einbrachte. „Ich lasse keine andere Frau an dich heran, Markus Blum, und schon gar nicht darfst du an anderen Brüsten nuckeln. Also wirklich. Denk an das Rumpelstilzchen und seine Worte: Heute back ich, morgen brau ich und in zwei Wochen zerre ich meinen Markus vor den Traualtar. Dann ist er für immer mein." „Ging der Spruch nicht anders?" „Das war ja auch nicht das Rumpelstilzchen, sondern das Elisabethchen. Also nimm dich in Acht. Nix mit Amme in Modelausführung. Du wartest, bis eine Brust für dich frei wird." Wir prusteten laut los vor lachen. „Ach, Markus, es ist so schön mit dir zusammen zu sein. Ich fühle mich bei dir geborgen und du bringst mich immer wieder zum Lachen." „Bin ich etwa dein Pausenclown?" „Du bist mein Ungeheuer und kein Pausenclown." Mit einer schnellen Bewegung schwang sich Elisabeth auf mich. Als ob sie ein Pferd bestiegen hätte, nahm sie auf meinem Unterleib Platz. Mit sanften Bewegungen ihrer Hüfte brachte sie uns beide wieder in die richtige Position und sorgte so für eine Fortsetzung unseres erotischen Liebesspiels.

Kapitel 34

In den folgenden zwei Wochen spielten sich in unserem Hause mysteriöse Dinge ab. Elisabeth hatte häufig ihre Freundin Katie zu Besuch. Es wurde nur noch leise getuschelt. Oft verschwanden die beiden nach einem Kaffee wieder und kehrten irgendwann laut kichernd mit großen Einkaufstüten diverser Schuh- und Modehäuser zurück. „Ich möchte doch besonders gut aussehen am schönsten Tag meines Lebens", hatte sie auf

197

meine Nachfrage geantwortet. „Was ziehst du eigentlich zur Hochzeit an, Markus?" „Ich werde mich auch besonders schick machen. Warte es nur ab." „Soll ich nicht besser doch mit dir mal nach einem Anzug schauen gehen?" „Das kommt überhaupt nicht in Frage. Ich werde der schönste Mann an diesem Tag sein, glaub es mir." Elisabeth drehte sich lachend weg. „Da bin ich aber mal gespannt. Nicht das ich noch den Standesbeamten heirate, weil der so schick aussieht." „Wirst schon sehen. Mit meinem Outfit kommt keiner mit. Standesbeamten heiraten, das ich nicht lache." Doch mit ihrer Frage nach meiner Hochzeitsbekleidung hatte sie bei mir urplötzlich ein gewisses Unwohlsein hervorgerufen, denn wenn ich ehrlich war, hatte ich noch gar nicht wirklich darüber nachgedacht. Nach meiner Ansicht reichte ein kurzer Griff in meinen Kleiderschrank. Doch dies schien ein Irrglaube zu sein.

Als Elisabeth am nächsten Morgen ins Geschäft gefahren war, stellte ich mich vor meinen Kleiderschrank und öffnete die beiden Türen. Ich betrachtete meinen Bestand an Jeans und Cordhosen, verwarf jedoch gleich wieder den Gedanken, eins dieser Beinkleider zur Hochzeitsfeier tragen zu wollen. Die in den Knien leicht ausgebeulten Cordhosen wollte ich eigentlich schon letztes Jahr dem Altkleidercontainer zuführen in der Hoffnung, dass sich für diese noch verarmte Interessenten finden. Meine Jeans waren alle topp, vielleicht ein wenig zu sehr abgewetzt. Doch in Verbindung mit einem meiner Blazer hatte ich schon eine Menge Lesungen souverän über die Bühne gebracht. Aber ob diese für unsere Hochzeit klassisch genug waren? Vielleicht sollte ich mich doch nach einem dunkelblauen Anzug umsehen, so wie alle heiraten. Der einzige, dunkelblaue Anzug, der in meinem Schrank hing und fast unbenutzt schien, war der mit der springenden Raubkatze als Logo. Aber Jogging-anzug ging nun gar nicht. Was sollte ich bloß machen und wen fragen? Ich beschloss, in den Verlag zu fahren. Ich hatte ohnehin vor, mit meiner Lektorin Irene Staller über den Start meines neuen Romans zu reden. Vielleicht hatte ja auch Ten-penny eine Idee, wo und was ich zur Hochzeit tragen sollte.

Engelchen hatte mich brav zur Verlagszentrale gebracht und freute sich, in einer ausladenden Parklücke eine Pause einzulegen zu dürfen. Schließlich war es ja nicht mehr die Jüngste. Ich schlenderte derweil ins Verlagsgebäude und lief bereits im Eingangsbereich Irene Staller in die Arme. „Hallo, Herr Blum. Wollten Sie zu mir?" „Hallo, Frau Dr. Staller. Ja, ich wollte mal hören, wann wir mit dem neuen Roman loslegen können?" „Ich habe Zeit. Kommen Sie. Fahren wir hoch in mein Büro." Zuerst brühte meine Lektorin zischend einen aromatischen Kaffee für uns beide auf. Dann ließ sie sich grazil wie eine Ballerina auf ihren Bürostuhl gleiten. Sie öffnete eine Handakte, die ordentlich angeordnet auf einem Stapel von vielen anderen Heftern lag. „Ich bin durch, Herr Blum." „Sagen Sie doch einfach Markus." „Aber nur, wenn Sie mich ebenfalls beim Vornamen nennen. Ich heiße Irene." „Das mache ich gern, Irene." „Ich habe mehrere kleine Änderungen vorgenommen, die aber kaum ins Gewicht fallen. Hier schauen Sie, eh, hier schau mal." Das mit dem Du ging ihr noch nicht ganz so leicht über die Lippen. Punkt für Punkt gingen wir Irenes Änderungswünsche durch und kamen nach gut einer Stunde intensiven Lesens überein, dass der Roman tatsächlich druckfertig sei. „Das wird unseren großen Boss aber mächtig stolz machen. Nur wenige unserer Autoren haben so rasch einen Nachfolgeroman fertig geschrieben." „Nun ja, es muss ja auch finanziell für mich weitergehen. Ich heirate in zwei Wochen und wir wünschen uns ein Baby." „Das hat sich im Verlag sogar schon bis zu mir herum gesprochen. Ich freue mich sehr für dich." „Darf ich dich um etwas bitten?" „Nur zu, warum nicht?" „Ich habe für die Hochzeit noch nichts zum Anziehen gefunden." „Und nun hast du gedacht, ich könnte dir da weiterhelfen?" „Ja, genau." „Also ich bin ja mehr der klassische Typ und tendiere zu einem dunkelblauen Anzug. Den kann man immer wieder anziehen. Falls du natürlich ganz besonders vornehm aussehen möchtest, wäre ein Cut das richtige." „Nein, ein schicker dunkelblauer Anzug sollte reichen. Würdest du mit mir einen aussuchen?" Irene Staller musste laut lachen. „Soll heißen: Ich korrigiere nicht nur deine Manuskripte, sondern sorge auch dafür, dass du standesgemäß unter die Haube kommst. Ok, machen wir Feierabend und suchen dir einen Anzug aus. Ich kenne einige Herrenausstatter in

der Innenstadt, in denen auch mein Lebens-
gefährte gern kauft. Lass uns dorthin fahren." „Toll,
dann lass uns direkt aufbrechen."

Engelchen mühte sich redlich und brachte uns flott
in die Innenstadt. Auf Anhieb fanden wir einen
zentralen Parkplatz für mein Gefährt. Irene Staller
steuerte sofort der Schildergasse entgegen. Ohne
Umschweife betrat sie das große Ladenlokal eines
Herrenausstatters, der mit einer großen Menge an
Filialen wie auch mit Artikeln aufwartete. Ein Blick
auf die Legende reichte uns um zu erfahren, dass
ich die vermeintliche Erfüllung meiner Wünsche
auf der zweiten Etage finden würde. Mit der
Rolltreppe schwebten wir nach oben. Dort wurden
wir sehr schnell von einem freundlichen Mitarbeiter
des Hauses begrüßt sowie nach meinen Wünschen befragt. Ich war schon froh, dass der
Verkäufer offensichtlich kein Leser meiner Bücher
war. So konnten wir in Ruhe und unerkannt
shoppen. Nach gut einer Stunde schätzte ich mich
glücklich, im Besitz eines schicken dunkelblauen
Anzuges sowie eines weißen Hemdes mit
passender Krawatte zu sein. Da mir Irene vom
Tragen meiner schwarzen Cowboystiefel zum
Anzug und des Anlasses wegen abriet, erwarben
wir noch schräg gegenüber dem Herreneinkaufs-
tempel ein Paar dunkelblaue Slipper. Zum Dank
für Irenes Hilfestellung lud ich sie im Anschluss
zum Essen in ein Steakhaus ein. In der sonst eher
dröge wirkende Lektorin steckte mehr Leben und
Energie als ich es erwartet hatte. Sie erzählte über
ihr Leben, ihre Partnerschaft und von ihrem

Wunsch, selbst mal ein Buch zu schreiben und das in einem fort. Nur beim Essen schwieg sie. Währenddessen genoss sie Bissen für Bissen ihres Rumpsteaks, der Fritten und des knackigen Salates. Später setzten Engelchen und ich sie wieder vor dem Verlagsgebäude ab. Zu Hause versteckte ich natürlich mein Hochzeitsoutfit. Schließlich durfte ich Elisabeths Kleid ja auch nicht vor der Eheschließung begutachten.

Elisabeth sah müde aus, als sie gegen kurz vor halb acht zu Hause eintraf. Ärger schien es ebenfalls gegeben zu haben. Dies war ihr immer dann anzumerken, wenn sie gleich nach Betreten des Hauses in ihrem Zimmer verschwand. Um Elisabeth nicht auf den Geist zu gehen, ließ ich sie in Ruhe, und wie nicht anders zu erwarten, änderte sich ihr Zustand schlagartig nach etwa zwanzig Minuten. Vielleicht hatte sie aber auch erschnuppert, dass ich Möhrengemüse mit feiner Bratwurst für sie gekocht hatte. Dieses Gericht war Hausmannskost pur und schmeckte ihr eigentlich immer. „Hi, Markus. Mmh, das duftet aber lecker." „Dachte ich mir, dass dein feines Riechorgan sozusagen den Braten gerochen hat. Hallo, Elisabeth, mein Engel." „Riechorgan, wie sich das anhört. Man könnte meinen, der Mittelpunkt meines zarten Gesichtes bestünde nur aus einem gewaltigen Nasenzinken." Ich war froh, dass ich gerade mit dem Rücken zu ihr stand, sonst hätte sie mein Grinsen wohl sofort bemerkt. „Ich sehe doch, dass du wieder vor dich hin grinst, Markus Blum. Du wirst mir ein schöner Vater werden, wenn du nur

Unsinn im Kopf hast. Aber warte nur ab, wenn wir ein Mädchen bekommen, sind wir zwei Frauen, die hier für Ordnung sorgen. Dann ist Schluss mit lustig." Nein, Elisabeth hatte wirklich keine große Nase, im Gegenteil ihr Riechorgan war sogar ansehnlich klein und trotzdem musste ich wieder grinsen. „Wir bekommen ohnehin einen Jungen und damit endet hier endlich das Weiberregiment." „Na, warten wir es mal ab." Um das Thema zu wechseln fragte ich sie: „Wie war dein Tag?" „Ging so. Nur die Schneider zickte schon wieder neidisch herum, weil die meisten guten Kunden auf Empfehlung kommen und immer zu mir wollen. Ich mache nun einmal den größten Umsatz im Geschäft und habe die längste Erfahrung. Nicht umsonst bekomme ich von Frau Reiser immer die aufwendigen Projekte zur Bearbeitung." „Schmeckt es dir?" „Es schmeckt wieder superlecker. Du bist wirklich der Traum einer jeden Ehefrau." „Ja, sag ich doch." „Mein lieber Fastehemann schnappt gleich wieder über. Sag mal, was ziehst du eigentlich zu unserer Hochzeit an?" Das mich irgendwann die Aufforderung zur Beantwortung dieser Frage ereilen würde, stand außer Frage und deshalb stellte ich mich ein wenig dumm, was mir nicht schwer fiel. Ob sie den Braten gerochen hatte, dass ich mich neu eingekleidet hatte? Ich blieb dabei, mich dumm zu stellen. „Das wollte ich dir eigentlich nicht verraten. Schließlich verheimlichst du mir ja auch, in welcher Robe du auflaufen wirst." „So etwas nennt man Tradition, und es soll Unglück bringen, wenn die Braut ihr Kleid vor der Trauung dem Bräutigam vorführt. Das soll also jetzt heißen, du willst mir nicht sagen, was du anziehst?" „So ist es, mein zukünftiges Weib." „Ich kenn dich doch. Also, lieber Markus, wenn du am schönsten Tag meines Lebens mit einer deiner abgewetzten, braunen Cordhosen erscheinst, die in den Knien bereits so ausgebeult sind, dass sie von alleine stehen können, verlasse ich umgehend das Standesamt. Und heiraten werde ich dich dann auch nicht mehr." „Ist das jetzt eine Prophezeiung, eine Drohung oder gar eine Warnung?" „Von allem etwas, mein Lieber." Elisabeth hatte brav ihren gut gefüllten Teller aufgegessen, also nur das was wirklich darauf lag und stellte diesen in die Spülmaschine. Sie traute mir nicht so recht. Ich konnte förmlich spüren, wie es unter ihrer Schädeldecke brodelte und sie darüber nachdachte, wie sie mir jetzt am besten entlocken konnte, in welchem Outfit ich wohl zur Hochzeit erscheinen würde. Sie versuchte es mit der Quengeltour. „Och, Markus, sag es mir doch bitte. Bitte bitte." Ihr dabei an den Tag gelegter Augenaufschlag hatte etwas Liebesvolles, jedoch auch etwas Verruchtes im Blick. „Ja gut, ich wollte als Gag den Jogginganzug mit dem springenden Raubtier auf der Brust anziehen. Der ist dunkelblau und dazu passend die Wasserschlappen vom Konkurrenten mit den drei weißen Streifen über dem Spann." „Wie bitte?" Elisabeth entwickelte ganz allmählich das Aussehen eines dem Bersten nahen Schnellkochtopfes, wobei dieser nicht die Farbe rot annahm bevor er explodierte. „Markus Blum, wenn du nicht auf der Stelle sagst, was du als Hochzeitsanzug tragen wirst, kitzle ich dich so lange durch, bis du bei mir um Gnade flehst und es mir freiwillig erzählst."

Elisabeth nahm eine irgendwie bedrohlich wirkende Haltung ein, obwohl sie grinsen musste. Vielleicht hatte sie doch irgendwo ganz tief im Innern eine masochistische Ader. Katzengleich trat sie auf mich zu und schubste mich rücklings ins Schlafzimmer auf unser Bett. Beherzt und unerbittlich wie ein Scharfrichter ergriff sie nach meinen Füßen. Gnadenlos riss sie mir die Socken von den Füßen und sogleich begann sie mit ihrer Tortur. Diabolisch wurde ihr Lachen, welches sich immer mehr steigerte, bis ich tatsächlich flehend schrie: „Ich sag es dir, Elisabeth." Sie machte noch ein wenig weiter, bis ich völlig ermattet in die Kissen fiel. „Ich zieh die grüne Baumwollhose an, das gelbe Leinenhemd dazu und meine Cowboystiefel", rief ich ihr zu, ohne jedoch auch nur im Entferntesten zu ahnen, was ich damit angerichtet hatte und was mich nun noch ereilen könnte. Furiengleich stürzte sich Elisabeth sodann auf mich. Es entwickelte sich eine der schönsten Liebesnächte unserer Beziehung, wobei das Thema Hochzeitsbekleidung des Bräutigams zur Nebenrede avancierte.

Kapitel 35

Eigentlich brachte mich nichts mehr leicht aus der Ruhe. Als erfolgreicher Buchautor mit einem Verlagschef im Nacken, der ständig neue Bücher von dir herausgeben möchte, bist du stresserprobt und kannst schon so einiges wegstecken. Doch das Warten hier vor dem Rathaus zerrte schon ziemlich heftig an meinen Nerven. Umringt von Freunden, Bekannten, Kolleginnen und Kollegen wie auch Nachbarn stand ich gehüllt in meinen schicken dunkelblauen Anzug mit den ein wenig drückenden, ebenfalls dunkelblauen Halbschuhen vor dem Standesamt und wartete auf meine Braut. Doch Elisabeth ließ sich Zeit. Ob sie mich einfach nur zappeln lassen wollte, um die Spannung auf den Höhepunkt zu treiben, vermochte ich nicht zu ergründen. Erste Sticheleien der lieben Freunde und Verwandten wie: „Sie hat sicher doch noch einen schöneren Typen gefunden als dich" oder „Bestimmt hat sie kalte Füße bekommen" machten bereits die Runde. Doch mit einmal überschlugen sich die Ereignisse. Ein rotes, offenes Cadillac-Cabrio hielt vor dem Rathausplatz, gesteuert von Katies Bruder und dem Fond entstieg Elisabeth. Sie sah nicht nur wie eine richtige Prinzessin aus, sie schwebte mir auch so entgegen, geführt von ihrer bester Freundin Katie, die ein Vielfaches dazu beigetragen hatte, dass meine zukünftige Ehefrau fachgerecht geschminkt und mit anständiger Frisur vor den Standesbeamten tritt. Jedoch verdiente sie damit auch ihre Brötchen. Als Elisabeth mich ansah und ich ebenfalls in ihre wunderschönen dunklen Augen blicken konnte, vergaßen wir alles um uns herum. Ganz fest lagen wir uns in den Armen in der Hoffnung, dass unser Glück niemals enden würde. Natürlich musste ich die Braut sehr vorsichtig umarmen, damit weder die Frisur, das Make-up noch ihr Kleid in Mitleiden-

schaft gezogen wurde. Katie wachte mit Argus-
augen über das Outfit ihrer besten Freundin. Kein
Faltenknick entging ihr dabei.

Dann endlich war es soweit. Feierlich, jedoch
keineswegs übertrieben statisch, begrüßte uns die
Standesbeamtin und sorgte mit lockeren Sprüchen
für eine wirklich ansprechende Vermählung, was
vor allem unseren älteren Gästen einige Tränchen
in die Augen trieb. Zuverlässig wie ein Schweizer
Uhrwerk kramte ich unsere Ringe hervor. Beinahe
gierig streckte mir Elisabeth ihre rechte Hand
entgegen, damit ich ihr das Zeichen unserer Vermählung auf den Ringfinger schieben konnte. Ein
wenig nervös kämpfte Elisabeth sodann mit den
Unbilden meines erhöhten Kreislaufes, der meine
Finger hatte leicht anschwellen lassen und damit
verhinderte, dass ihr ein flottes Überstreifen des
Ringes an meinen rechten Ringfinger möglich war.
Mit vereinten Kräften gelang es uns dann doch.
„Sie dürfen nun die Braut küssen" waren die
letzten Worte der Standesbeamtin, die uns zum
Abschluss der Zeremonie gratulierend die Hand
schüttelte und uns für unsere gemeinsame Zukunft
alles Gute wünschte. Obwohl eigentlich strikt
untersagt, wurden wir im Anschluss förmlich mit
Reiskörnern überschüttet, die wir den strengen
Ordnungshütern zuliebe wie auch zum Leidwesen
der bereits wartenden Tauben mittels zweier
großer Besen artig aufkehrten. Ich fand sogar noch
einen Tag nach der Hochzeit, trotz äußerst
penibler Körperpflege, ein Reiskorn versteckt in
einer Körperfalte. Auch wenn eingefleischte Ehe-

männer nie mit dem Spruch geizten, dass nach der Eheschließung der EURO nur noch lediglich fünfzig Cent wert sei, brachte mir unsere Vermählung erstmal ein gewaltiges Highlight. Ich wurde mit meiner Frau im offenen roten Cadillac zu Marios Restaurant chauffiert und durfte mir dabei die laue Mittagsluft um die Nase wehen lassen. Bewundernde Blicke einiger Passanten inklusive. Mario und seine Familie hatten wirklich alle Register ihrer Gastfreundlichkeit gezogen und mit vielen Blumen, Kerzen und einer sagenhaft gelungenen Tischdekoration für ein traumhaftes Ambiente gesorgt. Unsere gut fünfunddreißig Gäste bekamen kaum ihre Münder zu, als sie das mit viel Liebe geschmückte italienische Restaurant betraten. Obwohl zu Anfang unserer Hochzeitsplanungen Elisabeths Mutter wie auch Henriette eher einem gut bürgerlichen Restaurant den Vorzug geben wollten, waren sie bei dem Anblick der wunderschönen Hochzeitstafel überwältigt. Der süffige Prosecco, der allgemein sehr großen Anklang fand, löste auch noch die letzte Zurückhaltung einiger Gäste. Von da an gab es eigentlich ständig etwas zu essen. Verschiedene Antipasti als Fingerfood machten die Runde und sorgten nicht nur für ein besonderes Wohlbefinden aller Gaumen, sondern auch bei so manchem Hemd für einen kleinen Flecken auf der Brust. Als Marios Frau dann zu Tisch bat, servierte ihre Brigade umgehend als Vorspeise heiß brutzelnde Gambas in Olivenöl, herzhaft mit Knoblauch gewürzt und dazu ganz frisch gebackenes Weißbrot. Es folgte köstlich in Weißwein geschmortes Kalbsfilet mit zartem Gemüse, und wer hätte es wohl anders gedacht mit selbst gemachter Pasta. Ein gemischter Dessert- und Obstteller mit allen möglichen Köstlichkeiten der italienischen Küche rundete das Menü zum guten Schluss ab. Manch ein Gast sorgte sich arg um die Nähte seines Hochzeitsoutfits. Nach einer Menge Espressi, Grappas und Marsala beschloss die Hochzeitsentourage eine kurze Esspause einzulegen und einen kleinen Verdauungsspaziergang folgen zu lassen. In gelöster Atmosphäre marschierten wir in den Stadtpark, wo noch reichlich Fotos geschossen wurden. Mein Verleger Breunig gesellte sich mit seiner Frau zu Elisabeth und mir. Die beiden Frauen hatte schnell das Thema Urlaub für sich auserkoren. Breunig legte mir freundschaftlich, väterlich seinen rechten Arm um die Schulter. „Der Verkauf der Romanfortsetzung läuft schon wieder hervorragend an. Es sind bereits mehr Exemplare von den Buchhändlern geordert worden als beim Erstlingswerk. Wir hatten lange keinen so erfolgreichen Autoren mehr im Verlag. Tolle Leistung." Wir unterhielten uns den ganzen Spaziergang lang über die verschiedensten Themen und ich war erstaunt, wie nett Breunig eigentlich war. Nach einer Stunde fielen wir wieder bei Mario ein und wie nicht anders zu erwarten standen bereits Kaffee und Kuchen zum gefälligen Verzehr bereit. Endlich durften Elisabeth und ich den üppigen Hochzeitkuchen anschneiden.

Zum Abendessen servierte Mario Variationen von Minipizza mit allen nur erdenklichen Belägen.

Dazu kredenzte er uns einen eisgekühlten Frascati. Doch die Kapazitäten unserer aller Mägen schienen erschöpft und die Hochzeitsgesellschaft neigte zur Schläfrigkeit. Dies änderte sich jedoch schlagartig, als der weibliche DJ Maria, die mittlere Tochter von Mario zum Tanz aufspielte. Der süffige Rebensaft wie auch die hochprozentigen Spezialitäten des Hauses machten selbst aus eingefleischten Nichttänzern elfengleiche Kreaturen, die keinen Tanz ausließen. Die letzte Runde Musik endete gegen ein Uhr in der Nacht und das war auch gut so, denn nur noch wenige Gäste hatten bis zu dieser Stunde durchgehalten. Und auch für den harten Kern wurde es nun dringend Zeit, ihre Betten aufzusuchen. Auch für Elisabeth und mich wurde es Zeit nach Hause zu kommen. Ich hatte mit Mario vereinbart, dass wir am kommenden Tag bei ihm zum Abendessen erscheinen wollten, um die Zeche auszugleichen. „Gehen wir zu Fuß?" Elisabeth schaute mich mit leicht glasigen Augen an. „Ja, warum nicht. Dann lass uns gehen." Elisabeth entnahm einer versteckt liegenden Plastiktüte ein Paar Sneakers, schlüpfte hinein und signalisierte mir ihre Bereitschaft für den Heimweg. Arm in Arm schlenderten Elisabeth im Hochzeitskleid mit Sneakers und ich im Hochzeitsanzug mit ziemlich eng gewordenem Schuhwerk unserem Heim entgegen. Ein paar wenige Nachtschwärmer, die unseren Weg kreuzten, beglückwünschten uns zu unserer Hochzeit und zwei junge Mädels wollten unbedingt Elisabeths Kleid anfassen, was nach ihrer Einschätzung Glück bringen sollte. Elisabeth ließ sie jedenfalls gewähren. Gut eine

Stunde benötigten wir für die im wahrsten Sinne des Wortes Überwindung der Wegstrecke bis nach Hause, die wir sonst glatt in der Hälfte der Zeit bewältigt bekamen. Die eigentliche Hochzeitsnacht mit Vollzug der Ehe fiel einfach aus. Elisabeth wand sich noch aus ihrem Kleid, putzte sich im Bad ihre Beißerchen bevor sie in ihr Bett fiel, um dann nur noch durch monotone Schnarchgeräusche kundzutun, dass sie eingeschlafen war. Ich tat es ihr gleich.

Kapitel 36

Wir erwachten erst mittags, geweckt vom Geläut der ganz in der Nähe befindlichen Pfarrkirche St. Anna. Gnadenlos ließ der Pfarrer die Glocken seiner Turmuhr zwölf Mal erschallen. Ich konnte mich des Eindrucks nicht erwehren, dass dies wohl seine Rache darstellte, weil wir ihn nicht an unserer Hochzeit mit einer kirchlichen Trauung beteiligt hatten. Aus einem Gewirr von Kissen und Kuscheldecke schauten mich zwei eher kleine, braune Augen fragend an, ob ich gewillt war Kaffee aufzusetzen. Da ich die ehemals geltende Rollenverteilung Mann ist Ernährer und Frau sorgt für Haushalt und Kinder als veraltet ablehne, auch wenn ich sie heute eher herbeisehnte, lächelte ich Elisabeth so gut es meine kopfschmerzverzerrten Züge zuließen fröhlich an und erhob mich sachte aus meinem Bett. Vorsichtig begab ich mich ins Bad und sorgte dort für pfefferminzige Atemfrische. Rasch setzte ich Kaffee auf und schon bald duftete es im ganzen Haus danach. Wie es schien erwachten auch bei Elisabeth so allmählich die Lebensgeister. Ich vernahm die Geräusche von ablaufendem Wasser aus dem Bad und wenig später das Tapsen von nackten Füßen auf der Treppe. Weil uns beiden die Aufnahme von fester Nahrung wenig vielversprechend erschien, begnügten wir uns jeder mit einem Aspirin und einem Becher aromatischen, schwarzen Kaffees. Unser Bestreben in unseren Köpfen wieder unvernebelte Verhältnisse herzustellen, schien bereits Fortschritte zu machen. Jedenfalls schlängelte sich Elisabeth zu mir herüber und legte mir ihre Arme um meinen Hals. „Wir haben gestern unsere Hochzeitsnacht ausfallen lassen und die möchte ich jetzt nachholen." Elisabeth küsste mich sanft und schob ihre Hände in meine Schlafanzugshorts. Wie eine Katze rieb sie sich an mir, was nicht ohne Reaktion blieb. „Komm, lass uns ins Bett gehen." Ohne meine Antwort abzuwarten zog sie mich hinter sich her die Treppe hoch ins Schlafzimmer. Elisabeth streifte sich ihr Sleepshirt über den Kopf und warf sich mir nackt um den Hals. Diesmal schob sie nicht ihre Hände in meine Shorts, sondern zog diese gleich herunter. Wir begannen zärtlich, wurden dann wilder und fielen irgendwann heftig atmend übereinander her. Elisabeth bestand darauf, dass ich mich missionarisch zwischen ihre Schenkel drängen sollte. Kurz nach einander erreichten wir laut stöhnend unsere Höhepunkte, was jedoch ob des geschlossenen Schlafzimmerfensters wohl niemand aus der Nachbarschaft mitbekommen haben dürfte. Mein angetrautes Weib hielt mich noch eine ganze Zeit lang zwischen ihren Beinen gefangen, während ihre Hände fest auf meinen Po lagen. Erst als sie bemerkte, dass ich mich langsam aus ihr heraus bewegte, ließ sie mich los. Sofort kuschelte sich Elisabeth an mich heran. „Was hast du?" „Ich habe doch wie vereinbart vor einer Woche die Pille abgesetzt. Mein Frauenarzt sagte zur mir, dass es danach häufig mit einer Schwangerschaft sehr schnell gehen kann. Der Mann sollte allerdings beim Verkehr oben liegen und nicht gleich nach der Ejakulation sein Teil heraus ziehen." „Du hast es heute darauf angelegt schwanger zu werden?" „Ja, wieso? Du hast doch selbst gesagt, dass wir jetzt so schnell als möglich ein Kind bekommen wollen. Machst du jetzt einen Rückzieher?" „Un- sinn. Aber nachdem, was ich gestern so alles getrunken habe, werden wir mit der Namens- gebung für unser Kind wohl keine Probleme bekommen." „Wie meinst du das denn nun wieder, Markus?" Elisabeths Züge verdunkelten sich. Offensichtlich war ihr meine Äußerung ein echtes Ärgernis. Ich musste mich schon sehr zusammen- reißen, um nicht loszulachen. „Der Kleine wird wohl mit Vornamen Grappa heißen und bereits als Alkoholiker zur Welt kommen." Elisabeth mutierte zum Boxer. Mit heftigen Rechts-Links-Kombi- nationen gegen meinen rechten Oberarm machte sie ihrem Unmut Luft. „Du bist doch ein echtes Scheusal, Markus Blum. Ich verstehe überhaupt nicht, wie ich dich nur heiraten konnte." Lachend widersetzte ich mich ihren Schlägen, indem ich sie ordentlich durchkitzelte. Wir blieben noch eine ganze Zeit lang kuschelnd im Bett liegen und philosophierten über unsere gemeinsame Zukunft. Elisabeth malte mit deutlichen Worten aus, wie sich unser Leben wohl ändern würde, wenn wir erst einmal ein Kind hätten. Allmählich einsetzendes Knurren unserer Mägen unterbrach unsere Kuscheleinheit. Wir duschten und spazierten gemütlich zu Marios Restaurant.

Mario empfing uns gewohnt familiär und liebevoll, halt italienisch, was bedeutete, dass er erstmal die junge Braut herzte. Um ihm da in nichts nachzustehen, umarmte ich seine Frau wie auch seine älteste Tochter und begrüßte beide ebenfalls mit Küsschen rechts und links, was Mario mit leicht versteinerter Mimik zur Kenntnis nahm. „Patron, hast du noch etwas zu essen für uns?" „Liebe Markus. Ich habe die ganze Kühlhaus voll. Kannst du gar nicht alles aufessen. Und natürlich alles frisch. Was wollt ihr essen?" Wir bestellten zwei gemischte Salate mit gegrillten Gambas als Vorspeise und als Hauptgericht Bandnudeln mit zarten Rindfleischstreifen in Sahnesauce. Dazu tranken wir Pellegrino Mineralwasser. Zum Dessert wählten wir Espresso. Wir waren recht spät zum Essen erschienen. Somit waren wir die letzten Gäste im Restaurant. „Hast du Zeit für unsere Abrechnung, Mario? Setzt euch bitte zu uns. Ich möchte dich und deine Frau auf ein Glas Sekt zum Dank für eure wirklich schön ausgerichtete Hochzeitsfeier einladen." „Das iste wirklich eine schöne Geste von dir, aber deine Rechnung hatte gestern schon deine Chefe bezahlt." „Du machst jetzt Witze?" „Nein, Markus, Herr Breunig hatte gestern

Abend die ganze Rechnung bezahlt", bestätigte Marios Frau noch einmal, was ihr Mann gerade gesagt hatte. „Das ist ja richtig toll von Breunig, dass er uns die Hochzeit geschenkt hat." „Das finde ich allerdings auch. Ich werde ihn gleich morgen anrufen und mich bei ihm bedanken." Trotzdem tranken wir gemeinsam noch ein Glas Sekt. Ich zahlte unser Essen und legte noch für die ganze Brigade für ihre tolle Leistung und das leckere Hochzeitsessen ein ordentliches Trinkgeld dazu. Glücklich und beschwingt machten wir uns auf den Heimweg.

Kapitel 37

In den nächsten Wochen pfiff ein kräftiger Wind durch unser Leben und sorgte für eine Menge Turbulenzen, ohne jedoch unserem Glück zu schaden. Während unserer gemeinsamen Freizeit arbeiteten Elisabeth und ich weiter an unserem Kinderbuch. Ich schrieb tagsüber am hoffentlich nächsten Bestseller und ließ mich häufiger im Verlag sehen, weil die PR-Tour für meinen zweiten Roman geplant und vorbereitet werden musste. Weil die gleichen Eventorte für meine Lesungen vorgesehen waren wie anlässlich meines ersten Buches, beschloss Elisabeth mir diesmal nicht nachzureisen, wofür ich vollstes Verständnis aufbrachte. Diese Kurztrips belasteten auch zunehmend ihr Urlaubstagekonto. Schließlich wollten wir ja noch einen unbeschwerten Jahresurlaub verbringen. Nachdem sich Elisabeth nun gute drei Wochen daran gewöhnt hatte, jetzt Blum zu heißen, überschlugen sich plötzlich die Ereignisse. An einem frühen Samstagmorgen, einem Tag, den wir eigentlich fest für die Reinigung unseres Refugiums eingeplant hatten, stürzte Elisabeth völlig unvermittelt aus dem Bett und rannte zur Toilette. Zehn Minuten später kam sie zurück. „Alles ok?" „Ja, kein Problem. Ich musste halt brechen. Ich glaube ich bin schwanger. Meine Tage sind eine Woche überfällig und schlecht ist mir auch. Ich gehe gleich zur Apotheke und hole mir einen Schwangerschaftstest." „Das ist doch toll. Obwohl ..." „Was obwohl? Wir haben uns doch ein Kind gewünscht und was ist jetzt wieder falsch, Markus Blum?" „Ich werde wohl heute alleine putzen müssen, wenn du zur Apotheke gehst." „Nur heute? Du wirst ab heute nur noch alleine putzen, damit sich deine liebe Frau auf die Schwangerschaft, die Geburt und die Pflege unseres Mädels konzentrieren kann. Außerdem bekomme ich jetzt jeden Abend die Füße massiert, jawohl." „Aber doch hoffentlich, nachdem du sie geduscht hast? Wieso überhaupt Mädel? Du hast mir doch einen Sohn versprochen." „Willst du mir jetzt auch noch unterstellen, ich hätte Schweiß-füße? Du bist ein Ungeheuer, Markus Blum. Ich werde beim Standesamt anrufen, ob ich dich nicht doch noch gegen einen liebevollen und herzlichen Mann umtauschen kann. Und damit du es weißt: Unser Kind wird ganz sicher ein Mädchen. Dann hast du hier im Haus überhaupt nichts mehr zu sagen. So! Das wird ein Mädelshaushalt werden. Männer werden hier nur noch als Arbeitssklaven gehalten." Wir fielen uns laut lachend in die Arme.

„Ich bin so glücklich, Elisabeth." „Ich auch, Markus." „Aber Hausreinigung eignet sich hervorragend zur Stärkung der Bänder der Gebärmutter. Ich werde ab jetzt mehr Zeit auf dem Sofa verbringen, um mich auf meine Rolle als Vater vorbereiten zu können." Es verstand sich von selbst, dass ich nach diesem Spruch mit einem Satz das Bett verließ, um mir nicht wieder blaue Flecken von Elisabeths Fäusten einzufangen.

Nach einem leichten Frühstück verschwand Elisabeth Richtung Apotheke. Ich tat genau das, was ich mir oder besser wir uns vorgenommen hatten. Ich stürzte mich in die Hausarbeit. Wie gewöhnlich startete ich im Obergeschoss. Doch der Gedanke, dass ich bald Vater werden würde, ließ mich nicht mehr los. Die anstehenden eventuellen Vaterfreuden beflügelten mich noch viel mehr als sonst den Aufnehmer zu schwingen. Etwa eine Stunde später vernahm ich das Geräusch des Schlüssels im Türschloss. Sofort ließ ich Putzeimer und Aufnehmer stehen und liegen und eilte Elisabeth entgegen. „Ich weiß noch nix. Den Test wollte ich in Ruhe zu Hause machen." „Das ist auch sehr vernünftig. Komm rein." Sofort setzten wir uns in unsere Küche und Elisabeth las den Beipackzettel des Schwangerschaftstests. „Hab ich doch gesagt: Das Stäbchen muss in den Urin getaucht werden." Strahlend schaute sie mich an. „Und?" „Ich muss aber gerade nicht." „Das ist doch jetzt nicht dein Ernst. Wenn wir sonst in eine längere Fahrt starten, musst du doch schon, wenn wir zwei Ecken weiter gefahren sind und jetzt musst du überhaupt nicht?" „Nein, ich muss eben gerade nicht." „Soll ich das Auto aus der Garage holen und wir fahren zweimal um den Block?" „Also, das glaub ich ja jetzt wohl nicht. Markus Blum, jetzt warte halt noch eine halbe Stunde." Lachend saßen wir uns am Küchentisch gegenüber und warteten. Dann holte sich Elisabeth eine Flasche Stilles Mineralwasser und ein Glas. Sie schüttete es randvoll und trank den Inhalt. Wie bei einem Sportler, der einen Dopingtest zu absolvieren hatte, warteten wir nun bis sie endlich zur Toilette musste. Nach kaum zwanzig Minuten erlöste uns ihr einsetzender Harndrang. Blitzschnell verschwand sie in der Gästetoilette. Eine kaum zu überbieten de Spannung setzte ein, die selbst ich als gewandter Buchautor in meinen Krimis kaum zu erzeugen vermochte. Totenstille breitete sich im Haus aus. Nur das Ticken der Küchenuhr war vernehmbar und zeigte gleichzeitig an, dass die Zeit Minute für Minute verstrich. Ich begab mich wieder ins Obergeschoss und leerte den Putzeimer mit dem Schmutzwasser aus. Auf dem Weg zurück in die Küche öffnete sich gerade die Türe der Gäste- toilette. Strahlend verließ Elisabeth das WC. Ohne etwas zu sagen fiel sie mir um den Hals. Ich fühlte ihre Tränen, die mir auf den Nacken tropften. Waren es Tränen der Freude oder der Trauer?" „Und?" „Laut dem Testergebnis werden wir bald Eltern", gab Elisabeth mehr schluchzend von sich. „Das ist doch wunderbar." „Ich liebe dich, Markus Blum, auch wenn du dich oft wie ein Ungeheuer benimmst." „Ich liebe dich auch." Wir beschlossen, dieses kleine Geheimnis am Abend bei Mario zu feiern. Vier Wochen später, kurz vor Beginn meiner PR-Tour, erhielten wir Gewissheit durch Elisabeths Gynäkologen, der den Beginn ihrer Schwangerschaft bestätigte und einen Mutterpass ausstellte. Auch diesmal feierten wir bei Mario. Wir nahmen heute aber auch Henriette Eisermann und Elisabeths Mutter mit. Mario wie auch der Rest seiner Familie waren ganz aus dem Häuschen, als sie die gute Nachricht von uns erhielten. Dem Alkohol sprachen allerdings nur die beiden alten Damen sowie ich der fürsorgliche Vater zu. Elisabeth versorgten wir mir Pellegrino und stießen mit ihr mit Mineralwasser an.

Es folgte eine harte Zeit für uns. Wenige Tage später startete ich meine Lesetournee. Allerdings flog ich dieses Mal des Öfteren nach Hause, wenn mehrere Tage Leerlauf zwischen den Auftritten lagen, was Elisabeth stets sehr freute. Ihre Schwangerschaft verlief problemlos und wir begannen mit unseren Planungen. Elisabeth verkaufte ihren Golf an Katie. Wir erstanden derweil einen Golf Kombi als Vorführwagen, der sogleich zum Kinderwagentransporter umfunktioniert wurde. Einen beinahe neuwertigen Kindersitz erwarb Elisabeth bei einer Arbeitskollegin. Meine PR-Tour wurde zu einem Riesenerfolg für den Verlag und letztlich auch für mich. Der Bücherverkauf nahm gewaltige Formen an und mein Verleger rieb sich erfreut die Hände. Selbst die Lesungen in meiner Heimatstadt waren alle ausverkauft und es wurden noch einige hinzugebucht.

Natürlich hatte ich bereits an meinem nächsten Buch angefangen und das Schreiben fiel mir diesmal ungeheuer leicht. Elisabeths Anwesenheit und die Freude auf unser Kind beflügelte mich richtig. Auch unser Kinderbuch nahm Formen an. Irmgard Breuer, die Leiterin des Jona-Kinderbuch-Verlags, war sehr zufrieden mit der Entwicklung unseres Buches. Es war geplant, dass das Buch bereits im kommenden Monat erscheinen sollte.

Dann jedoch traf mich völlig unerwartet ein Lebens entscheidender Rückschlag wie ein Faustschlag aus heiterem Himmel mitten ins Gesicht. Eines Freitagnachmittages betrat Elisabeth, der man allmählich ihre Schwangerschaft an ihrem kleinen wachsenden Bäuchlein ansah mit einem eher verschmitzten Grinsen mein Arbeitszimmer. In ihren Händen hielt sie ein Ultraschall-Foto und winkte damit triumphierend durch die Luft. Ich war auf beinahe alles gefasst, nahm sogar in Kauf eventuell mit einer Zwillingsschwangerschaft konfrontiert zu werden und dann das. „Wir bekommen eine Tochter, mein lieber Mann", frohlockte Elisabeth. Sie hatte gewonnen. Das wurde mit sofort bewusst. Mein Leben würde sich ab der Geburt unserer Tochter schlagartig ändern und die Paritäten im Hause für immer einseitig frauenlastig geprägt werden lassen. Bilder von gequälten Männern, die mit Mülleimern in den Händen gesenkten Hauptes zur Mülltonne marschierten, um diese dort auszuleeren, vernebelten mein sonst so klares, positives Sichtfeld. Elisabeth, beflügelt von ihrem Triumph, sah mir meine Ängste an und lachte. „Es wird schon nicht so schlimm werden. Jetzt lach mal wieder, Markus." Ich versuchte, meiner Physiognomie ein Lächeln zu entlocken, doch der Versuch, meine vielen Lachfältchen zum Leben zu erwecken, schlug kläglich fehl. Wild tobende Teenager tanzten vor meinen Augen hin und her, die mit Engelchen und geöffneten Seitenscheiben, den CD-Player auf volle Lautstärke aufgedreht zur Disco fuhren, um dort als wilde Mädelsclique Jungs aufzureißen. Mein Traum der Menschheit, eventuell einem neuen Fußball-Superstar das Leben zu schenken, der in einer der beiden spanischen Metropolen der Schrecken aller Gegner werden würde, war ausgeträumt. Ein wenig Hoffnung keimte auf, als ich an den Frauenfußball dachte, der immer stärker in den Vordergrund rückte. Doch würde dies eine wirkliche Alternative darstellen? Ich musste an Mario denken mit seinen drei Töchtern und wie er wohl leidet, wenn irgend so ein daher gelaufener Gast seine Kinder herzt. Ich nahm mir vor, nie wieder seine älteste Tochter Gina zu drücken. Der arme Kerl muss ja Blut und Wasser schwitzen bei diesem Anblick. Irgendwann befreite mich ein liebevoller Kuss von Elisabeth von meinen trüben Gedanken. Dann plötzlich wendete sich meine Gedankenwelt. Ich sah unsere Tochter im Kreis vieler schicker Freundinnen, die bei strahlendem Sonnenschein nur mit knappen Bikinis bekleidet in unserem Garten zusammen saßen, Cocktails schlürften und mir an den Lippen klebten, wenn ich aus meinen Büchern rezitierte. Endlich umspielten meine Züge wieder ein Lächeln. „Na, geht doch", holte mich Elisabeth in die Realität zurück und drückte mich. „Freu dich auf ein hübsches, aufgewecktes Mädel, dass so schön und intelligent ist wie ihre Mama." Dieser Ausspruch war irgendwie so überflüssig wie ein Kropf, doch wollte ich Elisabeth nicht widersprechen. „Wenn unsere Tochter so schön wird wie ihre Mutter und das Talent zum Schreiben von ihrem Vater erbt, wird sie ganz sicher ein erfolgreiches Mädchen werden.

Kapitel 38

In den letzten zwei Monaten vor Elisabeths Niederkunft und nach vielen Streitgesprächen, was die Namensgebung unserer Tochter betraf, schrieb ich sehr viel. Nur noch sporadisch nahm ich Lesetermine an. Immer wieder ging mir durch den Kopf, dass Elisabeth unsere Tochter Monika nennen wollte. Sie meinte, dass gerade die alten Namen zeitlos und immer noch sehr schön klangen. Außerdem passte Monika auch sehr gut zu unserem Nachnamen Blum. Ich war schon froh, dass sie unsere Kleine nicht Henriette oder gar Helene nennen wollte. Irgendwann fand ich dann ein Einsehen und stimmte Elisabeths Namensvorschlag zu. Sofort änderte sich unsere Beziehung wieder zum positiven und mir wurde umgehend genehmigt, an den Schwangerschaftskursen teilzunehmen. Schon sehr bald verstand ich es, während der Entbindung richtig zu atmen und meinen Beckenboden zu entspannen. Ich konnte erklären, wie sich Vorwehen anfühlten und was zu machen sei, wenn meine Fruchtblase platzte.

Schon nach dem vierten Kurstag befand ich mich in der Lage, über die Vorzüge der Peridualanesthesie zu referieren, als wäre dies für einen Mann das normalste der Welt. Erst als uns die Kursleiterin die einzelnen Entbindungsmöglichkeiten erläuterte und sogar mit uns ausprobierte, wurde mir bewusst, wie lächerlich doch eigentlich dieser Kurs für uns Väter war. Es war doch davon auszugehen, dass die männlichen Teilnehmer niemals mit ihren Frauen gemeinsam in die mit warmem Wasser gefüllte Geburtswanne steigen würden, um mit den werdenden Müttern im Chor zu hecheln. Von Vorteil war ganz sicher die Solidarität zwischen den Partnern, die das gegenseitige Verständnis füreinander förderte. Das wir während des Kurses auch eine Menge netter Leute kennenlernten, die alle den Status der Leidensgenossen mit sich herumtrugen, war ganz sicher der positivste Aspekt, gerade für uns Väter. Gemeinsam schmiedeten wir schon Pläne für die Zeit nach der Entbindung und malten uns den Verlauf folgender Grillabende aus. Und wie unsere Frauen im Kollektiv auf den Gartengarnituren saßen und jede von ihnen einen Säugling an die Brüste anlegte, um diesen zu stillen, während wir Männer am Grill standen, Würstchen und mariniertes Fleisch grillten und dazu gut gekühltes Bier tranken. Schnell war der Club der werdenden Väter sich letztendlich einig, dass dieser Kurs den männlichen Anwesenden wohl überhaupt nichts gebracht hatte bis auf die Tatsache, dass sich nette neue Freundschaften entwickelt hatten. Elisabeth jedenfalls hatte sich sehr gefreut, dass ich sie stets zu den Kursabenden begleitete. „Ich fühle mich einfach sicherer, weil ich weiß, dass auch du jetzt genau darüber informiert bist, auf was es bei der Geburt und der Vorbereitung ankommt." Ich stimmte ihr in einigen Punkten zu, widersprach aber auch, wenn es um die Durchführung der eigentlichen Geburt ging.

Zwei Tage später hatte Katie, Elisabeths beste Freundin, uns zu ihrer Fete eingeladen, deren Grund bis weit nach Mitternacht geheim gehalten wurde. So stiegen wir beide fein herausgeputzt in Engelchen und fuhren gemächlich zu Katies Behausung, einen Strauß Blumen sowie eine Kiste Rotwein als Gastgeschenk im Kofferraum. Es wurde ein wirklich lustiger Abend und zur vorgerückten Stunde rückte Katie endlich damit heraus, dass sie im Frühjahr nächsten Jahres ihren Freund Bernd heiraten wolle, da sie ein Baby erwartete. Das Hallo war natürlich groß und die Stimmung entsprechend gut. Elisabeth hatte im Verlauf des Abends drei Gläser Weißwein getrunken und fühlte sich hervorragend. Ihr Gynäkologe hatte ihr dies nicht ausdrücklich verboten und es war während der ganzen Schwangerschaft höchstens drei Mal vorgekommen. Gegen zwei Uhr machten wir uns allmählich auf den Nachhauseweg. Zuverlässig wie ein Uhrwerk brachte uns mein Oldtimer Engelchen wohlbehalten nach Hause. Elisabeth befand sich in einer wahren Hochstimmungsphase, was auch nicht verwunderte. Schließlich war Katie ihre beste Freundin, und dass auch sie nun endlich den richtigen Mann gefunden zu haben schien und ebenfalls ein Baby erwartete, schien kaum zu toppen zu sein. Fröhlich singend verschwand Elisabeth im Bad. Ich brauchte nicht einmal zehn Minuten auf ihre Rückkehr zu warten, bis sie völlig nackt vor mir stand. Lasziv schaute sie mich an. Ohne Umschweife legte sie mir ihre Arme um den Hals und küsste mich. Weil ihr Bäuchlein nicht mehr zuließ, dass sie sich mit dem Unterleib wie eine Katze an mich schmiegen konnte, spürte ich ihre Hand genau dort, wo es mir jetzt besonders gefiel. Mit vereinten Kräften sorgten wir dafür, dass auch ich bald textilfrei vor ihr stand. Noch während ich darüber nachdachte, ob jetzt in Elisabeths Zustand für eine Kopulation mit Ejakulation der richtige Zeitpunkt vorherrschte, schob mich meine Frau mit beiden Händen ins Schlafzimmer und schubste mich auf mein Bett. Noch während ich rücklings auf mein Federbett plumpste, schoss mir durch den Kopf, was ich im Schwangerschaftskurs gelernt hatte, nämlich dass sich im Sperma Prostaglandine befanden, die eine Beschleunigung der Wehentätigkeit auslösen konnten. Elisabeth schien dies alles wenig zu interessieren. Sportlich wie sie nun einmal war, bestieg sie mich wie einen Hengst und sorgte unter Mithilfe ihrer rechten Hand, dass ich schwungvoll in sie eindringen konnte. Weit zurückgebeugt bewegte sie sich auf und ab und schon nach wenigen Minuten erreichte Elisabeth laut stöhnend einen entspannenden Orgasmus. Kurz darauf setzte sie sich wieder gerade und verhalf auch mir dazu. „Das war einfach unheimlich schön", flüsterte sie mir zu während sie sich über mich beugte. „Fühl mal, aus meinen Brüsten kommt schon Milch." Ob ich diese Beschreibung des völlig natürlichen Vorganges des Milcheinschießens jetzt nach dem Liebesakt hören und fühlen wollte, stand auf einem völlig anderen Blatt. Doch es entsprach der Realität. Elisabeth leckte an ihrem Handrücken und hielt auch für mich eine winzige Kostprobe bereit. Unerwartet schrie ich kurz auf. „Was hast du, Markus", fragte Elisabeth mich höchst erschrocken. „Ich glaube unsere Tochter hat mich gerade gepitscht." „Markus Blum. Du bist ja so was von doof. Ich zeige dir etwas vom Wunder des Lebens und du hast nur Blödsinn im Kopf." Ich musste kräftig lachen und auch Elisabeth tat es mir gleich. Sie kuschelte sich in meine Armbeuge und schlief wenig später tief und fest ein.

Gute drei Wochen später luden uns Henriette und Elisabeths Mutter Helene zum Kaffee ein. Elisabeth lag geburtstechnisch in den letzten Zügen. Eigentlich war es so, dass wir stündlich die Geburt unserer Tochter erwarteten. Und wie es der Zufall wollte, setzten nach dem zweiten Stück Schokoladentorte die Wehen ein. Dank meiner hervorragenden Ausbildung im Schwangerschaftskurs zum angehenden Vater behielt ich die Ruhe. Vorsichtig half ich meiner Frau in die Jacke. Mutter Kaldenbach drückte mir noch ein großes Badetuch in die Hand für den Fall, dass die Fruchtblase auf dem Weg ins Krankenhaus platzen sollte und schon saßen wir in Engelchen. Elisabeth zitterte ein wenig, während sich Engelchen alle Mühe gab, jedes Frostschlagloch des letzten Winters so gut als möglich federnd auszugleichen. Ohne Zwischenfälle erreichten wir die Klinik und die Entbindungsstation. Nach einer kurzen Untersuchung durch die Hebamme sollte Elisabeth im Hause bleiben, obwohl der Muttermund noch nicht ausreichend weit genug geöffnet war. Wir sollten Treppen steigen, und weil ich ein braver Ehemann bin, folgte ich Elisabeth ins Treppenhaus „Wie geht es dir?" „Es geht so. Ich spüre immer wieder die einsetzenden Wehen." Ich stand Elisabeth so gut es eben ging bei. Vier Stunden später drückte mir die Hebamme meine eben geborene Tochter in meine Hände mit der Maßgabe sie zu baden. Das ich gerade die letzte Verbindung zwischen Elisabeth und Monika mittels einer Schere durchtrennen durfte und auf den Befund des Apgar-Wertes wartete, war mir alles noch gar nicht so recht bewusst geworden. Noch schämte ich mich ein wenig, dass ich Elisabeth bei der sicher äußerst schmerzhaften Tortur der Entbindung nicht wirklich beistehen konnte. Doch jetzt war ich in meinem Element. Groß aufgerissene Augen schauten mich an, als ich Monika übernahm. „Na, du siehst aber schrumpelig aus, meine Kleine. Herzlich willkommen im Leben und in deiner Familie", begrüßte ich Monika respekt- und liebevoll. Unsere Tochter dankte mir meine liebevolle Behandlung mit einem grün gefärbten Häufchen, dass die Hebamme geschickt auffing. Nach dem Bad wollte unsere Tochter erstmal speisen, eine Eigenheit, die sie ganz sicher von ihrer Mutter geerbt hatte. Zu diesem Zweck legte ich die Kleine

Elisabeth an die Brust. Ich gab meiner Frau einen Kuss und wurde sodann von der Hebamme nach Hause geschickt. Vier Tage später sorgte ich bei Monika für das erste Highlight in ihrem Leben: Sie durfte sich von Engelchen nach Hause chauffieren lassen, was sie allerdings recht wenig zu interessieren schien, da sie tief und fest eingeschlafen war. Vielleicht auch eine Art Dank der Kleinen an mein altes Daimlermädchen.

Elisabeth schien die Schmerzen der Geburt schnell vergessen zu haben. Es gab keine Probleme, und weil sie im Dammbereich nicht geschnitten werden musste, fühlte sie sich rasch sehr gut. Monika wuchs sehr schnell in ihr Fell und avancierte flott zum Star unserer Familie. Jeder wollte den Kinderwagen schieben, wenn wir mit der Kleinen spazieren gingen. Elisabeth hatte ihren Job aufgegeben und widmete sich nur noch unserer Tochter und unserem Kinderbuch. Drei Monate nach der Geburt unserer Tochter war das Buch fertig und wurde durch den Verlag herausgegeben. Dank der Werbemaßnahmen verkaufte sich das Buch hervorragend, und weil meine Leser wussten, dass ich gerade Vater einer Tochter geworden und an der Entstehung des Buches beteiligt war, musste ich stets bei jeder Lesung meines Buches zum Schluss auch immer noch einen Abschnitt aus dem Kinderbuch vorlesen. Schon bald hielt auch Elisabeth eigene Lesungen ab, und da Monika sie dabei immer begleitete, wurde auch unsere Tochter unmittelbar zum Star. Unser Glück war unbeschreiblich und ich konnte mir, wenn ich so an früher zurückdachte, überhaupt nicht mehr vorstellen ohne Elisabeth wirklich gelebt zu haben.